COLLECTION PROSE

L'ASSASSIN AVAIT TOUJOURS FAIM

Conception graphique de la couverture : Kinos.
Conception graphique de l'intérieur : Jovette Cyr.
Révision linguistique : Catherine Pion.

CATALOGAGE AVANT PUBLICATION DE BIBLIOTHÈQUE ET ARCHIVES CANADA

St-Pierre, Christiane, 1949-, auteur
    L'assassin avait toujours faim / Christiane St-Pierre.

Publié en format imprimé (s) et électronique (s).
ISBN 978-2-89691-157-8 (couverture souple). -ISBN 978-2-89691-159-2
(HTML). -ISBN 978-2-89691-161-5 (PDF)

    I. Titre.

PS8587.A34947A88 2016   C843'.54   C2016-905286-9
                                                 C2016-905287-7

DISTRIBUTION AU CANADA
Dimedia
539, boulevard Lebeau
Saint-Laurent (Québec) H4N 1S2
Tél. : 514 336-3941

Les Éditions Perce-Neige   editionsperceneige.ca
22-140, rue Botsford   perceneige@nb.aibn.com
Moncton (N.-B.)   Tél. : 506 383-4446
Canada E1C 4X4   Cell. : 506 380-0740

La production des Éditions Perce-Neige est rendue possible grâce à la
contribution financière du Conseil des Arts du Canada
et de la Direction des arts et des entreprises culturelles
du Nouveau-Brunswick.

CHRISTIANE ST-PIERRE

L'ASSASSIN AVAIT TOUJOURS FAIM

Roman

LES ÉDITIONS PERCE-NEIGE

À Denyse

RITA A VRAIMENT ENVIE
DE FUMER UNE CIGARETTE

Assis sur un tabouret de cuirette élimée par les nombreux clients qui y avaient déposé leur fessier depuis des décennies, le type à la mine patibulaire vient de recevoir sa deuxième assiettée, identique à la première. Quatre œufs miroirs, trois tranches de bacon, quatre saucisses et deux tranches de jambon, il avait également demandé qu'on lui apporte des cretons et quatre tranches de pain rôti – pain maison, évidemment – et un bol de fèves au lard. Il mange à un rythme régulier, ni trop vite, ni trop lentement. Rita, la serveuse, lui demande si son estomac est percé car elle ne comprend pas comment un homme de cette stature peut bien avaler toute cette nourriture. En guise de réponse, il marmonne, appuyé d'un regard mauvais, quelques mots que la serveuse n'ose pas lui demander de répéter. Son air bête l'en dissuade et elle retourne au bout du comptoir retrouver le vieux Georges qui vient de finir de lire le journal. Sans savoir pourquoi, ce type qu'elle n'a encore jamais vu la rend nerveuse. « Pourvu qu'y débarrasse le plancher au plus vite et qu'y commande pas une troisième fois, un numéro 8 ! » Dans des périodes de stress, elle fume ! Elle aimerait bien griller une cigarette, là, tout de suite, comme elle le faisait avant, mais aujourd'hui, avec toutes leurs lois, c'est devenu impossible. Plus le droit de fumer nulle part. Et fumer lui permettrait de calmer ses nerfs.

Avant, Rita pouvait servir ses clients avec une cigarette au coin des lèvres et personne ne s'en formalisait. Maintenant, tout est défendu. Pour pouvoir fumer, il faut deux choses : primo, qu'une autre serveuse puisse prendre le relais et secundo, elle doit se rendre à l'arrière, dans la cour du resto, pour en allumer une. Génial l'été, mais l'hiver, c'est tout simplement l'enfer.

Arnold (*ce n'est pas son vrai prénom, c'est Rita qui vient de le baptiser ainsi*), le type aux deux petits déjeuners numéro 8, continue de manger en regardant son assiette. Elle trouve que le nom lui convient parfaitement puisqu'Arnold, dans son esprit, est associé au cochon qui jouait dans *Les arpents verts*, une émission qu'elle aimait regarder étant plus jeune. Elle adorait Zaza Gabor qu'elle trouvait stupide mais combien jolie. Arnold donc, ne lève jamais les yeux même quand un nouveau client vient s'installer près de lui. De plus, contrairement à la plupart des clients, il ne prend pas le journal pour lire les résultats du sport ou son horoscope. Non ! Rien comme les autres. Il mange comme s'il n'avait pas de fond.

Tout en servant les clients, Rita, mine de rien, continue de l'observer. Depuis le temps qu'elle exerce son métier, elle en a vu des vertes et des pas mures. Elle en a vu des gars avec un appétit d'ogre mais ces types-là étaient plutôt baraqués, pas maigrichons comme lui. Alors de deux choses l'une : ou il a le ver solitaire... ou il n'a pas mangé depuis au moins une semaine. Non, il a déjà mangé sinon il ne prendrait pas autant de temps... à moins qu'il y ait un rapport avec son éducation. Il doit avoir de l'instruction, car il n'a pas l'allure d'un ouvrier et surtout à la façon dont il est vêtu, Rita pense qu'il doit avoir de l'argent. Mais c'est pas parce que t'as de l'argent ou que t'es ben habillé que ça te donne le droit d'avoir l'air bête, se dit-elle.

Rita, en bonne serveuse d'expérience, avait essayé d'entamer la conversation après la première commande. Au lieu de lui répondre, il l'avait fixée à faire retraiter un loup au plus profond des bois. Rita avait frissonné. « Qu'y mange pis qu'y débarrasse au plus crisse, le p'tit verrat ! »

— Rita ! Rita ! Sors d'la lune pis donne-moé du café dans un verre, tu vois ben que chus pressé, j'ai pas l'temps d'attendre ! Chus dans marde, là !

Rita sort de ses pensées et prépare un verre de café à Réjean qui vient de rentrer. Il porte son casque de sécurité et s'essuie le nez avec sa manche de manteau. Réjean a cette fâcheuse habitude de ne pas trainer de papier-mouchoir.

— Réjean, tu pourrais surveiller ton langage, y a du monde qui mange.

— Les égouts au bout de la rue sont bouchés estifie, pis y fait frette à geler. J'ai deux gars de malades à matin, ça fait que chus t'obligé de travailler à leu place. C'est toujours de même, le vendredi matin. Les gars commencent à brosser le jeudi soir pis quand qu'arrive le temps pour venir travailler, y arrivent pus à mettre un pied devant l'autre. Pis qui c'est qu'y se tape la marde, hein? C'est qui qui fait toute? C'est moé! Estifie de misère de marde! Les jeunes y ont dû encore lever le couvert pour mettre des cochonneries pis toute boucher. Un jour, y va falloir les souder parce que ça nous donne de la misère en masse pis ça commence à couter cher à la ville.

Il regarde autour de lui dans l'espoir d'avoir un peu de compassion. Personne ne s'occupe de lui. Déçu, il revient à la serveuse.

— Pis toé, ma Rita, toujours la même affaire?

— Ouais! Ça n'en prend au moins une qui s'lève le matin pour sarvir les ceusses qui débouchent les égouts!

En regardant le gars qui mange son deuxième petit-déjeuner, Réjean ne peut s'empêcher de le prendre à partie pour lui dire à quel point les déjeuners du restaurant sont copieux et que ça vaut le détour pour venir manger ici. Le gars le fixe de son regard on ne peut plus mauvais et Réjean est le premier à baisser les yeux. Il prend son verre de café en regardant Rita qui, de son côté, hausse les épaules en signe d'impuissance. Réjean s'éclaircit la voix et lance en direction de Rita:

— Sitôt que j'ai débouché la marde, tu m'pré-pares une assiette comme lui, icitte, avec la face de carême!

Il n'a pas aussitôt dit ce dernier mot qu'il s'empresse de prendre la porte. Plus jeune, son père lui avait toujours dit que le salut était dans la fuite. En sortant, il passe tout près de renverser Barbie qui, au même moment, ouvrait la porte du resto.

— Estifie de marde! Excuse-moi, Barbie chus un peu pressé, on a un problème d'égout dans rue pis y m'manque des gars. Coudonc, j'te regarde là, pis j'te dis que le sud t'a faite du bien, t'es pas mal bronzée.

— Maudit, Réjean, tu ne peux pas faire attention, tu as renversé ton café sur mon manteau.

— Y en a pas tant que ça, juste une coupe de gouttes. Ça va partir. Dis à Rita qu'à te passe son bâton magique. Tu me conteras ton voyage plus tard, chus pressé.

Barbie se dirige vers le comptoir et Jos, qui venait de se passer la tête hors de sa cuisine, la voit entrer.

— Ben là, ben là, ben là! C'est tu pas la globe-trotter du grand journal. Pis les vacances, ma belle Barbie? C'est tu aussi beau que tu l'as écrit?

— C'est mieux, si tu veux savoir. C'est surtout plus chaud. Là-bas, il faisait plus quarante et ici c'est moins quarante. La vois-tu la différence? Là, j'ai faim. Prépare-moi donc mon petit-déjeuner favori, j'ai de l'appétit. Toi, Rita, quoi de neuf?

Comme Barbie vient pour prendre place près d'Arnold, Rita lui fait signe de se déplacer.

— Tiens, viens t'asseoir ici, c'est plus propre pis l'air est plus sain!

Barbie, déçue de ne pas pouvoir s'assoir près

d'un homme, se laisse tomber sur le tabouret en s'assurant que Rita constate sa mauvaise humeur de ne pas choisir elle-même le siège qu'elle veut. Sans attendre et se foutant carrément de la baboune de Barbie, elle lui sert un café et lui glisse le bâton magique qui fera partir les deux petites taches sur le devant du manteau.

— Merci, Rita. L'imbécile de Réjean, il ne regarde jamais où il marche. Monsieur catastrophe ! C'est surprenant que la ville n'ait pas encore fait faillite avec toutes les gaffes qu'il a faites. C'est à nous autres, les contribuables, qu'il coute cher. Qu'est-ce qui s'est passé de neuf pendant que j'étais partie ?

Comme Rita se prépare à répondre, Mariella Marconi, inspecteure en chef au bureau des homicides, pénètre dans le resto et la plupart des clients lui donnent du « bonjour Mama ». Elle les salue chaleureusement et se dirige vers Barbie. Les deux se font la bise, heureuses de se retrouver.

Mariella Marconi est de descendance italienne et si tous les gens la surnomment Mama, ce n'est pas parce qu'elle est Italienne, c'est tout simplement une combinaison de son prénom et de son nom. Quoique ses origines la trahissent, car elle est très démonstrative et elle a tendance à être un peu trop protectrice vis-à-vis sa famille, ses amis et les membres de son bureau. En général, les gens n'oseront jamais la confronter ou la contredire parce qu'elle en impose physiquement. Elle mesure 1 mètre 75, pèse pas moins de 80 kilos et pratique les arts martiaux depuis qu'elle est toute jeune. Ceinture noire, 5e dan au karaté, elle fait son jogging au moins cinq jours sur sept. Lorsqu'elle est au bureau et que la fatigue la gagne, il lui arrive de sortir et de courir une trentaine de minutes. Lorsqu'elle revient, elle est habitée d'une énergie nouvelle qui fait en sorte qu'elle peut se remettre au travail jusqu'à tard le soir. Marconi est une belle femme. Ses cheveux noirs, qu'elle porte courts, sont légèrement ondulés. Elle a les mêmes yeux noirs, vifs et intelligents que sa grand-mère maternelle et ses lèvres pulpeuses cachent des dents qu'elle a fait refaire il y a quelques années. Ce qui caractérise cette inspecteure super en forme, c'est son empathie devant les gens qu'elle côtoie. (*Sachez que Marconi est une femme intéressante; il faudra attendre quelques chapitres plus tard pour pouvoir mieux la connaitre et apprécier son travail.*)

— Tu ne m'as pas téléphoné en arrivant, hier soir?

Barbara Fournier, une de ses grandes amies, est journaliste au quotidien *Le Matin*. Elle arrive d'un séjour de deux semaines au Costa Rica. Elle était partie en vacances et elle avait convenu avec son patron qu'elle lui enverrait une série d'articles sur la vie des gens là-bas. Son amoureux, Luc, avait pris congé pour l'accompagner; il semble que leurs vacances se soient mal passées et c'est ce qu'elle racontera en détails, un peu plus tard, à son amie Mama, lorsqu'elles se retrouveront pour prendre un verre de rouge. En général, les gens l'appellent Barbie non seulement à cause de son prénom, mais aussi et surtout à cause de son allure. Petite blonde aux yeux bleus, elle ressemble vraiment à la célèbre poupée. Elle déteste tellement son prénom qu'elle a entrepris des démarches avec l'aide d'un avocat pour le faire changer. Depuis des années, elle rêve de s'appeler Mylène comme l'actrice Mylène Demongeot, une de ses idoles de jeunesse. Pour le moment, les gens continuent de l'appeler Barbie et elle, de rager intérieurement.

— Non, l'avion avait pris du retard à Toronto et on est arrivés trois heures plus tard. En rentrant à la maison, j'avais une affaire urgente à régler et crois-moi, ça ne pouvait pas attendre.

— Qu'est-ce qui était si urgent que ça ?

— Si tu veux, je te fais la version courte. J'ai mis toutes les affaires de Luc dans des sacs verts et je les ai mis sur la galerie. Ce matin, il n'y avait plus rien. Ou il est venu les chercher ou quelqu'un les a volés. Je m'en balance, je ne veux plus rien savoir de lui. Je fais changer mes serrures cet après-midi. C'est fini, je passe à un autre appel ! Tu auras droit à la version longue une autre fois. Tu sais, je suis contente de te voir, ce matin, parce que je voulais te parler du fameux dossier de...

Rita ne peut entendre la suite, car Arnold vient de frapper sa tasse sur le comptoir, lui signifiant qu'il prendrait encore du café. Déjà qu'il est malpoli, Rita aimerait bien l'envoyer promener, mais l'homme lui fait peur. Habituellement, avec son caractère, la serveuse n'hésite jamais à engueuler un client si ce dernier n'agit pas comme il faut mais lui, ce n'est pas pareil. Son instinct et surtout sa grande expérience lui dit de ne pas pousser le bouchon trop loin. Elle saisit le pot de café et lui en verse une tasse en lui disant qu'il pourrait être plus... elle n'a pas fini de dire sa phrase qu'il lui saisit le bras. Paniquée, elle regarde Marconi qui elle, se tourne vers le gars en lui disant : « Est-ce qu'y a un problème ? » L'homme ne regarde pas l'inspecteure, il continue de dévisager Rita. Il lui murmure un merci et lui lâche le bras. En tremblant (*Rita tremble toujours un peu à cause des nombreuses cigarettes fumées*), elle dépose le pot de café sur son socle et se rend à la cuisine. Qu'est-ce qu'elle aimerait aller fumer une cigarette ! Il n'y aurait personne au comptoir et Nicole, l'autre serveuse, ne rentrera que dans une heure. Jos, son mari, tourne les œufs de Barbie en continuant de lire sa bédé. Quand il lève les yeux, il aperçoit sa femme le visage aussi rouge qu'un Bloody Caesar. Elle se passe les mains dans les cheveux rapidement, expulse un grand souffle et s'apprête à retourner derrière son comptoir, tel un matador se préparant à affronter le taureau !

— Qu'est-ce qu'y a ?

— Arnold m'énarve ! Si qu'y peut crisser son camp, lui, que je respire. Une chance que Mama est là, ça fait qu'y a intérêt à se tenir tranquille, lui !

— Qui c'est ça, Arnold ?

— Laisse faire, je m'en occupe.

Et elle file à son comptoir. Barbie sourit et remercie Mama pour son aide. Rita aurait donc aimé entendre ce qu'elles se disaient et c'est de la faute au cochon si elle a tout manqué.

— J'ai hâte que tu me racontes ton voyage et surtout que tu me parles de ce qui s'est passé avec Luc!

— Je t'en parlerai plus tard. En attendant, j'ai juste une chose à te dire, j'en ai ma claque des hommes et je laisse tomber. Je vais finir ma vie toute seule avec mon chat et crois-moi, je m'en porterai mieux.

— Voyons donc! Ce n'est pas la première fois que tu casses avec un gars et je ne pense pas que ce sera la dernière. Tu es une accroc, Barbara (*Mariella est une des seules qui l'appellent par son prénom*), une accro, qu'est-ce que tu veux que je te dise. Tu fais partie de ces femmes qui aiment trop. Et puis tu sais, je trouve que tes ruptures te coutent pas mal cher en nouvelles serrures parce qu'à chaque fois que tu casses avec un homme, tu les fais changer. À mon avis, tu devrais investir dans une quincaillerie.

— Je le sais! Mais là, c'est sérieux. Fini. F-I-N-I. Tu ne me crois pas, continue-t-elle devant le regard ironique de Mama.

— C'est évident que je ne te crois pas.

— En fait ce que je veux dire c'est que ce n'est pas demain la veille que je me remettrai avec un gars.

— Bon, tu vas commencer à sortir avec des femmes?

— Sais-tu, peut-être que je serais moins déçue. Non mais c'est vrai. On devrait trouver du temps en fin de semaine pour manger ensemble. Ça pourrait être samedi soir, j'ai tellement hâte de te raconter les détails.

— C'est une bonne idée, lui répond Marconi. Ah ! J'y pense, non, ce ne sera pas possible, on fête ma mère samedi. Peut-être ce soir ?

— Pourquoi pas, je n'ai rien. Et puis, quoi de neuf au bureau ? As-tu des affaires qui m'intéressent ?

— Disons que c'est une période plutôt calme, mais je me croise les doigts. À l'heure actuelle, on travaille sur de vieux dossiers qu'on n'a pas encore résolus.

— Le dossier de Sarah-Jeanne ? Avez-vous eu de nouveaux indices ?

— Non, c'est toujours la même chose. Tu sais ce que c'est, au début, quand arrive un meurtre, il y a pleins de gens qui téléphonent pour dire qu'ils ont vu telle ou telle chose et après quelques mois, si l'affaire n'a pas été résolue, ça se tasse. On relit le dossier de la petite pour voir s'il n'y a pas un indice qui nous aurait échappé, mais c'est long. Ce dossier-là et d'autres. Ça m'énerve quand je n'arrive pas à régler une affaire.

La porte du resto s'ouvre brusquement et Réjean, blanc comme un drap, entre comme un ouragan.

— Mama, y a un corps dans les égouts. Je pense que c'est une femme !

19

RÉJEAN EST SOUS LE CHOC,
MAIS LES ÉGOUTS SONT DÉBOUCHÉS

Les clients du resto se lèvent et regardent par la fenêtre. Ils ne voient absolument rien. (*Comme si le corps était devant le restaurant! Franchement, tout le monde l'aurait vu avant, non?*) Le cadavre a été découvert un peu plus haut dans la rue. Les clients ne voient rien, mais deviennent tout excités. Réjean, qui a toujours rêvé de faire une carrière de «stand-up comic», n'arrive plus à enligner ses mots pour faire une phrase complète. On pourra repasser pour la phrase complète, car le français n'était pas du tout sa matière forte à l'école. Là, maintenant, il aimerait bien recevoir un coup de main de son ancien prof de français, mais ce dernier, reconnu coupable de pédophilie, croupit dans une prison thaïlandaise. À l'époque, Réjean avait toujours eu des doutes sur ce prof, et voilà que ses doutes s'étaient transformés en une triste réalité. Il arrête de penser au pédophile et tente à nouveau d'avoir une structure de phrases qui fera en sorte que Mama réagira au quart de tour. L'inspecteure Marconi lui dit de se calmer et de lui raconter ce qui s'est passé. Réjean mêle tout. Il réussit quand même à dire qu'ils ont trouvé une femme dans les égouts... enfin pas tout à fait dans les égouts.

— Une minute, là ! Elle est dans les égouts ou non ?

— Quoi ? Qu'est-ce que tu veux dire ?

— Es-tu en train de me faire une mauvaise blague, là ? As-tu trouvé une femme, oui ou non ?

— Je viens de te l'dire, oui !

— Dans les égouts ou ailleurs ? Tu dois être capable de me dire si tu l'as trouvée dans les égouts ou à l'extérieur. Il me semble que c'est simple comme question.

— Je pense que c'était dans les égouts. Oui, à l'était presque dans les égouts. Si je m'attendais à ça, à matin. C'est ben simple, c'est un choc trop gros pour moé. C'est pas la première fois que je vois un mort dans ma vie, mais un assassinat, oui, madame !

— Tu es rendu un expert, maintenant !

— Ben tu sauras qu'avec le frette qui fait à matin, une femme qui est étendue à terre, a doit ben avoir été tuée. Ça prend pas une tête de Papineau pour savoir ça.

Elle lui demande si la femme est vivante et s'il a appelé des secours. Non, quand il a vu un bout de son pied, il n'a pas osé s'approcher ; il est venu directement ici parce qu'il savait qu'il trouverait la chef au resto.

— Avez-vous touché au corps ? Est-ce qu'il y a quelqu'un sur les lieux ?

Réjean n'arrive pas à reprendre des couleurs ni à dire quoi que ce soit ; il se contente de secouer la tête à chacune des questions. Il a la gorge sèche.

Rita lui sert un verre d'eau qu'il avale d'un trait. Il aurait aimé quelque chose de plus fort, un peu de cognac mais bon! Il est au travail et les égouts attendent d'être débouchés. Réjean a de grosses responsabilités, il est en charge de son département, alors, pas question de boire même si les émotions sont trop fortes. Il continue de répondre aux questions. Non, jamais il n'aurait touché au corps, il a trop peur des morts.

Marconi aurait pu se rendre tout de suite vers le lieu de la découverte au lieu de poser toutes sortes de questions à Réjean, mais ce n'est pas sa façon de procéder. Elle est comme son idole, Betty Hoover, qui disait toujours: *Vaut mieux réfléchir et rester inerte que de courir comme une poule et perdre la tête sans rien résoudre.*

L'inspecteure est capable de faire deux choses en même temps. Elle remet son manteau et compose le numéro de Deschamps. Barbie est debout elle aussi et demande à Rita de lui garder son plat au chaud, elle doit se rendre là-bas. Après tout, une journaliste pour le moins sérieuse sait où placer ses intérêts: La carrière avant tout, le ventre attendra.

En sortant du resto, l'inspecteure voit l'attroupement un peu plus haut dans la rue. Sans perdre de temps, elle pique un sprint, semant du coup tous les badauds qui se tenaient près d'elle. Personne n'aurait pu la rattraper sauf peut-être le champion olympique Usain Bolt... mais, permettons d'en douter à cause de la glace, bien sûr! Le trottoir est une vraie patinoire. Le matin, avant de partir, l'inspecteure avait chaussé des espadrilles antidérapantes et ça lui donne un avantage sur tout le monde. Comme tous les vendredis, elle porte une tenue un peu plus décontractée, ce qui lui permet de s'adonner à la routine à laquelle elle carbure. En arrivant au bureau, elle monte les escaliers en courant pour se rendre à son bureau niché au deuxième étage. Arrivée là, elle remet en ordre la petite salle de réunion, redescend en courant prendre les messages à la réception et remonte de la même manière. Si elle court toujours ainsi, c'est pour perdre les quelques kilos accumulés à manger et boire avec les membres de sa famille. Elle n'a jamais besoin de faire du rangement dans son bureau puisqu'elle le fait chaque soir avant de partir. Le désordre l'empêche de réfléchir et contrairement à Deschamps, elle aime les pièces rangées, *là, tout n'est qu'ordre et beauté, luxe, calme et volupté*. Marconi a toujours eu un petit faible pour Baudelaire.

Alors elle court et Barbie, Réjean et les autres ne peuvent la suivre. Elle aimerait continuer plus loin car elle adore courir surtout avec les espadrilles qu'elle porte, défiant la loi de la gravité... Là où tout le monde tombe, Mama reste debout. Lorsqu'elle arrive près du camion de la ville, elle voit le pied d'une femme qui émerge d'un tas de cartons. Au même moment, une voiture de police arrive en trombe et deux policiers en sortent et se dirigent vers l'inspecteure. Elle leur demande de sécuriser le périmètre et s'arrange pour que les gens ne puissent

a de la difficulté à réfléchir. Doit-il retourner à l'hôtel de ville ou déboucher les maudits égouts ? La question ne se pose pas. Un homme arrive vers lui et commence à l'engueuler parce que l'eau est en train de devenir un fleuve devant sa maison et qu'il y a risque d'inondation dès que la température va se réchauffer. Réjean trouve que le bonhomme exagère un peu trop, la preuve... il aimerait lui dire d'aller chier, mais ce dernier a raison. Le vent souffle toujours aussi fort et Réjean a les deux pieds gelés. « Toujours les mêmes qui tombent malades quand y a du travail à faire ! » Lui et ses hommes se remettent à l'ouvrage et au bout d'une heure, ils en arrivent à bout. Les égouts sont débouchés.

PENDANT CE TEMPS,
RITA SE FAIT DU SANG DE COCHON!

Et tout ce beau monde vient de quitter le restaurant à l'exception d'Arnold. Quand Rita se rend compte de sa présence, elle a un premier mouvement de panique mais se ressaisit aussitôt. « C'est pas lui qui va venir me faire peur dans mon propre restaurant. Si qu'y pense ça, c'est qu'y m'connait mal ! » Elle n'a pas aussitôt terminé sa remarque intérieure qu'elle ressent un certain malaise.

Il y a quelques années, pour ne pas dire des siècles, Rita avait suivi un cours d'autodéfense avec des féministes radicales qui disaient que la rue appartenait à tout le monde et que les femmes devaient cesser d'avoir peur. Elles étaient une dizaine à suivre le cours et lorsqu'elles se tenaient en ligne, bras et poings tendus avec une légère flexion des genoux, elles avaient l'air de la police anti-émeute. Elles se déplaçaient en poussant des cris et ces cris donnaient une impression de fin du monde. Rita adorait ce moment et elle criait toujours plus fort que les autres. Au fond de la salle, il y avait un mannequin rembourré qui devait représenter l'ennemi. Les femmes, chacune leur tour, lui donnaient des coups de poing et des coups de pied. Certaines entraient en transe à force de frapper, et il n'aurait pas fallu qu'un homme en chair et en os se pointe dans la salle, il se serait fait lyncher en moins de temps qu'il ne faut pour le dire. Certaines femmes avaient subi de la violence et ce cours leur donnait une confiance qu'elles n'avaient jamais eue, ou pire, qu'elles avaient perdue. Une des premières règles à apprendre était : « *N'attendez pas d'être attaquée, faites les premiers mouvements. Si vous sentez le danger, faites face à l'adversaire et regardez-le dans les yeux. Montrez-lui que vous n'avez pas peur et que vous n'êtes pas une victime.* » Rita avait bien l'intention de développer ses réflexes et d'être prête à toute éventualité.

Pour mieux intégrer la théorie et la pratique, Rita faisait comme dans le film *La panthère rose* ; au moment où son mari ne s'y attendait pas, elle sautait sur lui en criant comme une sauvage. Elle lui grimpait sur le dos et lui mettait les mains devant les yeux pour l'empêcher de voir et lui mordait une oreille jusqu'au sang. Rita prenait son entrainement très au sérieux et comme on dit, y mettait le paquet. Plus Jos hurlait et tentait de la jeter par terre, plus Rita s'agrippait telle une lionne. Elle lui martelait le dos et les côtes et le frappait au visage. À chaque assaut, elle réussissait à le déstabiliser. Un moment donné, Jos avait dû se fâcher pour qu'elle cesse son entrainement. Il sentait que son cœur pouvait le lâcher à tout moment. Depuis le temps qu'elle ne pratiquait plus, elle avait oublié à peu près toutes les leçons et aujourd'hui, devant l'ennemi, elle ne savait plus trop quelle attitude adopter.

Elle quitte ses pensées et revient dans son restaurant. À défaut d'attaquer Arnold, elle décide de l'aborder comme si de rien n'était. Dans un autre cours qu'elle avait suivi, on lui avait dit : *Si tu ne peux pas te servir de ta force, utilise ton cerveau !* Pas de problème, Rita pouvait user de psychologie et calmer les ardeurs des clients lorsqu'il le fallait.

— Ça vous tente pas d'aller voir la morte, vous aussi ? C'est si peu souvent que ça arrive qu'y faut pas manquer ça ! Moi, j'peux pas parce que j'ai un commerce à faire rouler. Vous devriez y aller, y ont peut-être besoin d'aide.

Arnold prend quelques secondes avant de lever la tête et de la dévisager. Rita regrette non seulement d'avoir posé la question, mais surtout, surtout qu'il n'y ait plus que ce client avec elle dans le restaurant. Mon Dieu, et dire que Nicole a téléphoné ce matin pour lui annoncer qu'elle serait en retard parce que son mari, Henri, avait été ramassé par la police et qu'y fallait qu'elle essaie de le sortir de là. Eh que Rita haïssait le soulon de mari de Nicole. Henri avait le don de se mettre régulièrement dans le trouble et Nicole devait toujours faire des pieds et des mains pour réparer les pots cassés. « Mon Dieu, faites que Nicole arrive, faites que Nicole arrive ! » Autant oublier Nicole et affronter seule l'ennemi. Rita pense que le métier de serveuse est devenu tout à coup un métier à haut risque.

Rita travaille comme serveuse depuis 57 ans. Eh oui ! elle a commencé à l'âge de 16 ans et si elle travaille encore, aujourd'hui, c'est que le resto leur appartient à Jos, son mari, et elle. Ils ont déjà essayé de le vendre mais comme ils ne trouvaient pas preneur, ils ont continué à y travailler. D'ailleurs, qu'est-ce qu'ils feraient s'il n'y avait pas le resto? Ni l'un ni l'autre n'aime voyager et ils n'ont pas d'enfant, alors le commerce les occupe. Ils sont ouverts de 6 h à 15 h, sept jours par semaine. Rita en a vu défiler, des clients, et a toujours fait face à la musique peu importe la situation. Et des situations, elle en a affronté plus d'une. Mais un type comme lui, un homme qui te met mal à l'aise comme ça, non! Elle décide donc de passer à la leçon numéro deux. S'intéresser à lui. Les gens, règle générale, adorent qu'on s'intéresse à eux.

— C'est ben la première fois que je vous vois dans mon restaurant. Vous venez pas d'icitte, hein? Vous venez d'où, déjà?

Arnold regarde toujours sa tasse de café et ne lui répond pas. Rita, loin de se décourager, décide de poursuivre. Elle en viendra bien à bout sinon elle ne s'appelle plus Rita.

— Que c'est qu'est votre nom, vous?

Elle lui pose cette question sachant à l'avance que peu importe le nom qu'il porte, pour elle, ce sera toujours Arnold. Moi, c'est Rita. C'est vrai que ça fait cliché, Rita, comme nom de serveuse, mais que voulez-vous, faut croire que mes parents avaient de la prémonition pour me baptiser comme ça. Y devaient se douter que j'serais une serveuse toute ma vie.

C'est bien évident qu'il n'a pas l'intention de lui répondre. Il fixe le mur droit devant lui tout en se disant que si seulement elle pouvait se la fermer, il pourrait continuer à rêver à la nuit qu'il vient de passer. (*Non, mon Arnold, Rita n'est pas du genre à se la fermer. Quand elle trouve une gale, elle la gratte jusqu'à ce que ça saigne !*)

— J'vas vous faire une confidence, continue-t-elle... c'est la première fois de toute ma vie que j'vois un homme comme vous manger autant, pis pas être plus gros que ça. Parce que vous êtes pas gros, vous, là. J'peux pas dire non plus que vous êtes tout en muscles comme Arnold... *Oups ! Malaise !* J'veux parler d'Arnold Souagalizeur, j'ai toujours eu d'la misère à prononcer son nom à lui, vous savez, l'acteur, pas Rambo, mais l'autre, celui qui dit « hasta la vista baby » pis qui tue tout de suite après. C'est c't'acteur-là. Gros bras avec un corps taillé à même une porte de cathédrale. Ben vous, on peut pas dire que vous êtes en muscles... ça veut peut-être dire que vous êtes en narfs. Pis avec les narfs, ça donne une force hors du commun.

Arnold se retourne vers elle et le regard qu'il lui présente a de quoi la faire frissonner de la tête aux pieds. Cet homme est malsain, elle le voit bien et il faudrait qu'il débarrasse au plus sacrant.

— Qu'est-ce qui se passe, icitte ? Où c'qui sont toutes partis tout d'un coup ?

Rita ne s'attendait pas à ce que Jos sorte le nez de sa bédé. Elle sursaute et échappe un ustensile par terre. Enfin, son mari est près d'elle, il ne peut plus rien lui arriver.

Jos en impose parce qu'il est très gros. Rita préfère dire qu'il est costaud. Il n'a pas toujours été aussi gros. Au fil des années, à force de gouter continuellement à ses plats et de bouder l'exercice physique, son corps a pris de l'expansion. Mama ne cesse de lui répéter que s'il ne fait pas plus attention à lui, il risque la crise de cœur. Jos hausse les épaules et lui dit de se mêler de ses affaires. Et Jos (*en passant, Jos n'est pas son vrai prénom et personne ne sait comment il s'appelle, même Rita, sa femme, n'est plus certaine de s'en souvenir*) continue de se négliger et n'en finit plus de grossir.

Rita retrouve ses couleurs en présence de son mari.

— Imagine-toi donc, mon Jos, que Réjean est venu dire à Mama qu'y avait un corps dans les égouts et que ce serait une femme.

— Sérieux ? Qui c'est qui est morte, on la connait tu ?

— J'le sais pas, y sont toutes partis voir. Moi je pouvais pas, on a encore un client, si t'as remarqué ! Y en a qui sont pas trop intéressés à aller voir des cadavres.

Au même moment, Georges, qui avait suivi la procession, revient dans le resto.

— Pis ? demande Rita.

— Ben tu feras comme moé pis tu liras ce qui s'est passé dans le journal de demain. J'te dis que quand la police arrive, t'as intérêt à te pousser. Pas moyen de voir quelque chose, y sont comme des vautours autour du cadavre.

— Veux-tu dire, Georges, que t'as rien vu? demande Jos.

— J'ai vu un corps à terre, pas au complet. Disons que j'ai vu un pied mais j'étais loin pis Mama pis sa gang cachait toute. Demande-moi pas qui c'était, on voyait rien. Chus sûr que c'est quelqu'un qu'on connait pas.

— Ben tu viens de dire que t'étais trop loin pour voir quelque chose! Qui qui te dit que c'est pas une personne qu'on connait?

— Ben parce que y a personne qu'on connait qui irait se faire tuer comme ça!

— All'est morte comment? demande Rita.

— J'le sais-tu, moé! Je l'ai dit, la police cachait toute. J'ai essayé de m'approcher un peu mais j'étais pas tu seul. Pis c'est glissant en sacrifice! En voulant voir de plus proche, les deux pieds m'ont partis pis j'ai pris une débarque. Mais j'étais pas tu seul parce qu'en tombant, j'ai voulu me retenir après quelqu'un pis j'en ai amené 3-4 avec moi. C'est dangereux dehors avec la pluie qui est tombée hier toute la journée pis toute la soirée. Avec le frette qui a suivi c'te nuit, y va avoir du monde à l'hôpital pour des jambes cassées. J'ai été chanceux, moé, là parce que j'aurais pu avoir une commotion cérébrale! Pis la ville qui fait pas sa job, comme d'habitude. Y pourraient pas mettre du sel? Ben non! y attendent qu'on se casse la gueule pis qu'on s'retrouve toute à l'hôpital. On les paie ces taxes-là ! On pourrait pas avoir du service ? À matin, deux chars se sont rentrés dedans. Une vraie patinoire sur les trottoirs pis dans la rue.

— Georges, veux-tu quelque chose à manger ou à boire, j'ai pas juste ça à faire, moi, t'écouter chialer.

— T'es ben bête, toé, Rita, tout d'un coup ! J'm'en vas chez nous. Au moins là, j'ai la paix.

— C'est ça, tu reviendras demain.

Au même moment, Nicole l'autre serveuse entre dans le restaurant tout excitée.

— Tu parles d'une nouvelle, toi. Une femme s'est fait assassiner juste en haut de la rue. Y parait qu'y ont coupé toutes les doigts de la main pis qu'y l'ont égorgée. Je pense que sa tête tenait juste avec un nerf ou deux.

— Es-tu sérieuse, toi, là ? demande Rita avec la panique dans les yeux.

Barbie passe la porte et revient s'installer au comptoir tout à côté d'Arnold.

— Je n'ai pas beaucoup faim mais je vais quand même prendre mon plat. Est-ce que tu me l'as gardé au chaud ?

— J'vas te l'chercher.

— Ça finit mal une semaine, un meurtre comme celui-là, dit-elle en s'adressant à Arnold. Mal pour la police, pas pour moi parce que je suis journaliste. Je suis Barbara Fournier, vous avez dû me lire dans le journal. J'ai l'impression que mon patron va me demander de couvrir ce meurtre-là. Vous pourrez lire mes articles sur le sujet. C'est bon, ça, pour une journaliste.

Bien entendu, il ne la regarde pas et ne répond pas. Rita lui sert son assiette pendant que Nicole va ranger son manteau à la cuisine.

— Comme ça, la morte a été égorgée pis y ont coupé une main?

— Voyons donc, Rita, où as-tu été pêcher ça? Elle n'avait pas la main coupée et je ne crois pas qu'elle ait été égorgée. Qui t'a raconté ça? demande Barbie.

— C'est Nicole!

Nicole arrive derrière le comptoir. Tout de suite, Rita l'interpelle et lui dit qu'elle devrait vérifier ses sources ou changer ses lunettes avant de colporter des faussetés.

— Comment ça, des faussetés?

Barbie intervient en lui disant que la victime n'avait pas la main coupée.

— J'ai pas dit qu'à l'avait la main coupée!

— C'est ça que t'as dit! réplique Rita.

— Non! À l'avait toutes les doigts coupés, pas les deux mains. C'est toi, Rita qui lave pas tes oreilles. J'ai dit les doigts coupés.

Arnold est surpris de la tournure de la conversation. Il aimerait intervenir et leur dire que tout le monde est dans le champ, mais par prudence, choisit de se taire.

— Voyons donc, demande Barbie, d'où c'est que tu sors ça? Étais-tu là?

— Oui pis non! Quand je suis arrivée, y avait pus rien, y venaient d'embarquer le corps. Je répète juste ce que le monde disait. Bon ben Rita, tu peux aller fumer, j'te remplace.

— C'était l'temps que t'arrives, là. Tu me conteras pour Henri quand je reviendrai.

En passant près de la serveuse, elle lui murmure qu'elle lui laisse Arnold, sa facture est à côté de la caisse. Sursaute pas quand tu vas voir sa facture, c'est pas une erreur, y a vraiment mangé deux numéros 8. Y mange comme un cochon!

Rita passe un manteau et se retrouve derrière pour fumer sa cigarette. Quelques clients lui font signe de la main et lorsqu'elle vient pour éteindre, elle lève les yeux et voit Arnold qui la regarde. Incapable de soutenir son regard, elle s'empresse de rentrer à l'intérieur. Décidément, cet homme lui fait peur.

Elle aurait dû lui faire un doigt d'honneur pour lui montrer à quel point elle le méprise. (*Ouf! Heureusement qu'elle ne l'a pas fait parce que là...*)

MARCONI RESSENT
UN LÉGER TROUBLE

En rentrant dans son bureau, en ce milieu d'avant-midi, Marconi enlève son manteau et le range dans son armoire même si elle sait qu'elle sortira à nouveau après la courte réunion qu'elle s'apprête à tenir avec son équipe. Elle se rend compte qu'elle ne pourra pas parcourir les étages et s'adonner à sa routine habituelle. Pas le temps de faire du rangement ce qui en principe l'empêchera certainement de réfléchir. Elle s'assoit l'air un peu découragé (*son air seulement, pas elle*). Elle se frotte les bras afin de se réchauffer un peu. Le temps passé dehors au vent et au froid la fait frissonner. Julien Deschamps entre dans son bureau et lui tend une tasse de café. Son adjoint a toujours été attentionné à son égard comme il l'est avec tous les gens qu'il rencontre, ce qui n'est pas nécessairement un atout dans sa profession.

Il faut bien se rendre à l'évidence, un policier aime présenter une image de brute insensible et de dur à cuir, histoire d'intimider les gens surtout lors d'un interrogatoire (*L'auteure aurait-elle un préjugé, par hasard?*). Marconi n'aime aucune forme d'intimidation! En fine psychologue, elle a toujours préféré la subtilité au lieu du coup de poing sur la

41

table et des cris à faire pisser dans son pantalon un suspect rébarbatif. Elle aimerait bien qu'il en soit autrement avec Deschamps. Si seulement il pouvait de temps à autre élever la voix pour accentuer le contraste entre elle et lui. Mais non, il aime la façon de procéder de sa patronne et tend à l'imiter le plus possible. Comble de malheur, Julien est un être très sensible qui pleure à la moindre occasion... peut-être pas à toutes les occasions, mais très souvent. Marconi adore aller au cinéma avec lui, uniquement pour le voir essayer de cacher ses larmes lorsque les violons se mettent à jouer. Elle le pince, elle rit et lui, il se mouche. Dans ce temps-là, elle lui flanque un gros bec sonore sur la joue.

Marconi s'est souvent posé la question si son adjoint ne ferait pas mieux de changer de métier car le travail aux homicides n'est pas de tout repos et l'équipe en voit de toutes les couleurs. Deschamps y a déjà pensé, à changer de métier, mais comme il aime travailler avec Marconi, il n'arrive pas à se voir ailleurs qu'à ses côtés. Un soir, en prenant un verre avec elle, il lui avait avoué qu'il aurait aimé faire son droit. Pourquoi pas, lui avait-elle tout de suite répondu. Pourquoi pas ? Il se trouvait trop vieux. Trop vieux à 36 ans. (*Franchement!*) Et puis il y avait sa fiancée Élise, avec qui il voulait fonder une famille. Ça faisait douze ans qu'ils étaient fiancés et ce n'est pas demain la veille que ça se concrétiserait, l'idée de la maison avec piscine dans la cour, du chien, de la femme et des trois ou quatre bébés. Non, il ne pouvait pas demander à Élise de subvenir à leurs besoins pendant que lui retournerait aux études. Dans la tête de Marconi, il devait y avoir anguille sous roche pour que la fameuse Élise repousse constamment la date du mariage. Deschamps est d'une telle patience envers sa fiancée que ça devient suspect pour tous les gens du bureau ! Quand on dit qu'il a le cœur trop tendre. Dommage car il ferait un excellent avocat !

— Qu'est-ce que fait Julie ?

— Elle arrive, le temps de prendre des informations sur la victime. Deschamps prend une chaise et ne dit pas un mot. Il attend en lisant un dossier car il sait que sa patronne aime se concentrer avant de tenir une réunion.

Marconi s'adosse contre son fauteuil et ferme les yeux. À la voir ainsi, on dirait une enfant sans défense et quand elle les ouvre, son regard de feu surprend toujours. Pour l'instant, elle garde les yeux fermés comme si elle dormait. Catherine Mongeau, la directrice générale adjointe, se poste devant elle et se racle la gorge. Deschamps ne l'avait pas vue entrer, trop occupé à lire le dossier qu'il tenait dans ses mains. En la voyant, il se lève rapidement et échappe les feuilles qu'il s'empresse de ramasser. Marconi ne bouge toujours pas.

— Grosse soirée, hier, inspecteure ?

— Non, avant-midi plutôt brutal.

— Oui, on vient de me communiquer la nouvelle. Comment ça se présente ?

— Il s'agit de Liliane Demers mais je n'en sais

pas plus. Julie est en train de faire des recherches. D'après ce que j'ai vu, elle a été étranglée et on lui a coupé le majeur de la main gauche. Ses collants étaient déchirés.

— Elle a été violée ? demande Catherine.

— Le médecin légiste va nous le dire.

— Et son doigt, l'avez-vous retrouvé ?

— Non, mais je crois savoir où il est.

Deschamps est surpris de la réponse de Marconi parce qu'elle ne lui a rien dit au sujet du doigt lorsqu'ils étaient là-bas. Il lui demande où elle l'a vu.

— Je ne l'ai pas vu, mais je crois qu'on va le retrouver à l'intérieur de son vagin. Il y a eu un cas semblable dans la Capitale, l'année dernière. Le majeur avait été sectionné et on l'avait retrouvé dans le vagin de la victime. Peut-être que ce n'est pas ça, mais c'est ce que je pense.

— C'est écœurant, dit Catherine.

— Je suis tout à fait d'accord avec toi. Je vais réunir mon monde et nous allons commencer l'enquête. J'ai l'impression qu'on va devoir travailler toute la fin de semaine.

Deschamps s'excuse et lui dit qu'il revient dans quelques instants. L'image lui donne froid dans le dos et l'attriste. Il a besoin de se rendre aux toilettes.

— Il faut trouver le coupable au plus vite.

— Oui, c'est pour ça qu'on va travailler toute la fin de semaine.

— Vas-tu avoir besoin de plus d'effectifs ?

— Pas tout de suite, je pense qu'on peut assurer.

Il n'y a qu'une chose...

— Quoi?

— C'est l'anniversaire de ma mère et je pense à la fête prévue, samedi. Et tu sais comment est ma famille. Les traditions sont importantes.

— Tu pourras peut-être trouver du temps pour aller faire un tour. Ils vont comprendre que tu doives travailler.

— Mon père, oui, mais les autres, je ne crois pas. Je déteste les traditions familiales.

— Mais non! Ta famille est tissée serrée et c'est normal que quand il y a une fête elle s'attend à ce que tout le monde y participe.

— Quand c'est trop tissé serré, il est difficile d'avoir une vie privée. Tout le monde se mêle des affaires de tout le monde. Mais je ne t'apprends rien.

— En effet. C'est une question de temps avant que...

Catherine ne poursuit pas sa remarque; elle ressent une certaine tristesse qu'elle s'empresse de chasser immédiatement. Oui, bon! Si je peux faire quelque chose, tu me dis. Tu sais que tu peux me demander tout ce que tu veux.

— Hum! C'est dangereux, ça... Vraiment tout ce que je veux?

— Vraiment tout ce que tu veux. J'aime les risques, lui lance-t-elle en lui présentant son sourire le plus dévastateur. Et en disant cela, elle tourne les talons et quitte la pièce très lentement avec un petit quelque chose dans la hanche qui ressemble à Veronica Lake dans *L'escadrille des jeunes*.

Marconi, toujours bien installée dans son fauteuil, regarde Catherine sortir de son bureau. Elle pousse un soupir en secouant la tête. (*Il est difficile de savoir si le soupir exprime une émotion ou un ennui profond. Oublions ça tout de suite, le soupir n'en est surement pas un de désagrément; il s'agit plutôt de l'expression d'un désir amoureux. Alors avant d'aller plus loin, peut-être faudrait-il raconter le lien qui unit ces deux femmes.*)

Il y a deux ans, un soir de printemps, Marconi et Deschamps retournaient au bureau après une longue journée d'enquête. Il devait être aux alentours de 22 h. Tous les deux étaient vannés et chacun rêvait de se retrouver à la maison. En passant devant « La dolce Cecilia », le restaurant de son frère Luigi, Marconi remarqua les voitures de plusieurs cadres de la police. Elle avait oublié que des membres de la direction fêtaient le départ à la retraite de l'un des leurs. Au même moment, Catherine Mongeau sortait du restaurant en titubant légèrement. Manifestement, elle avait bu et n'était certes pas en état de conduire. Marconi demanda à Deschamps d'arrêter sa voiture derrière celle de Mongeau. Elle conduirait l'auto de la patronne jusque chez elle et lui, n'aurait qu'à les suivre pour ensuite ramener Marconi. Pas de problème, avait-il dit, parce que s'il arrivait un accident ou quelque chose d'autre à la directrice générale adjointe, ils seraient en partie responsables. Il arrêta sa voiture derrière celle de Mongeau qui venait tout juste de déverrouiller sa portière. Marconi sortit et l'interpella. En voyant la belle italienne qui tout à coup se retrouvait devant elle, Catherine poussa une exclamation de surprise. Que faisait-elle là, à cette heure? Marconi lui expliqua qu'elle n'était pas en mesure de conduire et que c'est elle qui prendrait le volant pour la ramener à la maison.

-Vous voulez me ramener chez vous, lui lança-t-elle d'un regard coquin. Allez-y, je suis toute à vous. (*Oui, elle avait vraiment trop bu!*)

— Non, à votre domicile, madame. Mon coéquipier va nous suivre et me ramènera par la suite. Il serait plus sage de me donner vos clés.

La directrice générale adjointe n'opposa aucune résistance et prit la place du passager. Sur la route, Catherine ne tarda pas à entamer une conversation quelque peu décousue. Rien de très personnel jusqu'à ce qu'elle étire son bras et lui passe la main dans les cheveux. Marconi ne s'attendait pas à ce geste et eut un léger sursaut.

— Tu n'as jamais songé à te remarier, lui demanda-t-elle en continuant de lui caresser le cou.

— Non! murmura l'italienne en regardant dans son rétroviseur. Pourvu que Deschamps ne voie pas le bras de Mongeau et qu'il aille s'imaginer des trucs...

— Pourtant, tu es une belle femme...avant de poursuivre avec la célèbre réplique de Jean Gabin à l'endroit de Michèle Morgan: *T'as d'beaux yeux tu sais*. En lui faisant cette dernière remarque, elle fit descendre son bras et toucha sa cuisse. Il commençait à faire chaud dans l'auto ! Marconi aussi connaissait bien la scène mais ne lui avait pas donné la fameuse réplique de Morgan : *Embrasse-moi*, au grand dam de Catherine.

Marconi, malgré un léger trouble, lui enleva la main doucement pour ne pas la brusquer. Elle sentait le regard de Catherine et conduisait un peu nerveusement, ce qui n'était pas dans son habitude. L'inspecteure n'était pas du genre à se laisser déstabiliser et la situation dans laquelle elle se trouvait ne lui plaisait guère. Heureusement, la maison apparut et Marconi, après avoir garé la voiture, sortit rapidement de peur que l'autre ne fasse un geste et que Deschamps le surprenne. Elle se hâta d'aller ouvrir la portière pour que Catherine puisse sortir à son tour. Deschamps resta dans la rue à attendre et en profita pour consulter ses SMS. Il ne vit pas Mongeau chanceler et s'accrocher au bras de Marconi. Cette dernière n'eut d'autre choix que de la reconduire jusqu'à sa porte, de la déverrouiller et d'entrer pour s'assurer que tout allait bien.

— Dommage que la route n'ait pas été plus longue ! Tu veux prendre un verre avec moi ?

— Non, mon coéquipier m'attend, la journée a été longue et on est fatigués.

— Est-ce que tu couches avec lui ? Il y a des rumeurs à votre sujet... mais j'ai aussi entendu dire que tu ne détestais pas les femmes non plus. Même que tu serais bisexuelle... Peut-être que...

Il était un peu tard pour discuter de sexualité même si Marconi brulait d'envie de connaitre ce qui se disait à son sujet.

— Passez une bonne nuit, Madame. Et Marconi ne lui laissa pas le temps de dire autre chose et fila à l'anglaise. (*C'est une expression qui voulait dire que le salut était dans la fuite. Mais peut-être qu'on l'a déjà dit, ça!*)

Quelques heures plus tard, le téléphone sonna chez Marconi. Déjà qu'elle avait eu du mal à s'endormir en repensant aux paroles de Catherine, voilà qu'on la sortait du sommeil. Au téléphone, elle n'arrivait pas à saisir ce qu'une femme du nom de Basque lui voulait. Est-ce que c'est vrai que c'est elle qui avait conduit la voiture de fonction de sa cliente et non pas Catherine Mongeau elle-même. Après avoir répondu aux questions de l'avocate elle n'avait plus été capable de se rendormir.

Le lendemain matin, en arrivant au bureau, on ne parlait plus que de l'arrestation de la directrice générale adjointe, Catherine Mongeau, pour conduite en état d'ébriété. Julie, une des membres de l'équipe de Marconi était en train de commenter l'évènement lorsque Deschamps avait fait son apparition. Lui aussi avait été réveillé par l'avocate de Madame Mongeau. Ah, bon! C'est pour ça les cernes sous les yeux, il n'avait pas dormi, lui non plus? Les gens regardent Marconi et Deschamps.

— Non! Ce n'est pas ce que vous pensez, lance Marconi.

Tout le monde dans cette équipe sait bien que Marconi et Deschamps ne couchent pas ensemble. Alors on ne sait pas pourquoi une telle remarque. *(Et Julie de continuer puisque nous aussi, nous voulons savoir le fin mot de l'histoire et surtout pourquoi une avocate avait-elle été retenue.)*

Par le plus curieux des hasards, le sergent Normandeau avait reçu un coup de fil d'un des cadres de la police qui assistait lui aussi à la fête. Mine de rien, il voulait l'informer que Catherine Mongeau venait de quitter le restaurant et qu'elle était paquetée comme une bine. Ce cadre, Michel Therrien (*pas l'entraineur mais un autre, un épais dans le plus mince*), en voulait à Catherine Mongeau d'avoir obtenu le poste de directrice générale adjointe, poste qu'il convoitait depuis des années, amen ! Quiconque connaissait Therrien savait pertinemment que le poste ne pouvait lui échoir puisque cet homme n'avait pas la jugeote aiguisée. En d'autres mots, il était nul. Pour en revenir à la soirée, Therrien ne pouvait pas savoir que Marconi était intervenue, sinon il aurait fermé sa grande gueule et n'aurait pas fait un fou de lui.

Normandeau, le sergent aussi nul que son grand ami Therrien, s'était rendu chez la patronne un peu moins d'une heure plus tard – il était sur les lieux d'un accrochage – d'où le délai dans le temps. En arrivant chez elle, lui et son coéquipier avaient pu se rendre compte que le capot de la voiture était encore chaud, donc elle avait effectivement conduit en état d'ébriété. Normandeau se tapait dans les mains. « On va la coincer, la salope, et a va payer ! » L'autre policier, celui qui l'accompagnait, lui disait de ne pas se réjouir trop vite, mais quand on s'appelle Normandeau et qu'on a coulé sa maternelle, les conseils des autres sont comme l'eau sur le dos d'un canard…

Catherine Mongeau avait pris beaucoup de temps à répondre, car l'alcool l'avait assommée. Après avoir ouvert la porte, Normandeau, dans sa grande subtilité, lui avait demandé de passer l'alcootest. Pas question ! Elle avait bu, oui, mais n'avait pas conduit sa voiture et lui avait dit d'aller se faire voir (*en des termes beaucoup plus crus qu'il est préférable de ne pas rapporter*). Elle connaissait bien le sergent et se défoulait comme une vraie lionne. Oh ! que le gros n'aimait pas ça ! Oh ! que le gros rêvait de lui en placer une ! Bref, Normandeau l'avait alors embarquée sans trop de ménagement. Il se payait une traite !

Une vraie bombe au poste de police ! Ce n'est pas tous les jours qu'on peut avoir la peau d'un cadre. Therrien, bien au chaud chez lui, attendait l'appel de Normandeau pour lui relater les évènements ce que l'autre avait fait, bien sûr. Le sergent s'était fait un plaisir de lui raconter la colère de Mongeau et son arrivée au poste avec en prime, deux, trois journalistes qui avaient eu vent de l'arrestation. (*Tiens donc, qui avait bien pu leur donner le scoop ?*) D'accord, son avocate n'avait pas tardé à la faire sortir, mais le mal était fait. Therrien jubilait et se voyait déjà prendre la place qui, de toute façon, lui revenait depuis longtemps. Le seul regret du jaloux, c'était qu'elle n'avait pas eu d'accident en se rendant chez elle. Là, ça aurait été la cerise sur le sundae. Mais bon, on ne peut pas tout avoir et l'arrestation de la patronne était, selon lui, suffisante pour qu'elle soit destituée. Il était allé se coucher et dans son euphorie, avait décidé de sauter sa femme, histoire de lui montrer qu'il était un vrai champion. Et encore dans son euphorie, il lui avait dit, en lui donnant son dernier coup de rein : «Tiens, c'est le nouveau directeur général adjoint qui est en train de te fourrer». D'accord, ce n'est pas tellement élégant; Therrien n'avait jamais fait dans la subtilité !

Le lendemain matin donc, une grande effervescence régnait au quartier général de la police. Le directeur général n'était pas de bonne humeur. Marconi et Deschamps avaient été convoqués dans le bureau du grand patron pour lui donner leur version des faits. Non, Catherine Mongeau n'avait pas conduit sa voiture, donc ne pouvait être accusée de conduite en état d'ébriété. Marconi n'était pas surprise de savoir qui avait refilé le tuyau à Normandeau et avait dit au grand patron que c'est lui qui devait recevoir le blâme, puisque lui aussi avait bu et qu'il était rentré chez lui en conduisant lui-même sa voiture. Le patron n'avait pas d'ordre ou de suggestion à recevoir de l'inspecteure. Sa colère à l'endroit de Therrien était visible et lorsque ce dernier était rentré au bureau le lendemain matin avec son air innocent, il l'avait perdu assez vite, merci. Le grand patron lui avait servi non seulement un savon, mais il l'avait rétrogradé. (*Vous vous demandez certainement si Normandeau avait lui aussi reçu un blâme. Bien sûr et pas à peu près. Il avait perdu son grade et tous ses avantages. On ne ridiculise pas la police impunément sans en payer les conséquences. Bon débarras. Ces deux-là étaient vraiment pénibles et n'auraient jamais dû servir dans les forces de l'ordre.*)

Quelques jours plus tard, Marconi avait reçu un mot de Catherine Mongeau la remerciant de lui avoir sauvé la donne et s'excusait si certaines paroles qu'elle avait dites, dans la voiture, avaient pu l'embarrasser. Elle poursuivait en lui disant qu'elle ne regrettait nullement de les avoir prononcées. Marconi avait été surprise et pour la seconde fois, elle avait ressenti ce léger trouble devant Catherine. Et, depuis cet évènement, les deux femmes s'étaient rencontrées à quelques reprises et de plus en plus souvent et de fil en aiguille...

(*Mais ne nous éloignons pas trop de notre enquête... Il fallait bien faire cette petite digression pour mieux comprendre la relation qui unit ces deux femmes. N'anticipons pas trop vite. Marconi et Mongeau ont droit à leur vie privée même si cette vie n'est pas sans intérêt.*)

Deschamps et Julie entrent dans son bureau suivis de Marc-André Gauthier, surnommé MAG. Toute l'équipe de Marconi est réunie.

— Qu'est-ce que vous avez ? demande Marconi.

Julie lui présente le dossier d'un meurtre per-pétré dans la Capitale l'année dernière. À ce sujet, l'inspecteur Dupuis, celui chargé du dossier là-bas, aimerait que Marconi lui téléphone. Il est prêt à se déplacer pour partager des informations.

La patronne parcourt rapidement le dossier qu'elle avait déjà lu, à l'époque, et voit le détail qui n'avait jamais été dévoilé à la presse, le fameux doigt que l'on avait retrouvé dans le vagin de la victime. Même chose ici. C'est peut-être une coïncidence, suggère MAG.

— Non, je ne crois pas aux coïncidences. Bon, il faut agir vite. On va devoir travailler en fin de semaine. Qu'est-ce que tu as trouvé sur la victime ?

— Pas grand chose, dit Julie. Elle travaille à la polyvalente comme psychologue et n'a jamais commis d'infraction. Elle est célibataire, si j'en crois son profil Facebook, mais elle peut très bien vivre en couple. À part de ça, rien.

— Parfait ! MAG, tu t'occupes d'aller à la poly-valente interroger la direction et le personnel. Peut-être que quelqu'un sait quelque chose.

— Qui va aller interroger les voisins ? demande MAG.

— Julien et moi, à moins que tu t'en charges ?

MAG est heureux de ne pas le faire, il déteste le porte à porte ; ça lui rappelle trop son enfance lorsqu'il devait passer les maisons pour vendre le calendrier des scouts. De plus, il livrait le journal local tous les matins et il avait de la difficulté à se faire payer lorsqu'il devait collecter l'argent, les fins de semaine.

— Julie, continue Marconi, tu te rends chez Simard pour voir où il en est rendu avec l'autopsie. Je veux savoir s'il a trouvé le doigt. Dès que tu as quelques détails, tu me téléphones. Julien et moi on va se rendre chez la victime pour informer ses proches de ce qui vient de se passer. Au travail tout le monde.

Chacun quitte le bureau sauf Deschamps. Marconi prend son manteau et le regarde.

— Qu'est-ce qu'il y a, veux-tu me parler de quelque chose ?

— Non ! C'est juste que cette femme-là, celle qui vient de mourir...

— Oui !

— Bien, elle a certainement une famille.

— J'imagine !

— Il va falloir leur annoncer et ça, ça me dérange. Je n'y arrive pas. Je trouve ça insupportable.

— Oui, je sais. Moi aussi je trouve ça difficile, mais il faut bien que quelqu'un le fasse et c'est à nous de le faire.

— T'as raison. Pourvu que je ne me mette pas à pleurer.

— Non, tu vas voir, ça va bien aller. Viens, mon grand.

Marconi lui caresse le dos doucement et lui prend le bras. Ils descendent l'escalier lentement sachant que les prochaines heures seront difficiles.

ON NE CRACHE PAS
SUR LA MUSIQUE COUNTRY

Arnold se rend dans la rue en arrière du restaurant où sa fourgonnette est stationnée. En passant sur cette rue, il aperçoit Rita fumant une cigarette. Il s'arrête et la regarde comme il l'a fait au restaurant. Elle lève la tête. Ah, non, pas encore lui ! semble-t-elle dire. Agacée, elle écrase rageusement sa cigarette et se dépêche de rentrer à l'intérieur.

En prenant ses ou son petit-déjeuner, c'est selon, il avait adoré irriter la serveuse. Il la sentait nerveuse et déstabilisée. Habituellement, il est toujours discret et n'attire jamais l'attention. Il aime l'anonymat, mais cette femme, sans trop savoir pourquoi, il avait eu envie de lui faire péter les plombs. C'était la première fois qu'il rentrait dans ce petit resto et à percevoir la réaction de Rita, il vient de décider qu'il reviendrait un peu plus souvent, histoire de la maintenir en alerte. D'accord, le restaurant est un peu loin de chez lui, peu importe, rouler lui fait toujours du bien et le comble de bonheur, surtout qu'il conduit une fourgonnette neuve. L'autre avait rendu l'âme quelques semaines avant et il ne pouvait se permettre de se retrouver sans véhicule. Avec le métier qu'il exerce, il doit toujours se déplacer. (*Quoi ? On n'a pas encore dit ce qu'il faisait comme travail? Électricien!*) Arnold est électricien et travaille depuis plus de tente ans à son compte et il n'a jamais manqué d'ouvrage. Il n'a pas encore eu le temps de faire placer la publicité sur son véhicule. Dans quelques jours, il a rendez-vous dans un atelier spécialisé, *Au bo char*, où des graphistes personnaliseront sa fourgonnette. Il aime-rait quelque chose de différent de son ancien véhicule: «Électricien 630-2999. Je me déplace». Vraiment banal comme publicité. À moins qu'il puisse trouver lui-même un dessin qu'il aime, les concepteurs lui ont promis un truc tendance beaucoup plus accrocheur.

Les mains dans les poches, il lâche un gros rot au moment même où une femme passe près de lui. «Cochon!», lui lance-t-elle. Il se tourne mais elle est déjà rendue plus loin. (*Cette femme ne sait pas la chance qu'elle a de l'avoir croisé en plein jour.*)

Arnold doit retourner chez lui prendre une douche avant de se rendre aux funérailles d'une vieille tante, Clara, morte d'ennui. Une semaine plus tôt, il avait reçu un appel d'un notaire qui lui apprenait que cette vieille tante, dont il n'avait aucun souvenir, lui avait légué la jolie somme de 225 000 $. Arnold, surpris, ne comprenait pas trop pourquoi elle lui laissait cet argent à lui et non à quelqu'un d'autre. Il n'avait pas posé la question au notaire. À quoi bon! Il héritait et c'était parfait. Arnold avait donc décidé de prendre toute la journée et avait annulé ses rendez-vous. Il irait aux funérailles de tante Clara; après tout, il lui devait bien ça!

En voulant ouvrir sa portière, ses pieds glissent et il passe tout près de tomber. Il lâche une série de jurons qu'il n'est pas nécessaire de traduire. Il jure, un point c'est tout, et il n'y a personne pour l'entendre. À l'aube, il avait également failli s'étendre de tout son long alors qu'il sortait le corps de Liliane Demers pour le laisser choir sur le sol. Là aussi il avait juré, mais intérieurement, car il ne voulait surtout pas attirer l'attention sur lui. Il avait jeté le corps et l'avait partiellement recouvert de vieux cartons avant de filer à l'anglaise. Il n'avait laissé aucune trace parce que ce n'était pas la première fois qu'il tuait une femme. Il a quand même un peu d'expérience mais il aime le risque, ce qui devrait, un jour, lui compliquer la vie. (*Mais n'anticipons pas trop!*)

Il démarre et met le chauffage à plein régime. Oh! Quelle différence avec l'ancienne fourgonnette, ça ne prend pas de temps à se réchauffer. Avant même de savoir qu'il hériterait, il avait choisi le modèle le plus équipé. Qu'il avait bien fait! Le temps s'est refroidi à une vitesse vertigineuse. La veille, il tombait des cordes, ce qui était de plus en plus fréquent en janvier et quelques heures plus tard, la température chutait de façon dramatique. On pouvait passer de +7° à -22° en l'espace de quelques heures. C'est d'ailleurs cette pluie qui est à l'origine de la mort de Liliane Demers... la pluie, le hockey et la musique country. Cocktail explosif! Parce qu'il n'avait vraiment pas l'intention de tuer une femme, non! Non, pas du tout! Ça s'est présenté comme ça et il jurera que ce n'était pas prémédité.

En gros, ce qui est arrivé, c'est qu'il pleuvait des cordes. (*Comme nous l'avons dit précédemment, Donald, c'est vraiment son prénom et non pas Arnold, comme l'a baptisé Rita... C'est là que ça devient un peu compliqué. On l'a connu comme étant Arnold dès le début et là, si on l'appelle par son vrai prénom, ça risque de devenir confus pour tout le monde. Et à bien y penser, Arnold est un prénom qui lui va assez bien, tout de même.*) Donc Arnold est assis chez lui et écoute une partie de hockey. Son club préféré, les Pingouins de Pittsburg, jouent contre l'ennemi juré, les Canadiens de Montréal. Son club subit une dégelée et Arnold ne le prend pas. Subban a blessé Crosby et Arnold en veut à la terre entière. Il est debout dans son salon et gueule contre les commentateurs qui disent que ce n'était pas intentionnel, que Subban ne voulait pas le blesser. (*Tous des vendus pour le Canadien.*) Il les déteste encore plus. Il faut qu'il sorte! Il doit aller faire un tour d'auto, c'est la seule activité qui arrive à le calmer. Chaque fois qu'il ressent un contretemps, une frustration comme maintenant, le fait de rouler en voiture lui replace les idées et l'apaise.

Il pleut et Arnold a le gout de rouler dans la nuit. Il a toujours aimé conduire sous la pluie, peu importe l'heure et la saison. Il roule tout en écoutant de la musique country, son genre préféré, sur la chaine 102,6. Il hausse le volume et sent une certaine euphorie se propager à l'intérieur de lui. Le bonheur! George Canyon chante *Surrender*. Il tape sur le tableau de bord pour battre la mesure. Trop bon! Trop bon! Il est heureux! Les essuie-glaces font le travail et il a l'impression de planer comme s'il faisait un trip de LSD. Le temps est suspendu surtout que le lendemain, il prend congé pour les funérailles. Arnold peut rouler une partie de la nuit car il n'est pas fatigué. Samedi soir, il va aller passer quelques heures au club, «Le cowboy solitaire», là où il s'éclate avec les danses en ligne. Il aime l'ambiance, la musique et surtout le genre de danses qu'on y pratique. Il ne parle jamais aux gens sauf à Patricia, car elle est comme lui, elle danse au lieu de jacasser. Pat et lui passent au moins deux heures à danser sans presque jamais s'arrêter. Il adore. Samedi, il ira danser et prendra une bière à la santé de tante Clara. Peut-être qu'il dira à Pat qu'il vient d'hériter...

Depuis qu'il est sorti, les rues sont désertes. À cause du mauvais temps, les gens restent à la maison. Il a la route à lui tout seul, le chemin est désert et il est bien parti pour rouler toute la nuit si le cœur lui en dit. Tout à coup, devant lui, une voiture zigzague et finit par s'arrêter sur l'accotement. Plus rien ne bouge. En passant près d'elle, il voit une femme écrasée contre son volant. Sans trop savoir pourquoi, Arnold décide de faire demi-tour et s'arrête derrière la voiture. On ne laisse pas une femme seule, en détresse sur la route au milieu de la nuit. Lui, c'est un bon gars malgré ce qu'on en pense. Homme plutôt effacé, il aime rendre service de temps en temps. La pluie tombe dru, il relève son col et marche jusqu'à l'auto. Heureusement qu'il a mis un long ciré sinon il serait trempé jusqu'aux os, le temps de se rendre à la voiture de la femme. Arrivé à sa hauteur, il voit la femme assise au volant qui a l'air de pleurer. Elle donne cette impression car il n'y a que ses épaules qui se lèvent et s'abaissent... comme quand on pleure, quoi! Il veut ouvrir la portière, mais elle est verrouillée. Il frappe sur la vitre et la femme sursaute. Elle était vraiment en train de pleurer, ses yeux sont rouges et la morve lui coule du nez. Il lui fait signe de baisser la vitre. Elle n'a pas l'air de comprendre. Il lui fait signe à nouveau en lui présentant son plus beau sourire. Sur la route déserte, voilà qu'une voiture passe lentement, sans s'arrêter. Arnold, toujours avec le sourire, fait signe à la femme en détresse. Elle baisse la vitre. Il lui demande si ça va et elle lui répond que non. Non, ça va très mal. Elle a été obligée de s'arrêter parce qu'elle ne voit plus rien, il pleut trop. Son haleine pourrait tuer un cheval (*Ce n'est pas tout à fait la bonne image, mais bon, elle sent vraiment le fond de tonne! Elle pue l'alcool à plein nez.*) Il lui demande s'il peut l'aider et là, elle se remet à pleurer. Elle a tellement de peine. Il attend qu'elle se calme et la pluie commence sérieusement à l'agacer et il a froid. Il va certainement mouiller les sièges lorsqu'il va retourner à sa fourgonnette et il ne la trouvera pas drôle du tout. Arnold est un homme qui aime l'ordre et la propreté et c'est un des points communs qu'il a avec Marconi; pour le moment, ni l'un ni l'autre ne le sait. La femme continue de chialer en lui disant que toute sa vie est foutue. Elle vient de casser avec son amant ou plutôt, c'est lui qui lui a dit que c'était fini. L'écœurant ! Il lui avait pourtant promis qu'elle et lui, c'était pour la vie. Il devait déménager chez elle et là, elle se retrouve toute seule. Pourtant elle lui avait fait un bon souper. Et elle pleure à chaudes larmes. Puis, d'un geste brusque, elle ouvre la portière, sort précipitamment et va derrière la voiture pour vomir. Arnold inspecte la voiture mais comme il n'est pas un voleur, il ne prend rien. Il ferme la vitre et enlève les clés du contact. Quand elle a terminé, elle revient et lui sourit tristement.

— Venez avec moi, lui dit-il, vous pouvez pas conduire comme ça, vous pourriez avoir un accident.

— Je m'en fous, réplique-t-elle, je veux mourir. *(NON ! NON ! Avoir su ce qui l'attendait, elle n'aurait jamais dit ça !)* Le salaud, continue-t-elle, il vient de me dire qu'il ne m'aime plus et que sa femme attend un enfant. Un enfant ! Il en avait déjà deux et il disait qu'il n'y avait plus rien entre sa femme et lui. Ce n'est quand même pas le Saint Esprit qui lui a fait ça ! L'écœurant ! Je lui ai tout donné.

Bon, elle énumère trois, quatre trucs, genre, je lui ai consacré ma jeunesse *(là, c'est un peu fort mais cette femme est blessée et en veut à la terre entière alors, elle beurre épais.)*

Arnold commence à en avoir soupé de la grosse crise de larmes et aimerait bien regagner la chaleur de sa voiture.

— Écoutez, il fait pas beau, vous allez prendre froid (*non mais, il est délicat quand même et il sait parler aux femmes en détresse*). Vous devez pas pleurer pour un type qui en vaut pas la peine. Calmez-vous, ça va aller. Quand il veut la prendre contre lui pour la calmer, elle résiste un peu, puis se laisse aller. Cet homme est doux, sa voix est chaude et il veut l'aider. Elle laisse tomber ses défenses et pleure sur son épaule.

— Venez, vous pouvez pas conduire, vous risquez de causer un accident et de blesser d'autres personnes. (*À remarquer qu'il n'a pas dit de vous blesser vous-même, car elle veut mourir de son trop gros chagrin*). Je vais vous ramener chez vous et demain, vous pourrez mieux affronter la situation.

— Non ! Je ne rentre pas chez moi, je m'en vais chez lui, dire à sa femme quelle sorte de menteur est son mari. Elle va savoir comment je m'appelle si elle ne le sait pas. La femme regarde autour d'elle et semble un peu perdue. Veux-tu me dire où je suis rendue ? Avec cette maudite pluie-là, j'ai dû manquer le chemin.

— Écoutez, ça sert à rien de vouloir lui régler son compte ce soir. Vous risquez de prendre froid surtout que j'ai l'impression que demain, vous devrez soigner un gros mal de tête. Je m'appelle Donald, mais vous pouvez m'appeler Don. Et vous ?

— D'accord, Don. Moi, c'est Liliane. Je ne veux pas m'en aller chez nous, j'ai trop mal. Laisse-moi dans un bar, Don, j'ai besoin d'un verre.

— Vous avez assez bu pour ce soir. Je vous amène prendre un bon café, ça va vous aider. Venez.

Elle accepte de le suivre. Il la fait monter dans sa fourgonnette en lui demandant de faire attention, sa voiture est neuve et il ne veut pas la salir. À l'intérieur de l'habitacle, elle a froid et grelotte, alors il monte le chauffage. La chaleur l'envahit doucement. Liliane se laisse aller sur le dossier du siège et ne tarde pas à s'endormir. Elle ne lui a pas donné son adresse mais il continue de rouler et se dit que dans une dizaine de minutes, il la réveillera et elle lui dira où elle demeure. Pour le moment, il fait ce qu'il faisait avant de s'arrêter, il roule. Dans l'habitacle de la camionnette, Fred Pellerin chante : *Mille après mille, je suis triste, Mille après mille, je m'ennuie, Jour après jour sur la route, Tu n'peux pas savoir comme j'peux t'aimer...* La voix est douce et la tristesse qui se dégage de l'interprétation remue Arnold. Il regarde la femme près de lui. Elle dort. Il va la ramener chez elle et il espère que demain, quand elle se réveillera, sa peine d'amour sera moins intense que son mal de tête carabiné.

Tout à coup, elle ouvre les yeux et entend un gars chanter qu'il va voir ses amis, dans un rythme qui lui écorche ses oreilles! Trop c'est trop!

— Non, mais veux-tu me dire qu'il n'y a rien que du western de cul dans cette radio-là? C'est tellement quétaine! Je n'arriverai jamais à comprendre qu'il y ait encore du monde qui écoute ça. Tu parles d'une gang de débiles mentals. Tiens, vous autres, ma gang de western!

Elle fait un doigt d'honneur en avant d'elle. Et, n'en pouvant plus, elle s'étire le bras et joue avec les chaines de la radio. Elle s'arrête sur une pièce classique et lui lance :

— Là, c'est bien mieux ça qu'une musique de senteur d'écurie !

Elle s'éclate de rire et elle se rendort comme si de rien n'était.

Oups ! Elle n'aurait jamais dû faire ni dire ça. Arnold se retrouve au milieu d'images de son enfance et sa tête explose. Liliane Demers, sans s'en douter, vient de signer son arrêt de mort. On ne crache pas sur la musique country et on ne réveille pas l'enfance de l'électricien !

LILIANE AVAIT INVESTI DANS LE BODY STRING PORTE-JARRETELLES

Deschamps prend le volant parce que c'est toujours lui qui conduit. (*N'allez pas croire que c'est parce que c'est un homme. Pas du tout!*) Marconi aime conduire sa propre voiture et non celle du bureau qu'elle ne trouve pas assez performante. Pour l'instant, elle est perdue dans ses pensées. Non, elle ne pense pas du tout à Catherine mais plutôt à Liliane Demers. Julie a fait une recherche sur la victime et il n'y a pas grand chose à son sujet. Elle habite au 5456 rue de la Forge. Elle est célibataire et travaille à la polyvalente depuis seize ans et elle n'a aucun dossier judiciaire. Auparavant, elle avait déjà travaillé six ans pour les Services sociaux et trois ans dans le milieu carcéral. Alors que Marconi arrive devant la maison, elle reçoit un appel de MAG pour lui dire qu'on a retrouvé la voiture de Liliane Demers sur une route isolée. Après une première inspection, il semble qu'il n'y ait rien eu de volé. Le sac à main est manquant, si jamais la victime l'avait avec elle. Marconi l'informe qu'elle avait son portefeuille dans ses poches. Ils ont remorqué la voiture jusqu'au garage et des techniciens sont en train de l'inspecter. Marconi veut savoir l'endroit exact où ils ont retrouvé la voiture et prend des notes dans son carnet.

— Ils ont retrouvé la voiture de la femme, dit-elle en regardant son adjoint.

— Ah, bon! Y a des détails qu'il faut que l'on connaisse? demande Deschamps.

— Pour le moment, il n'y a rien. Bon, on y va?

— Qu'est-ce que tu dirais si je t'attendais dans l'auto? Je pourrais effectuer une recherche sur cette femme. De toute façon, tu es bien meilleure que moi pour consoler les gens. Tu l'as, toi.

— Julien, il faut que tu fasses un tout petit effort. Moi aussi je trouve que c'est la partie la plus difficile de notre métier, mais on n'a pas le choix. Je veux que tu viennes avec moi. Ça va bien se passer, tu vas voir.

Avant même que Deschamps ne soit sorti de la voiture, Marconi est déjà rendue à la porte de la maison. L'adjoint marche lentement de peur de glisser et surtout parce qu'il retarde le moment où il se retrouvera devant des membres de la famille. À le voir, on jurerait qu'il s'en va vers la potence. (*Sensible, trop sensible.*) Arrivé à la hauteur de sa patronne, il relève son col et rentre ses épaules. Marconi lui caresse le bras et exerce une légère pression pour lui faire sentir que tout va bien se dérouler. Elle sonne. Attend. Sonne à nouveau. Attend. Pas de réponse. Il faut bien se rendre à l'évidence, il n'y a personne et il est inutile d'insister, ça deviendrait trop lourd.

— Tu vois, lance-t-elle à son adjoint, ce n'était pas trop difficile, hein?

Il la regarde et n'ose faire aucune réflexion, sachant très bien que ce n'est que partie remise. Ce n'est pas parce qu'il n'y a personne pour le moment qu'il n'y en aura pas plus tard dans la journée. Elle a certainement de la famille et il faudra la rencontrer éventuellement. Deschamps retourne à sa voiture. Marconi descend les quelques marches et regarde autour d'elle. Puis elle remonte les marches et sonde la poignée. La porte n'est pas verrouillée. Elle fait signe à Deschamps de revenir. Il vient la rejoindre, surpris de la situation. Marconi ouvre la porte avec précaution. Elle tend le bras droit pour empêcher Deschamps d'entrer.

— Attends, il y a du verre par terre. Téléphone à l'équipe technique qu'elle rapplique immédiatement.

Elle sort des couvre-chaussures de sa poche, les enfile en entrant dans la maison.

— Y a quelqu'un ? Police ! Y a quelqu'un ?

Elle se tourne vers Deschamps.

— Il n'y a personne. Entre et fais attention pour ne pas te couper, il y en a partout sur le plancher.

Marconi pénètre plus loin dans la maison en regardant attentivement autour d'elle. Elle entre dans la salle à diner et aperçoit des assiettes restées sur la table. Une chandelle est presque toute consommée et une bouteille de vin vide n'a pas été ramassée. Deux verres de cognac ont été vidés. Elle voit nettement les empreintes sur les verres.

— On dirait que la soirée s'est terminée de façon un peu raide et personne n'a eu le cœur de faire la vaisselle. (*On a déjà dit que Marconi aimait l'ordre et ce qu'elle voit ne l'inspire nullement.*)

Elle pénètre dans la chambre et voit le body string porte-jarretelles sur une chaise. Elle sourit et imagine que la dame avait sorti le grand jeu et quand elle regarde l'état du lit, elle se dit que l'investissement devait valoir le coup (*elle ne sait pas que Liliane l'avait acheté chez Winners*). Deschamps toussote dans l'entrée de la chambre. Son regard est lui aussi attiré par le vêtement. Il émet un sifflement.

— Hum! Élise n'a jamais porté un truc du genre. C'est assez spécial, non? Toi, tu portes ça?

— Regarde-moi un peu, tu crois qu'avec ma carrure je pourrais porter des dessous comme ça sans que j'aie l'air ridicule? Voyons donc! Je ne porterais jamais un truc du genre.

— J'imagine que tu pourrais être assez sexy!

— Julien, enlève-toi cette image de la tête.

— Vraiment, tu pourrais!

— Ça prend bien un homme pour dire des affaires de même. Bon, ce que je vois c'est que Madame recevait son amant, qu'elle avait revêtu ses dessous chics pour l'accueillir, qu'ils ont fait l'amour et qu'ils ont mangé par la suite. Durant le repas ou plutôt tout de suite après le repas, au moment du digestif, la conversation a dégénéré, ils se sont engueulés.

— C'est une interprétation.

— En as-tu une autre?

— L'hypothèse d'un amant... pourquoi pas le mari?

— Dis-moi, tu connais beaucoup de femmes

mariées qui, un jeudi soir, portent des dessous coquins et qui reçoivent son mari aux chandelles? Non, crois-moi, cette femme-là recevait un amant. Et puis Julie a fait une recherche et Liliane Demers était célibataire. Ce que je ne comprends pas, c'est le fait qu'elle ait été retrouvée à 30 kilomètres de chez elle. Si tu regardes bien, il y a deux bouteilles de vin qui ont été bues ainsi que du cognac. Les deux ne devaient pas être à jeun. Ils avaient beaucoup bu. Peut-être que l'amant l'a amenée faire un tour de voiture, qu'il l'a tuée et qu'il a laissé son corps là où on l'a retrouvé. Mais dans ce cas-là... Non, il y a quelque chose qui ne marche pas.

— La voiture de la femme!

— Oui. Lui aussi devait avoir une voiture, à moins qu'il ait pris un taxi. On a retrouvé sa voiture à elle dans un endroit où il n'y a pas de maison aux alentours alors qu'est-ce qu'il a fait après l'avoir tuée? Par quel moyen a-t-il quitté les lieux? Hier, il pleuvait des cordes. Non, y a quelque chose... Et je vais le savoir.

— Peut-être qu'ils ont mangé et bu et après, la femme a mis son... comment tu appelles ça?

— Un body string porte-jarretelles!

— La femme a mis son body string et lui s'est excité. Ils ont décidé de faire l'amour et c'est là que tout a dégénéré.

Marconi inspecte rapidement la salle de bains et ouvre la porte de la pharmacie.

— Non, je ne crois pas qu'elle l'ait mis plus tard,

elle l'attendait déjà attifée en *Elsa la louve des SS*. Elle avait pris un bain, regarde dans le fond, c'est une poudre qui ne s'est pas toute diluée. Crois-moi, elle l'attendait avec ses dessous pour créer l'effet.

— Ça devait être pas mal excitant. Si Élise me recevait un soir, habillée comme ça, c'est sûr que le souper attendrait.

Un bruit se fait entendre et l'équipe technique rentre dans la maison avec tout le matériel dont ils auront besoin pour recueillir des indices. Marconi s'entretient quelques instants avec Cormier, le technicien en chef et ressort de la maison avec Deschamps derrière elle.

— Viens, on va aller rendre visite aux voisins pour savoir s'ils ont vu quelque chose.

Deschamps est d'accord. Interroger des voisins ne lui pose pas de problème puisque les émotions seront moins à fleur de peau que s'il devait se retrouver devant des membres de la famille. Son pas n'en est pas moins hésitant en raison de la glace toujours aussi dangereuse. C'est lui qui frappe à la maison la plus près de celle de la victime. Ils attendent, mais là non plus, il n'y a personne. Ils n'ont pas aussitôt monté les marches de la troisième maison que les jappements d'un chien se font entendre. J'espère que ce n'est pas un pit-bull, pense Deschamps, lui qui n'est pas très à l'aise avec les chiens. L'adjoint n'a pas à s'en faire, il n'y a pas beaucoup de gens qui sont à l'aise avec cette race de chien en raison de leur mauvaise réputation. Quant aux jappements qu'il entend derrière la porte, ça n'a rien pour le rassurer.

La voisine ouvre à peine la porte, irritée de voir deux personnes sur son perron en avant-midi. On voit tout de suite qu'elle et le chien sont réticents à recevoir des inconnus et n'ont pas l'intention de les laisser pénétrer à l'intérieur. Deschamps est derrière Marconi qui, elle, adore les chiens. Et parlant de lui, voilà qu'il se pointe le museau. Deschamps est abasourdi quand il voit apparaitre un teckel, communément appelé chien saucisse. C'est peut-être petit, mais ça jappe plus fort qu'un gros chien. Marconi lui montre son insigne (*pas au chien, à la femme*) et se présente.

— Ben là! Vous pouvez pas entrer, je suis encore en pyjama. J'ai pas eu le temps de m'habiller, j'avais d'autres choses à faire. Allez pas penser que j'suis une femme négligée. J'ai dormi plus longtemps que d'habitude, j'ai pogné une grippe. En disant cela, elle se force à tousser un peu, histoire de leur montrer qu'elle n'est pas une menteuse. Elle se tourne vers son chien. Doux, doux, ma princesse d'amour, maman all'a rien faite pis à va pas aller en prison. Non, non, ma princesse, y vont pas entrer, maman s'en occupe.

Le chien continue de s'époumoner et la femme n'est pas trop pressée de le faire taire. Elle l'aime, sa princesse d'amour, elle se sent en sécurité avec elle. Elle la prend dans ses bras et la bécote sur la tête.

— Oui, madame, dit Deschamps. Vous allez

nous laisser entrer parce que nous avons des questions à vous poser.

— J'ai rien faite, moi. J'ai absolument rien faite pis vous pouvez pas m'arrêter. Ça doit être encore le fou d'à côté qui chiale parce que mon chien fait des crottes sur son terrain. Ben on est en hiver pis les crottes, j'les ramasse pas à -20 degrés. J'les ramasserai à l'été. Qui m'sacre donc patience, lui.

— Non, la coupe Deschamps, on ne vient pas pour des crottes de chiens, on est des homicides.

La femme, en entendant le mot « homicides », pâlit.

— Doux Jésus, qui c'est qui est mort que j'connais. J'ai rien vu dans le journal d'à matin mais y en parle en masse à la radio pis à la télé. C'est tu de t'ça que vous voulez me parler ?

— Madame, est-ce qu'on peut entrer, on aimerait continuer à vous parler à l'intérieur, dit Marconi.

— Ben oui, entrez donc, vous allez refroidir toute la maison. Ça parait que c'est pas vous autres qui payez mes factures d'électricité. Enlevez vos bottes, j'ai lavé mon plancher, hier, pis j'tiens pas à ce qu'on vienne le salir à matin.

Marconi et Deschamps enlèvent leurs bottes et s'installent sur le divan dans le salon. Le chien s'est calmé et la femme prend place sur le bout du fauteuil.

— Là, vous allez me dire qui c'est qui est mort mais j'vous le dis tout de suite, j'ai rien à voir avec ça pis mon garçon non plus. On est du bon monde, nous autres. On n'est pas comme...

Marconi sort son carnet. Elle commence à en avoir ras le pompon du moulin à paroles et décide d'user de son autorité.

— Madame, on a des questions précises à vous poser et vous allez vous taire quelques minutes, on n'a pas toute la journée. Vous pouvez me dire votre nom ? La femme ne répond pas.

— Madame, pouvez-vous me dire votre nom ?

— Ben décidez-vous ! Vous m'avez dit de m'la fermer, ça fait que j'me la ferme.

— Madame ! lance Deschamps en élevant la voix. Vous allez nous dire votre nom ou ça va aller mal pour vous et votre chien saucisse !

La femme sursaute en entendant que l'on puisse faire mal à son chien. Elle aimerait bien leur faire remarquer qu'on ne dit pas chien saucisse, mais à voir l'air bête du policier, elle s'empresse de dire son prénom.

— Alice qui ?

— Alice Tremblay.

— Vous vivez toute seule ? demande Deschamps.

— Non, j'ai un de mes garçons qui reste icitte, mais là, y est parti travailler. Mon garçon, André, c'est quelqu'un de vaillant. Y travaille, lui. Y est pas comme le voisin d'à côté qui a beau chialer sur les crottes de mon chien, mais qui est pas capable de s'trouver une job. Ben non ! Y aime mieux vivre sur l'assistance sociale que de travailler. Un vrai parasite, c'te gars-là. J'vous le dis !

— Quelqu'un d'autre? Vous avez un mari? continue l'adjoint.

— J'en ai déjà eu un pis y est mort pis j'en aurai pas d'autre, ça, j'vous en passe un papier. Y a tu été assez malade c't'homme-là! Malade! Avoir su, c'est un cours d'infirmière que j'aurais pris pas un cours de couturière. Un homme avec de la dystrophie musculaire, c'est de la job à plein temps. J'ai failli perdre ma propre santé tellement qu'y m'a demandé de l'ouvrage. Des fois, j'me demande encore comment ça s'fait que j'suis encore vivante. Y m'a usée jusqu'à corde.

— On aimerait vous poser des questions sur Madame Demers et...

— Madame! Mon cher monsieur, j'vous dis, vous autres que ça parait que vous la connaissez pas parce que vous l'appelleriez pas Madame! Non, vous l'appelleriez pas Madame pantoute!

— Madame Tremblay, fermez-la, d'accord?

— Si j'la ferme, j'pourrai pas répondre à vos questions, monsieur la police.

Marconi commence à perdre patience et l'interrogatoire n'est même pas encore commencé. Et ce que cette femme ne sait pas, c'est que Marconi a beaucoup de patience mais quand les choses trainent trop longtemps, elle peut se mettre en colère et ce n'est pas beau du tout. (*Si j'étais Alice, je ne pousserais pas ma chance et je répondrais sagement.*)

— Madame Tremblay, dit Marconi d'une voix douce (*on peut quand même percevoir une certaine irritation*), nous savons que vous êtes très occupée.

Plus vite vous répondrez à nos questions, plus vite nous pourrons partir. Vous connaissiez Liliane Demers ?

— Si j'la connais ! Ben voyons donc, on est des voisines. C'est-tu d'elle qu'on parle à la télévision pis au radio ? Y ont pas dit son nom. Si j'm'attendais à ça. Liliane a été morte assassinée ! Tu parles d'une surprise, à matin ! Non mais quand j'vas appeler ma sœur Irma, a m'croira pas. Liliane Demers est morte ! Ben j'aurai tout vu ! Qui c'est qui l'a tuée ? Si on est pus en sécurité dans notre propre maison, autant déménager. Ça fait quarante-deux ans que j'vis icitte pis j'me sus jamais faite tuer. Comme ça, c'est Liliane qu'est morte ? Ben oui parce que vous seriez pas venus me voir. J'le savais qu'à finirait mal. À l'a jamais été capable de s'trouver un chum qui avait de l'allure. C'est le genre de femme qui était prête à prendre n'importe qui pour pas rester tu seule. Même des gars mariés. Pis le dernier, y était marié. Y venait une couple d'heures, le soir mais y restait pas à coucher toute la nuit. Pis un gars qui peut pas découcher, c'est qu'y est marié !

— Bon, ça suffit ! coupe Deschamps. Si vous continuez comme ça, on vous amène au poste avec les menottes et vos voisins vont en parler pour le restant de leur vie.

Deschamps venait de trouver les mots pour calmer la madame. S'il fallait qu'elle passe pour une meurtrière, sa famille ne s'en remettrait jamais. Le ton de la voix de Deschamps a fait réagir le chien qui se place devant l'adjoint et sa maîtresse et recommence à japper comme un chien qui n'a rien d'autre à faire. Deschamps a un léger mouvement de recul. Il aimerait bien lui donner un coup de pied mais il tient à ses mollets.

— Doux, doux, ma princesse d'amour, maman va pas aller en prison avec le méchant monsieur. Alice se la ferme enfin. Pour ce qu'elle a à dire, Marconi n'aurait peut-être pas dû frapper à sa porte. Mais bon, c'est ça une enquête et le travail de terrain ne donne pas toujours les résultats escomptés.

— Vous connaissiez Liliane Demers depuis combien de temps?

— Depuis qu'all'a acheté la maison de Léo Frenette. Attendez, ça fait une quinzaine d'années. Oui, au moins quinze ans parce que Léo est mort l'année après qu'y est rentré au foyer. Ses enfants avaient décidé de l'placer pis d'vendre la maison. Pauvre Léo, y s'en est jamais remis. Moé, si y fallait que mon garçon me place! Ben non, lui, y ferait jamais ça à sa pauvre mère. Y a du cœur, mon garçon, c'est pas comme les enfants à Léo.

— Quels étaient vos rapports avec votre voisine?

— All'était pas jasante. C'était pas le genre à aller emprunter une tasse de sucre, si vous voyez le portrait. On peut pas dire qu'a s'mêlait aux autres. Une vraie snob! On la voyait pas de la journée pis le soir non plus. Ça se cache du monde de même. Pis l'été, c'était pire, c'était toujours les voyages. Ça a de l'argent, ce monde-là qui travaille dans les écoles.

M'a dire comme mon défunt mari, les profs, c'est pas une race de monde qui travaille ben fort! C'est en congé toute l'été pis l'hiver, quand qu'y a deux grains de neige qui tombent, y ferment les écoles, pis y peuvent dormir toute la journée. Pis dire que c'est avec nos taxes qu'on paie c'te monde-là à rien faire.

— Lui connaissiez-vous des amis. Est-ce qu'elle avait un amoureux?

— J'vous l'ai dit, a sortait avec un homme, mais j'le connais pas. Mais si y a une chose que j'sais c'est que ce gars-là, y était marié.

— Comment vous savez qu'il était marié?

— Y restait pas à coucher, c't'affaire! Y a juste les hommes mariés qui restent pas à coucher parce qu'y savent où c'est que leur pain est beurré. Pis y avait toujours l'air de se cacher. Croyez-moi, le gars y avait une autre femme ailleurs!

— Vous ne savez pas son nom?

— Je vous l'ai dit, a se mêlait jamais aux autres. Pis comme disait mon défunt mari, une personne qui parle pas à ses voisins all'a des affaires à cacher pis quand t'as des affaires à cacher, ça veut dire que tu fais des affaires croches sous la couvarte pis elle, a en faisait. J'veux pas médire, mais y a ben des hommes qui sont passés dans sa maison, si vous comprenez c'que j'veux dire. (*Bon c'est un peu tiré par les cheveux comme réplique, Alice dit n'importe quoi pour se rendre intéressante. Et rassurez-vous, son mari n'aurait jamais rien dit de tel parce qu'il respectait la vie privée de Liliane Demers.*)

— D'accord, dit Marconi, qui a très bien vu dans le jeu de cette femme. Si jamais vous avez des informations à nous communiquer, je vous laisse ma carte.

— Quoi, c'est toute ? Pensez-vous que la télévision va venir me poser des questions parce que si c'est ça, j'aimerais ben avoir le temps de m'habiller pis de m'arranger un peu pour être plus présentable. J'vas-tu passer à la télévision ? Vous pouvez m'le dire que j'téléphone à ma sœur ?

— Nous on est de la police, Madame, pas des journalistes, réplique Deschamps sur un ton sec. Votre garçon rentre à quelle heure ?

— Mêlez pas mon garçon à c'te femme-là, y a une blonde pis la Demers l'intéressait pas. All'a niaisé juste une fois pis y a dit sa façon de penser ben raide.

— Il rentre à quelle heure ?

— Vers 6h, y travaille dans un garage. C'est un mécanicien, le meilleur en ville.

— Quel garage ? demande l'adjoint.

— Chez *M.M. Centre-ville*. Y est honnête mon garçon pis y tuerait pas une femme comme la Demers.

Deschamps note l'information et enfile ses bottes. Naturellement, dès qu'il y a du mouvement, le chien se remet à aboyer. L'adjoint aimerait trop l'envoyer valser et se retient à deux mains de ne pas le faire. (*En fait, pour dire la vérité, c'est qu'il a trop peur de toucher au chien.*) Il s'empresse de sortir, manque la dernière marche et se retrouve encore une fois sur le dos. Marconi l'aide à se relever et se retient pour ne pas rire. Il monte dans l'auto en claquant la portière. Il ne dit pas un mot mais fulmine à l'intérieur de lui. Il démarre trop vite et la voiture zigzague légèrement. Il martèle le volant et dit qu'il déteste les chiens, les vaches et les éléphants. Quand il est rendu aux éléphants, Marconi sait qu'elle doit lui accorder une pause.

— Viens, je te paye le resto et on planifie le reste de la journée. Je donne un coup de fil au bureau pour réunir l'équipe en début d'après-midi.

(*Il est bien évident que nous serions en droit de penser que Marconi prend son enquête un peu à la légère, de prendre une pause resto alors que l'on sait très bien que les premières heures d'une enquête sont cruciales. Il faut connaitre Marconi, car même si c'est une Italienne au tempérament fougueux, elle est très réfléchie lorsqu'elle aborde son travail.*) Deschamps conduit la voiture et durant ce temps, Marconi réfléchit aux étapes qu'elle devra franchir. Son équipe a confiance en elle et jusqu'à présent, elle n'a déçu personne.

JEAN-GUY ET L'INSTINCT PRIMITIF
DE L'ÉTALON

La nouvelle d'une femme assassinée dans la ville s'est répandue comme un train grande vitesse qui fonce vers la gare sans savoir s'il pourra s'arrêter. À la polyvalente où travaillait Liliane, on croit tout de suite que c'est elle qui a été tuée puisqu'elle n'est pas rentrée au travail et surtout, elle n'a pas téléphoné pour signifier son absence. Les rumeurs courent à la manière d'un sprinter nourri aux stéroïdes. Si ça continue, on établira un nouveau record olympique en un temps deux mouvements. Jean-Guy, l'amant de Liliane (*eh oui, c'est lui*), commence à se sentir mal. Et si c'était Liliane ! Il ne lui a pas parlé depuis la veille et brule de lui téléphoner pour savoir si c'est elle qui est vraiment morte. (*N'importe quoi, mon Jean-Guy !*) Il est vraiment nerveux et réfléchit tout croche. La veille, il l'avait laissée sous le choc et ce matin, il n'avait pas tenté de la voir de peur qu'elle ne lui fasse une crise devant le personnel de l'école, surtout que personne n'était au courant de leur liaison. Aujourd'hui, c'est lui qui est sous le choc.

Jean-Guy n'arrive pas à comprendre ce qui peut s'être passé après son départ. Liliane était enragée noir et elle lui avait lancé quelques objets par la tête, notamment le beau vase à fleurs qu'il lui avait offert le jour de leur neuvième mois d'amour. En fait, le vase était un cadeau de noces que lui et sa femme avaient reçu de la part d'une lointaine cousine du côté de sa femme. Le vase avait rejoint les vieux objets dans le grenier et une journée de grand ménage, Agathe, sa femme, lui avait demandé de le donner à un organisme de charité parce qu'elle ne voulait plus le voir. Le beau Jean-Guy, dont l'imagination équivalait à la grosseur de son cerveau, avait acheté des fleurs au supermarché et avait offert le vase à sa maitresse. Liliane avait été tellement contente du geste de son amoureux qu'elle les avait conservés – et le vase et l'amoureux – précieusement. Il n'y avait plus de fleurs dans le vase; ce n'était pas une raison pour le briser. Liliane était vraiment furieuse. Une chance qu'elle ne savait pas viser, sinon il aurait pu être blessé. Jean-Guy ne se sentait pas bien du tout en repensant à leur dernière rencontre. Pour une meilleure compréhension de l'histoire, il serait peut-être intéressant de revenir à la soirée du drame.

La veille, Jean-Guy s'était rendu chez Liliane comme il le faisait chaque mardi et jeudi soirs. Ces deux soirs étaient consacrés aux pratiques de badminton, c'est du moins ce que pensait sa femme. Ce jeudi soir-là, Jean-Guy devait arriver chez Liliane avec ses valises pour y emménager définitivement. Il avait été convenu depuis assez longtemps, qu'il déménagerait le dernier jeudi de ce mois. Liliane, folle de joie, et surtout de lui, avait mis le paquet pour fêter l'heureux évènement.

Dès qu'elle était rentrée du travail, elle avait préparé le mets préféré de son amoureux, un gros steak épais qu'elle avait fait mariner dans du vin et des épices. Elle avait mis le disque de Adele et dansait sur la pièce *Rolling in the deep*. Heureuse. Son Jean-Guy s'était enfin décidé à faire le saut dans sa vie, à temps plein. La musique était poussée à fond. Elle avait recouvert sa table de sa plus belle nappe, sorti les chandelles et saupoudré des petits cœurs à la grandeur de la table. Elle en retrouverait partout le lendemain et jurerait comme une bonne en se maudissant d'avoir parsemé tous ces cœurs mais pour le moment, il fallait de l'effet. Par la suite, elle était allée prendre un bain parfumé en se demandant s'il ne serait pas plus sexy de le recevoir avec son nouveau body string porte-jarretelles. Ce vêtement, Jean-Guy ne l'avait jamais vu car elle venait tout juste de l'acheter chez Winners. Pas cher du tout : 39,99 $. À ce prix, il devait valoir au moins le triple dans une boutique de *Victoria Secret*. En la voyant, Jean-Guy deviendrait complètement fou et lui sauterait dessus. Elle deviendrait le steak de son amoureux et Dieu sait que son homme avait de l'appétit. Adieu Agathe, le bonheur déménage ailleurs ! Bref, Liliane était enfin heureuse.

Tout était prêt : les légumes étaient taillés, les pommes de terre au four et le steak macérait toujours. Elle-même était parfumée, pulpeuse et surtout vêtue de son body string porte-jarretelles. L'effet était renversant. La belle Liliane prenait des poses toutes plus lascives les unes que les autres. Puis, l'heure était enfin arrivée et il était là, devant elle. Aucune valise pendue à son bras. Petit moment de doute vitement réprimé. Il devait les avoir laissées dans l'auto, trop pressé de la retrouver. Il irait les chercher plus tard.

Pauvre Jean-Guy. En route pour aller chez Liliane, il essayait de trouver la formule qui ferait en sorte qu'elle ne serait pas trop blessée. Ce n'était pas la première fois qu'il brisait le cœur d'une femme – on est Don Juan ou on ne l'est pas – et redoutait les conséquences ou encore les réactions de la femme brisée. Comment annoncer à Liliane qu'il ne pouvait plus, non seulement emménager chez elle, mais qu'il devait mettre un terme à leur belle aventure. Dans sa tête, il essayait différents scénarios et rien ne fonctionnait. Jean-Guy aurait aimé rester chez lui avec Agathe, loin des ennuis qu'il se préparait à affronter. Il soupirait pas mal fort ! (*Allez mon champion, du courage !*) Il trouverait certainement le moyen de ménager la chèvre et le chou en autant qu'il puisse faire la différence entre les deux. En arrivant devant chez Liliane, il ne vit que la lumière de la porte d'entrée d'allumée. Le reste semblait dans le noir. Il était arrivé quelque chose à Liliane ! Il sortit de son camion à la belle épouvante. En entrant dans le salon, il aperçut Liliane, le bras appuyé lascivement contre le cadrage de la porte séparant le salon de la salle à diner. Elle portait des dessous qui allumèrent tout de suite l'instinct primitif de l'étalon. Liliane était tout simplement époustouflante. On aurait dit Rita Hayworth dans le film *Arènes sanglantes*. Il n'avait plus qu'une envie, lui sauter dessus. La rupture viendrait après. L'heure en était aux amuse-gueules et il s'en mettait plein la bouche. Par la suite, quand elle lui avait dit qu'elle lui avait préparé un steak, il ne sut résister à l'envie de manger et de boire l'excellent bordeaux qu'elle avait ouvert avant de lui annoncer la méchante nouvelle. Il n'y avait pas eu assez d'une bouteille que Liliane en avait ouvert une deuxième. La soirée aurait été parfaite si elle ne lui avait pas rappelé qu'il devait se rhabiller pour aller chercher ses valises dans l'auto. Ses valises? Oui, ses valises, car c'était bien ce soir qu'il les déposait chez elle, non? Euh! Il y avait un petit problème. Il ne pouvait plus.

Comment ça, il ne pouvait plus? Liliane avait-elle trop bu? Oui, elle avait beaucoup bu, et là, elle avait l'impression de dégriser à la vitesse de l'éclair. Jean-Guy essayait de lui dire qu'il ne pouvait plus déménager chez elle parce que sa femme était enceinte. Le p'tit vlimeux, l'infâme, l'ignoble, le salaud, le fumier, le p'tit verrat! (*Bon, c'est correct! On pourrait en rajouter en masse des synonymes pour marquer la colère de Liliane, mais il faut bien s'arrêter un jour.*) Sa femme était enceinte! Comment ça, enceinte, lui qui lui avait pourtant juré qu'il n'avait plus aucune relation sexuelle avec sa femme depuis des mois, voire des années? Et Liliane avec son grand besoin d'amour l'avait cru. Jean-Guy lui faisait

accroire ce qu'il voulait car il l'aimait éperdument...
(*quand même, pas tant que ça.*) Il aimait faire l'amour
avec sa maitresse, mais pas au point de passer toute
sa vie avec elle. Il était marié (*il vient tout juste de
s'en rappeler*) et devait faire face à ses responsabilités
de père. Bref, il allait devenir papa pour la troisième
fois et surtout, il allait avoir un fils.

Dès qu'Agathe lui avait appris la nouvelle, il
s'était mis à rêver à tous les projets qu'il ferait avec
son fils. (*Ça, c'est du Jean-Guy tout craché!*) Sa
femme lui annonce qu'elle est enceinte et dans sa
tête, elle vient de lui dire qu'elle va accoucher d'un
fils. Il va l'inscrire au hockey ou au soccer et pourquoi
pas aux deux. Le hockey l'hiver et le soccer l'été.
D'une manière ou d'une autre, il sera bon dans
tous les sports, Jean-Guy enseigne l'éducation physique. Bien sûr qu'il aime ses deux filles, et il ne les
échangerait jamais pour une boite de pop-corn (*sa
friandise préférée*), mais un garçon, on ne rit plus,
c'est du sérieux !

Liliane s'était déchainée. Après l'avoir abimé de
bêtises et de l'avoir traité de tous les noms, elle lui
avait lancé le fameux pot de fleurs par la tête. (*Le
pot, pas les fleurs. Jean-Guy n'allait pas souvent au
supermarché, c'est sa femme qui faisait les courses.
Il était mal à l'aise de lui demander d'acheter des
fleurs pour... vous savez qui !*) Liliane lançait tout ce
qui lui tombait sous la main. Jean-Guy avait réussi à
prendre et son manteau et la poudre d'escampette.
Il était rentré chez lui en catastrophe et en camion.

Sa femme qui d'habitude était toujours couchée lorsqu'il rentrait, était debout. Est-ce que Liliane lui avait téléphoné pour la mettre au courant de leur liaison? Si c'était le cas, elle le paierait cher. Jean-Guy la corrigerait cette pétasse qui voulait briser son ménage.

(Voilà la première déception pour le lecteur: Si on n'avait pas dit dès le départ que c'était Arnold le tueur, on aurait pu soupçonner Jean-Guy parce qu'après la soirée qu'il venait de vivre, il aurait eu un motif d'étrangler Liliane. On n'aurait jamais dû parler d'Arnold pour maintenir le suspense. Ce qui est fait est fait. Mais revenons à notre étalon à deux pattes.) Il rentre chez lui et voit sa femme en train de lire. Elle le regarde, il la regarde. Lui, un peu moins directement car il a des choses à cacher. Elle lui dit: Ta pratique s'est terminée tard! Il lui répond qu'il est allé prendre un verre après. Elle ne dit rien et replonge dans son livre alors que lui replonge dans l'angoisse. Il attend qu'elle lui dise qu'elle a reçu un coup de fil de Liliane; elle ne dit rien. Il va se déshabiller dans la salle de bains. Il ne prend pas de douche, il l'a déjà prise chez son ex *(tiens, il l'appelle déjà son ex!)* comme il l'aurait fait après sa pratique. Il va dans la cuisine et voit le téléphone accroché sur son socle. Il le soulève et consulte la liste des appelants. Rien de Liliane. Il respire, pas trop fort. Il revient dans le salon et demande à sa femme si elle compte rester debout encore longtemps. Elle prend cette question pour une invitation et s'empresse de se

mettre au lit. Depuis qu'elle est enceinte, son désir est décuplé. Jean-Guy n'a pas de problème avec ça, il est toujours partant. Il lui fait l'amour tout en gardant un œil sur le téléphone.

Pour le moment, l'heure n'est pas à la rêverie. La police va découvrir qu'ils étaient amants... d'ex-amants s'empressera-t-il de dire. Et on va le questionner et il devra répondre. Quand sa femme l'apprendra, parce qu'elle le saura, c'est bien certain, ça va frapper fort. La direction de l'école le saura, ses collègues, sa belle-famille, tout le monde! Que dira-t-il à son fils plus tard? Pathétique! Il est à se demander ce que Liliane pouvait lui trouver, à Monsieur Univers. Si la période peut finir qu'il sorte de l'école.

Il range les ballons alors qu'il devrait plutôt les laisser sortis pour le cours de volley-ball dans quelques minutes. Il tourne en rond et essaie de trouver un prétexte pour sortir de la polyvalente. Tout ça, c'est de la faute à Liliane. Pourquoi a-t-elle succombé à son charme? N'aurait-elle pas pu se retenir? Elle savait qu'il était marié, mais elle ne pouvait taire ses pulsions, et lui... Lui ne pouvait pas dire non à une femme qui ne demandait pas mieux que de se laisser couler dans des bras aussi musclés. Jean-Guy a toujours été un homme à femme. À l'heure actuelle, il n'est préoccupé que par l'arrivée éminente de la police et peut-être sera-t-il accusé de meurtre. C'est du moins ce qu'il craint. En attendant, l'étalon irrésistible rase les murs et n'est pas intéressé à commenter l'actualité.

Ses élèves rentrent au gymnase et tout de suite ils s'adressent à notre Jean-Guy national. Ils veulent savoir s'il est au courant que la psychologue de l'école serait la femme assassinée, découverte le matin. Tous ont leur mot à dire et les rumeurs qui étaient restées dehors courent un partout dans cette salle qui sent l'effort et la sueur de plusieurs générations. Jean-Guy est tétanisé surtout qu'une étudiante vient de lancer à la ronde (*faute de lancer le ballon que Jean-Guy tient dans ses mains*) qu'il semblerait que la Demers avait un amant dans l'école.

— C'est pas vous, Monsieur? lui lance une étudiante en minaudant et en se léchant les lèvres tout en reluquant les biceps de l'adonis. (*À remarquer que l'étudiante fait plusieurs choses en même temps parce qu'elle est très éveillée au niveau de sa sexualité*). L'étudiante est une vraie chasseuse et lui, une vraie proie parce qu'il y a longtemps qu'elle l'a dans sa mire... depuis au moins son secondaire 1.

Pour l'instant, Jean-Guy rougit plus qu'il ne le voudrait et tente de commencer son cours. Impossible, les étudiants n'en ont que pour la nouvelle. Pour une fois qu'il se passe quelque chose dans leur école, ils ne vont certainement pas se taire pour suer au volley-ball. Et là, on commence à énumérer les profs mâles et les membres du personnel qui seraient susceptibles de recevoir les faveurs de la Demers. On en parle encore au présent, la réalité n'a rattrapé personne jusqu'à maintenant. La mort de Liliane Demers est plus ou moins un concept difficile à expliquer. On n'arrive pas à mettre un nom et encore moins un visage sur l'amant mystère. L'étudiante, la délurée de tout à l'heure, lance... (*à force de lancer comme elle le fait depuis le début, elle devrait peut-être s'inscrire au lancer du poids pour les prochains Jeux olympiques*). «Si on ne trouve pas d'homme, c'est peut-être parce que c'est une femme!» Là, c'est fort! Personne n'y avait pensé et voilà que la rumeur vient de virer de bord et que Liliane Demers est devenue lesbienne. Jean-Guy est découragé et soulagé à la fois. Il n'aime pas la tournure que prend la discussion, mais en même temps il est content que les soupçons s'éloignent de lui. Il faut absolument qu'il donne son cours pour empêcher les jeunes de trop penser. (*Un peu d'autorité, mon Jean-Guy et ça va bien aller!*) Au moment où il se fait cette petite remarque intérieure, Louise Portal (*pas l'actrice, l'autre*), l'adjointe du directeur, entre dans le gymnase et fait signe à Jean-Guy de sortir, elle veut lui parler. Elle a les yeux rouges et on voit qu'elle a pleuré. Pour montrer qu'il est toujours maitre de la situation, il siffle et dit aux jeunes de commencer une partie, il va revenir dans quelques instants. Il lance le ballon et marche lentement jusqu'à Louise. Elle sait et c'est pour ça qu'elle veut le voir. Il commence déjà à transpirer alors que la peur vient tout juste de le rattraper.

— C'est confirmé, la police a communiqué avec Régis (*le directeur que l'on rencontrera un peu plus tard*) et il s'agit bien de Liliane. Elle a été assassinée et nous devons organiser une cellule pour gérer la crise. Les profs sont sous le choc et quand les étudiants vont l'apprendre, crois-moi, ça sera pas beau à voir.

— Ils sont déjà au courant.

— Qui, les étudiants ?

— Oui, ils parlent juste de ça et c'est difficile d'essayer de donner un cours.

— Il va falloir agir plus vite que je pensais. Toi, comment tu te sens ?

— Quoi, comment je me sens ?

On sent la panique dans le regard et dans le ton de voix de Jean-Guy.

— Je sais, c'est un choc pour tout le monde. Pour voir si on s'y attendait. Une si bonne psychologue. Brillante avec ça. Je me demande qui c'est qui lui en voulait au point de la tuer. C'est rendu qu'on n'est plus à l'abri de rien. Tout le personnel est sous le choc (*on le sait, ça fait vingt fois qu'elle le répète !*) Je n'en reviens pas. Toi, comment tu te sens, ça doit te faire un plus gros choc ?

— Je n'ai rien à voir avec la mort de Liliane, moi ! Qu'est-ce que tu veux insinuer là ?

Jean-Guy va finir par exploser tellement ses nerfs sont en train de le lâcher.

— Voyons donc, Jean-Guy, je n'insinue rien. Je sais que toi et Liliane prépariez le projet sur la psychologie sportive, alors je me dis que ça doit te perturber beaucoup.

— Oui, dit-il avec soulagement. C'est sûr que c'est un gros choc pour moi aussi. C'était un gros projet qui aurait aidé tout le monde. Un gros projet, oui. Il ne sait plus trop quoi dire et aimerait bien retourner dans son gymnase pour évacuer son stress.

— Étant donné que tu la voyais plus que les autres, tu ne saurais pas quelque chose ?

— Bien non, je ne la voyais pas plus souvent que les autres. Je ne sais pas ce qui est arrivé. Je te laisse, j'ai un cours à donner.

— Vas-y mollo avec les jeunes, tout le monde connaissait Liliane et personne n'aura la tête aux cours, surtout qu'il s'agit d'un meurtre. Gingras de la Commission scolaire va nous réunir, mais je ne sais pas encore à quel moment. Tiens-toi prêt. Elle lui touche le bras et poursuit en lui disant que s'il a besoin de parler, elle est là.

Jean-Guy la remercie et rentre dans le gymnase. Si la journée peut finir qu'il sorte de là au plus vite.

ON SE RETROUVE
AU PROCHAIN CHAPITRE

Marconi et Deschamps se retrouvent en pleine circulation en raison de l'heure du diner. Ils ne peuvent aller se sustenter chez Rita; il y trop de monde à cette heure-ci. De toute façon, Deschamps ne voulait pas aller manger là parce qu'il y a du poisson le vendredi et que le poisson, lui, il déteste ça. Tu pourrais prendre autre chose, lui suggère Marconi. Peu importe, il n'aime pas l'endroit parce que tout le monde se mêle des affaires de tout le monde. D'accord ! Ils n'ont pas grand temps alors elle s'occupe de tout. L'inspecteure tourne vite sur un dix cents.

Ils montent dans la voiture et Marconi lui dit de la conduire chez elle, où elle doit prendre des trucs. Deschamps s'exécute et pendant qu'il l'attend, consulte ses messages. Il y en a un d'Élise, il ne l'ouvre pas. Une dizaine de minutes plus tard, Marconi revient à la voiture avec un gros sac. Quand elle rentre, il ne peut s'empêcher de lui dire que ça sent bon. Du basilic, lui dit-elle. Et ils retournent au bureau. *(Ce qui va se dire dans l'auto ne concerne qu'eux et n'a rien à voir avec l'histoire... Quoique... on ne sait jamais ! Alors la suggestion est la suivante, tout le monde prend une pause et on se retrouve au prochain chapitre.)*

UNE ODEUR D'AIL
FLOTTE DANS LE POSTE!

Lorsqu'ils passent devant le bureau de Julie, celle-ci est en grande conversation téléphonique. Marconi continue jusqu'à la cuisinette aménagée près de la salle de réunion pour y déposer son gros sac. Elle retourne dans son bureau suspendre son manteau, passe à la salle de bains et revient dans la cuisine. De son sac, elle ressort un tablier qu'elle enfile et déballe allègrement le reste du sac recyclable. De la sauce tomate qu'elle a mis en pot avec sa mère et ses sœurs, une grosse barquette de champignons frais, de l'ail, un bloc de parmesan, du basilic et un sac de pennés. Elle va leur préparer ses fameuses pâtes à la salsa Rosa.

La sauce tomate de la famille Marconi demeure un secret que personne ne veut partager et ne partagera jamais, même sous la torture. Marconi se met à l'ouvrage et brosse les champignons qu'elle coupe en gros morceaux. Puis, elle coupe l'ail finement, qu'elle fait cuire en même temps que les champignons dans un poêlon dans lequel elle a, au préalable, ajouté de l'huile d'olive. Vous suivez?

L'odeur de l'ail sort de la cuisinette, se répand sur tout l'étage et, tant qu'à y être, flotte à la grandeur du poste de police. Julie se pointe le nez en disant que ça sent drôlement bon. Elle n'a pas eu le temps de sortir pour diner, et s'informe s'il y en a un peu pour elle. L'as de l'informatique a tellement faim qu'elle mangerait les cadres de portes.

— Il y en a pour tout le monde, lui répond Marconi, et laisse les cadres de portes intacts ! Est-ce que MAG est revenu?

— Non, dit Julie. Il est parti à la polyvalente depuis au moins deux heures. Pas de nouvelles de lui.

— Téléphone-lui. S'il n'a pas mangé, qu'il rapplique au plus vite, comme ça on pourra continuer à travailler tout en mangeant.

Deschamps voudrait bien leur dire que c'est contre ses principes de manger tout en travaillant, mais il doit obéir aux ordres de sa patronne. Lui aussi a besoin de savoir où ils en sont.

Marconi s'affaire toujours à préparer le repas et ne dit pas un seul mot. Elle réfléchit. Deschamps lui demande s'il peut l'aider. Elle sort de sa bulle et lui dit de faire bouillir les pâtes. Qu'il ne se gêne surtout pas pour saler l'eau abondamment. Il s'exécute, trop heureux de se montrer utile dans la cuisine. Les gens vont surement penser que c'est un cliché que l'Italienne fasse des pâtes pour dîner. Non ! Pas cliché du tout. Marconi a toujours pensé que 1 : Les pâtes c'est bon pour la santé. Que 2 : C'est facile à cuisiner si on a une bonne sauce de base (*comme la sienne*) et que 3 : C'est vite fait, bien fait ! Formule gagnante à tous coups. Ceux qui pensent que les trois « p » : pain, patates, pâtes font grossir, sans doute ont-ils raison, mais ils se privent de quelque chose de délicieux. (*Ce n'est certes pas le propos, mais ça continue de sentir très bon et tout le monde a faim.*)

Ne reste plus qu'à compléter le plat; elle verse la sauce sur les champignons, ajoute un peu de crème (*pas de concession, la crème donne du gout*), sel, poivre et finalement les pâtes qu'elle mélange délicatement. Un peu de parmesan râpé et du basilic pour couronner le tout. Julie a déjà dressé les assiettes et ils s'installent autour de la table. Marconi va dans son bureau et revient avec une bouteille de vin rouge, puis change d'idée. Ce n'est pas le moment même si ça complèterait bien le plat. MAG arrive alors qu'ils ont presque terminé leur assiette. Il lui en reste un peu et ne se fait pas prier pour se servir. Deschamps prépare un pot de café frais et chacun lave son couvert. Marconi leur dit qu'elle les veut dans la salle de réunion dans 15 minutes. Pendant ce temps, elle descend en courant (*digestion oblige*) chercher ses messages. La réceptionniste lui dit que ça sent très bon à l'étage et que ce doit certainement être elle qui vient de cuisiner quelque chose. L'inspecteure sourit sans entamer la conversation. Elle se dépêche de remonter à son bureau. En épluchant ses messages, elle voit le nom de Raymond Dupuis, un enquêteur de la Capitale. Il lui demande de le rappeler le plus vite possible, ce qu'elle fait illico. Quelques minutes plus tard, elle rejoint son équipe dans la salle de réunion. Les dossiers sont sur la table et chacun est absorbé dans sa lecture.

— Bon ! J'aimerais que l'on fasse un tour de table pour voir où nous en sommes. MAG, tu commences.

Le policier sort son iPad et relit ses notes.

— Oui, je me suis présenté à la polyvalente cet avant-midi et j'ai rencontré le directeur, Régis Thériault et son adjointe, Louise Portal, oui, comme la belle actrice. Et si vous voulez mon avis, elle aussi pourrait faire des films parce qu'elle a le body pour ça, si vous voyez ce que je veux dire.

— C'est correct, mon MAG, c'est correct, on a bien compris ta grande subtilité dans tes remarques, le coupe Marconi.

Le policier se dérhume et continue. Le directeur m'a confirmé que Liliane Demers travaillait comme psychologue scolaire et que selon son adjointe, elle n'avait pas téléphoné pour dire qu'elle ne rentrait pas ce matin, ce qui était contraire à ses habitudes. Non, ce n'était pas dans ses habitudes de ne pas rentrer le vendredi matin, mais de ne pas téléphoner. Oui, c'était préoccupant pour le directeur qui n'avait que de bons mots pour son employée. S'il avait remarqué un comportement étrange ces derniers temps ? Non ! Il n'avait rien remarqué du tout. À vrai dire, il y avait bien longtemps qu'il ne l'avait pas vue; *il est le directeur* et son poste le tient tellement occupé qu'il n'a pas le temps de couver ses employés. Il n'a pas une adjointe pour rien, c'est elle la poule couveuse, pas lui ! Thériault devient un peu bourru comme s'il venait de se faire prendre en défaut. S'il y a d'autres questions, la police n'a qu'à s'adresser à l'adjointe. Lui n'a pas de temps à accorder aux policiers; si jamais il y avait des questions de la part des journalistes, oui, c'est lui qui s'en occuperait. Les communications avec la presse, c'est son domaine. Il en profite pour dire que c'est très regrettable que ce soit une de ses employées qui se soit fait assassiner, parce que ça n'envoie pas un bon message à la population en général. Non, mais il faut avoir de la face, de se faire tuer avant la fin de semaine! Qu'est-ce que les jeunes auront comme image, si le personnel commence à se faire tuer. Non, c'est trop! Le directeur se prend la tête à deux mains, histoire de montrer à quel point il est découragé. Que va penser le président de la Commission scolaire devant ce qu'il appellera le laxisme de son autorité? Et la ministre de l'Éducation? Ce n'est quand même pas de sa faute, à lui, ce qui vient d'arriver! Il ne peut pas surveiller son personnel comme s'ils étaient à la maternelle, il a bien d'autres choses à faire, lui, et des importantes, à part de ça! Et la réputation de l'école, hein? Est-ce que la police y a pensé avant de venir lui annoncer une nouvelle aussi catastrophique? Bien non! Personne n'est capable de penser à part lui. Il a une polyvalente à faire tourner, lui. C'est du monde, ça, Monsieur! Assurément, cet homme si près de se retirer devra partir avec une tache à son dossier. Dire qu'il avait des projets politiques pour meubler sa retraite. Qu'est-ce qu'elle avait à se faire assassiner, celle-là! Le monde est trop injuste! Non, il n'a rien à dire à ce policier. Qu'il voie ça avec son adjointe, c'est elle qui s'occupe des meurtres et des profs.

MAG était sorti ébranlé devant l'émouvant cri du cœur du directeur. (*Non, non, c'est une blague !*) Le directeur n'a jamais été une lumière et dans son cas, les années n'auront, malheureusement, rien amélioré. L'enquêteur avait dû se rabattre sur l'adjointe qui ne s'était pas fait prier pour répondre aux questions de cet enquêteur jeune et sexy.

Louise Portal avait été subjuguée par le policier dès leur premier regard et n'aurait pas fermé la bouche tant son intérêt était grand, si elle n'avait pas senti un fin filet de bave lui couler sur le menton. Décidément, il lui faisait de l'effet. Il serait peut-être intéressant de présenter ce métrosexuel habillé de pied en cape par *Moores Vêtements pour hommes*. Marc-André Gauthier est toujours élégant et ressemble beaucoup plus à un mannequin ou à un acteur qu'à un policier. Tiré à quatre épingles (*expression pour dire qu'il est vraiment élégant dans ses habits Moores Vêtements pour hommes*), il semble toujours sortir d'une réunion de directeurs de banque. Le matin, dès son réveil, il fait 102 push up et le même nombre de redressements. Après une longue douche sous l'eau chaude, il la termine avec un jet d'eau glacé, histoire de raffermir sa peau. La barbe qu'il porte est celle du style de trois jours qu'il entretient à l'aide d'une tondeuse à barbe de marque *Beardtrimmer 9000-BT9290/32* qu'il n'a pas hésité à payer le gros prix. Ses cheveux qu'il attache en queue de cheval lui donnent un air mauvais garçon qui plait bien aux femmes. Ajoutez à cela qu'il surveille son alimentation et qu'il fréquente les gymnases et les salons d'esthétique régulièrement. Il n'a aucune économie puisqu'il dépense tout en produits de beauté, en vêtements et en gadgets électroniques.

Petit détail (*vous en faites ce que vous voulez*), à la fin de ses études de droit, au lieu de passer les examens du barreau, il s'était plutôt inscrit à l'école de police. Après avoir travaillé pendant deux ans dans une petite ville, il était parti retrouver son oncle Paul, le frère de son père, qui travaillait pour Scotland Yard à Londres. Ce dernier lui avait trouvé un poste et durant trois ans, avec son oncle, il avait participé à des enquêtes de toutes sortes. À la mort de Paul, il était rentré au pays et avait été affecté au département des homicides dans l'équipe de Marconi. À 36 ans, il est toujours célibataire et collectionne les femmes comme on collectionne des cartes de hockey qu'il lui répugne à échanger.

Pour en revenir à sa rencontre avec la belle Louise, l'adjointe, elle l'avait amené dans son bureau, avait fermé la porte et s'était installée face à lui en se penchant légèrement pour faire ressortir ses seins volumineux. MAG, très sensible aux opulentes poitrines, avait montré sa grande satisfaction devant la générosité de cette femme. Il avait, pendant un court moment, fermé les yeux pour enlever toute distraction pouvant nuire à son enquête. Il voulait un portrait, le plus détaillé possible, de cette employée (*pas de Louise, de l'autre, la victime*). Oui, elle connaissait bien Liliane Demers qui était une psychologue expérimentée. Elle était très aimée des étudiants et faisait du bon travail. Non, la direction n'avait jamais eu de problèmes avec cette employée. Elle était assidue et n'était jamais malade. D'ailleurs, Louise avait trouvé très curieux de ne pas la voir à l'école, ce matin, mais elle avait surtout été agacée de ne pas avoir été prévenue de son absence. Elle en avait touché un mot à la secrétaire et lui avait demandé de téléphoner pour en connaitre la raison. À titre d'adjointe, elle aimait bien avoir le contrôle de la situation et détestait les mauvaises surprises. Non, elle était très différente du directeur qui, lui, faisait preuve d'un laisser-aller répréhensible dans cet établissement. Louise était une femme responsable et surveillait son troupeau (*en prononçant ce mot, elle avait éclaté d'un rire cristallin, ce qui n'avait pas déplu au policier*). «J'exige toujours de savoir ce qu'ils font dans les cours et en dehors des cours.» Mais bon, étant donné que Liliane avait été assassinée, la raison de son absence s'expliquait et elle ne lui en tiendrait pas rigueur.

L'adjointe voulait savoir ce qui était arrivé; elle devait assister à une réunion avec tout le personnel et elle désirait bien informer son monde en leur donnant le plus de détails possible. Non, il ne pouvait rien lui dire. Toutes les informations devaient demeurer confidentielles. Si elle voulait en savoir plus, ce n'était pas par simple curiosité, qu'il n'aille surtout pas s'imaginer ça! Que non! En sachant le fin fond de l'histoire, elle serait plus en mesure de gérer les émotions qui avaient déjà commencé à se manifester à la grandeur de l'école. Au risque de se répéter, il fallait bien se rendre à l'évidence, le directeur actuel ne connaissait rien à une saine gestion de crise, occupé qu'il était à préparer sa retraite depuis une dizaine d'années. C'est elle qui dirigeait la polyvalente. En disant ces derniers mots, elle avait discrètement remonté son opulente poitrine dont les seins auraient aimé se retrouver dans les mains du jeune policier. Et lui, qui voyait les mamelons dressés à vouloir transpercer le soutien-gorge, n'aurait pas demandé mieux... mais son éthique du travail était sans reproche et il détacha son regard, encore une fois, des obus pointés vers lui.

Est-ce qu'elle savait si Liliane Demers avait un amoureux ou une amoureuse... Après tout, on est quand même au 21e siècle et le policier sexy en a déjà vu d'autres. Il a déjà travaillé à Londres, lui. Vraiment ! À Londres ? Louise qui avait toujours rêvé de s'y rendre ! Ouf ! Il était encore plus attirant que dans ses rêves. Non ! Malheureusement, elle n'était pas au courant des amours de Liliane. Si elle avait des amis parmi le personnel ? Non plus. Liliane était une solitaire. Elle ne se confiait pas tellement même si elle, l'adjointe, avait à quelques reprises essayé de lui tirer les verres du nez. Non ! Elle ne parlait que de travail. Non, Liliane ne semblait avoir que des contacts professionnels avec les membres du personnel. Oui, il pouvait interroger qui il voulait et elle pourrait l'accompagner si tel était son désir. Vous savez, tous sont sidérés par la nouvelle et il y a un climat lourd aujourd'hui à l'école, lui confia-t-elle en replaçant son chemisier un peu juste. Le personnel est choqué et les femmes ont peur. Est-ce que lui, le beau policier, pourrait les protéger des fous furieux qui rôdent près des écoles ? MAG s'était senti tout à coup comme Superman et aurait bien pris l'adjointe dans ses bras pour l'amener vers les plus hauts sommets. Il se voyait la crinière au vent, le regard crispé par la mission qui l'attendait et l'adjointe toute petite dans ses bras musclés. Oui, s'il le fallait, il était capable de protéger la polyvalente au grand complet. Quoi ? Vous avez dit qui ? Jean-Guy, le prof d'éducation physique ? La descente de MAG sur terre avait été plutôt brutale. Oui, il aimerait le rencontrer.

MAG avait rencontré Jean-Guy qui sortait de son gymnase. Il était mal à l'aise et regardait partout sauf en direction du policier. Oui, il connaissait Liliane, juste un petit peu parce qu'ils avaient élaboré un projet ensemble. Les rencontres étaient rares, tous les deux étaient extrêmement occupés. Non, il ne savait rien de sa vie privée puisque leurs rapports étaient strictement professionnels. (*Professionnels mon œil, espèce de chaud lapin !*) Le policier l'avait trouvé nerveux ; il jugeait que cette nervosité résultait de la stupeur. Quoique... il fallait être vigilant et MAG était aux aguets même si ça ne paraissait pas. Il pouvait frapper – au sens figuré, bien sûr – au moment où la personne ne s'y attendait pas. MAG lui avait dit que c'était correct et qu'il était désolé de devoir poser des questions au personnel. Pour les besoins de l'enquête, il n'en avait pas le choix.

— Ce prof d'éduc, il était comment ? s'informe Deschamps.

— Normal. Rien de particulier. Il est comme les autres, il n'en revient tout simplement pas que la psychologue se soit fait tuer. Ça dépasse l'entendement. Ce que je trouve curieux, c'est que personne dans l'école ne pouvait se vanter de connaître Liliane Demers sous prétexte qu'elle ne se mêlait pas beaucoup aux gens. Ça faisait quand même longtemps qu'elle travaillait dans la boite. J'ai l'impression que l'on va devoir y retourner. L'adjointe m'a donné les coordonnées de tout le monde et je vais faire le suivi avec elle.

— Parfait ! dit Marconi. Et toi, Julie, qu'est-ce que tu as trouvé ?

— Comme je te l'ai dit, j'ai travaillé sur le téléphone de la victime. On a de la chance, elle n'avait pas un portable avec carte prépayée. J'ai relevé tous ses contacts et numéros de téléphone. Il y a un numéro qui correspond à ses contacts, mais il n'y a pas de nom, uniquement des initiales, A.M. Pas d'adresse, rien. Ce numéro est constamment utilisé. Il l'est à tous les jours et même plusieurs fois par jour. À mon avis, il s'agit d'un amant. Hier soir, à partir de 22h30, elle l'a composé à toutes les deux minutes. Le dernier appel a été fait à 23h42.

— As-tu essayé le numéro ? demande Marconi.

— Oui, mais ça ne répondait pas. Il s'agit d'un numéro avec carte prépayée.

— Ça se complique un peu, là, souffle Marconi.

— Je n'ai pas dit mon dernier mot. Je continue et croyez-moi, rien ne pourra m'arrêter. Je fouille également son ordinateur personnel.

Marconi sourit. Elle connait bien Julie, l'as de l'informatique. Quand elle dit qu'elle viendra à bout d'un problème, c'est que dans sa tête, le problème n'existe déjà plus.

— Tout à l'heure, j'ai eu Raymond Dupuis au bout fil, les informe la patronne. Il arrive cet après-midi.

— C'est qui, lui ? demande Deschamps.

— C'est l'enquêteur de la Capitale, répond Julie. C'est lui qui est en charge du dossier de la femme qui s'était fait assassiner là-bas. Selon lui, son dossier pourrait présenter des éléments semblables aux nôtres.

— Il semble, continue Marconi, que l'affaire n'a pas encore été résolue et quand il a entendu parler de notre victime, il a eu l'idée de nous rencontrer pour voir si certains éléments se recoupent.

— Et il a décidé de nous rendre visite, dit Deschamps. Il aurait pu attendre parce qu'on n'a pas grand chose. On pourrait répondre à ses questions par téléphone au lieu qu'il se déplace.

Deschamps n'est pas très chaud à l'idée qu'un étranger vienne se mêler de leur dossier. Qu'il ne compte pas sur lui pour l'aider parce qu'il ne partagera rien. Marconi le regarde et sait très bien ce que son adjoint pense.

— Bon, dit MAG, comment on procède à partir de maintenant ? Vous autres, vous avez interrogé les proches de la victime ?

— Non, seulement le voisinage et on n'a pas appris grand chose, si ce n'est que Liliane Demers ne socialisait pas beaucoup. On sait qu'elle a un frère qui travaille dans l'Ouest et une sœur qui demeure en Floride. Ses parents sont décédés. On n'a pas beaucoup de renseignements sur elle.

— Si tu veux, suggère MAG, je pourrais me rendre en Floride interroger sa sœur.

— Bien oui, réplique Julie. Un petit voyage pour ajouter un peu de couleur au teint de Monsieur. Une petite semaine de vacances avec ça ?

— Je ne dirais pas non ! Avant que je trouve cette femme-là, en Floride, ça pourrait effectivement prendre un peu de temps, c'est pour ça que je suis prêt à me sacrifier.

— Laisse faire, répond Marconi. On a un policier là-bas qui se charge de communiquer avec elle. J'ai plutôt l'impression que c'est elle qui va vouloir descendre. Même chose pour son frère, on a quelqu'un qui s'en occupe. Par contre, j'aimerais que tu te rendes au garage *M.M. Centre-ville* pour interroger André Tremblay, un mécanicien.

— C'est quoi le rapport ?

— C'est un voisin de Liliane Demers. Il demeure tout près avec sa mère. C'est la seule à qui on a pu parler et elle n'avait pas grand chose à dire. Peut-être que son fils en saura un peu plus. La mère a seulement dit que la victime fréquentait des hommes mariés.

— Moi, je pense que c'est vous autres qui devriez interroger le gars parce que vous avez parlé avec la mère.

— Moi, comme tu dis, réplique immédiatement Deschamps, c'est que tu ne veux pas aller au garage pour ne pas te salir. Si tu t'habillais comme du monde au lieu de t'habiller comme un dandy, tu serais plus efficace.

(*Oh ! Oh ! Il y a de l'animosité dans l'air entre les deux policiers.*) C'est vrai que Deschamps et MAG n'ont pas du tout les mêmes gouts vestimentaires. Tout ça ne serait jamais venu sur la table si Élise ne s'en n'était pas mêlée. Parce qu'il est là, le problème. Depuis que MAG travaille au bureau, elle n'arrête pas de casser les oreilles à Julien sur sa façon de s'habiller. Elle dit que Julien fait «cheap». Il fait plus Colombo que James Bond (*MAG étant l'agent 007, bien sûr. Merci pour la comparaison !*) Ça ne plait vraiment pas à Deschamps que sa blonde lui dise qu'il est habillé comme la chienne à Jacques ! (*Drôle d'expression quand même quand on ne connait pas la chienne à Jacques !*) Encore une fois, Marconi est obligée d'intervenir pour calmer la tension entre les deux coqs.

— Non, c'est juste que j'avais l'intention de retourner à la polyvalente interroger d'autres membres du personnel avant que tout le monde ne parte pour la fin de semaine. La directrice adjointe va me faciliter la tâche pour rejoindre le plus de gens possible.

— T'as raison, dit Marconi, c'est même une excellente idée. Va à la polyvalente et nous on se charge du fils. On reste en contact. Rendez-vous ici en fin de journée et on rencontrera l'enquêteur de la Capitale.

LA MÈRE D'ARNOLD S'ÉTEINT
AVANT L'INCENDIE

En attendant de passer au feu vert, Arnold jette un coup d'œil dans le rétroviseur et trouve que ses cheveux ont un peu allongé. Sa barbe aurait besoin d'un bon rasage. Il a beau ne pas être beau, ce n'est pas une raison pour se négliger. Au lieu de continuer sur le boulevard, il tourne à droite sur la rue King. À quelques mètres plus loin, il voit le poteau rouge et blanc du barbier « Roger Le roi de la coupe ». Il se gare juste devant, verrouille ses portes et entre. Roger, fidèle au poste depuis 43 ans, lui dit qu'il n'en a pas pour longtemps et qu'il peut s'assoir. Ce que fait Arnold. Après quelques coups de ciseaux rapides, il soulève la cape recouvrant le client, lui passe une brosse dans le cou et lui montre le derrière de sa tête à l'aide d'un petit miroir. Le client semble satisfait, se lève, paie et sort.

Roger fait signe à Arnold de prendre place sur la chaise.

— Même chose que d'habitude, mon homme ?

— Oui mais tu me fais la barbe aussi. Je vais à des funérailles tout à l'heure.

— Qui c'est qui est mort ? Pas ta femme, toujours ?

— Une vieille tante.

— Quand c'est vieux, c'est normal que ça meure.

113

On s'en va là, nous autres aussi. Penche ta tête plus en arrière. L'eau est tu trop chaude ? Tu me l'dis. Canadien a ben joué, hier soir, hein ? J'te dis que Subban y l'a sorti Crosby. C'était un maudit bon match !

En entendant la réflexion de Roger, Arnold serre les poings. Il en veut à Subban d'avoir blessé Crosby et s'il n'en tenait qu'à lui, le défenseur du Canadien serait privé d'une douzaine de matchs. Les arbitres sont des vendus, pense-t-il, il n'y a même pas eu de punition. Mais Arnold se contient et ne réplique pas à Roger.

Le barbier s'applique à lui couper les cheveux très courts comme le veut le client. Il se concentre sur une rosette qu'il n'arrive pas à dompter.

— As-tu entendu parler du cadavre de la femme qui a été retrouvé à matin ?

— Ouais...

— J'sais pas c'est qui. Probablement une prostituée parce que qui c'est qu'tu veux qui sorte avec la pluie qui tombait hier ? Y avait pas un chat qui voulait sortir. Non ! J'pense que c'était une prostituée qui a voulu faire une passe à un client pis lui, y était pas content pis y a sacré une volée. Habituellement, c'est ça qui s'passe. Y finissent toutes de même, ces femmes-là.

(*On voit tout de suite que Roger est un grand spécialiste des prostituées et que son analyse relève d'une longue et sérieuse réflexion.*)

— Qu'est-ce que t'en penses, toi, mon homme ?

— Aucune idée, ça m'intéresse pas.

— Moi non plus, ça m'intéresse pas une prostituée... c'est juste qu'un meurtre, on peut pas dire que ça arrive à tous les jours. J'ai ben hâte de voir comment la police va faire pour résoudre ça. On peut pas dire qui sont des lumières, eux autres. Y sont même pas capables d'arrêter des voleurs, comment tu veux qu'y arrêtent des tueurs ? Moi, j'me sus fait défoncer y a trois semaines. Les polices sont venus, y ont fait le tour, m'ont posé deux, trois questions pis y sont partis. J'ai téléphoné au poste cette semaine, pour voir où c'est qu'était rendue mon affaire. Ben y avaient encore rien trouvé. Rien trouvé ! Tu parles d'une gagne d'incompétents. Ça trouverait même pas leur mère dans une rangée de deux personnes. Le plus écœurant dans tout ça, c'est qu'y m'ont dit qu'y connaissaient les ceux qui ont fait ça, mais qu'y avaient pas de preuve. Aie, pas de preuve ! M'a leur en donner, moi, des preuves. Y ont juste à me donner leurs noms pis j'vas leur en trouver. Ça prend pas une deuxième année B pour résoudre les problèmes !

Quand Roger a terminé la coupe de cheveux, il enlève la cape et passe la brosse dans le cou d'Arnold. Il sort une serviette humide et chaude et entoure le visage de son client. Il lui taponne doucement les joues et le cou et laisse la serviette quelques minutes afin que les pores soient bien ouvertes. Arnold adore ce moment. Par la suite, Roger lui masse la peau avec une huile prérasage. Arnold laisse ses yeux fermés, appréciant la douceur des mains du barbier. Roger

115

applique une mousse avec son blaireau en faisant des mouvements circulaires. Il saisit délicatement son rasoir à lame fixe. Arnold entrouvre ses yeux et voit la lame. Il aimerait en avoir une du genre, ce qui lui faciliterait la tâche pour une coupe propre et sans bavure. Le barbier a la main adroite. Il rase et sa lame ne repasse jamais au même endroit. Roger est précis et on a l'impression d'être devant un sculpteur qui taille du marbre. À la fin, il essuie le visage du client et lui applique la pierre d'alun pour refermer les pores de la peau. Ne reste plus que la lotion hydratante et Arnold aura une peau de bébé pour assister aux funérailles de sa tante.

Il paie le barbier, remet son manteau et sort. Dehors, il fait toujours aussi froid et son visage frais rasé est sensible à la température. Il manque de glisser en passant derrière sa camionnette et jure en ouvrant la portière. Dans l'auto, il se regarde dans le miroir du pare-soleil et touche son visage. La peau est douce et il aime la sensation de bien-être qu'il ressent. Il ne lui reste plus qu'à rentrer chez lui pour prendre une douche avant de se rendre au Complexe Funéraire où aura lieu la courte cérémonie.

À la radio, Bruno Rodéo et les routiers chantent *On va toute vous faire danser*. Ça lui plait bien, la musique est entrainante. Demain, il ira danser. Arnold tape sur son volant. La journée s'annonce très belle, il est heureux. Kevin Landry chante une chanson d'amour où il est question de chercher quelqu'un à aimer. Lui, il ne cherche personne à aimer. Tout ce qu'il veut, c'est d'être bien et de ne pas être dérangé. Il a toujours aimé la solitude et a juré qu'après avoir trouvé un bon métier, il resterait seul et ne rendrait de comptes à personne. Peut-être qu'il pourrait avoir un chien... Oui, ce serait bien d'avoir un chien... Et puis non. La paix ! Derrière ses yeux, l'image de Patricia apparait. Elle, ce n'est pas pareil. Il l'aime bien et peut-être qu'il aimerait lui rendre des comptes.

La maison est calme et tout est en ordre. Pas un grain de poussière ne roule sous les meubles. Il voit lui-même à l'entretien de son intérieur et ne laisse jamais personne pénétrer chez lui. Son répondeur clignote et il se rend compte qu'il n'avait pas fait transférer ses appels. Il écoute ses messages et les seuls qu'il reçoit concernent toujours son travail d'électricien. Il rappelle les clients leur promettant de passer en début de semaine, car étant donné la mortalité dans sa famille, il ne peut malheureusement pas les dépanner. Arnold est un homme courtois et responsable.

Dans la salle de bains, il remplit la baignoire qu'il saupoudre de lait de bain « Nantucket Briar ». Il a du temps devant lui alors au lieu de prendre une douche, il décide de relaxer et de faire le vide dans son esprit. Il aime bien rêvasser dans sa baignoire. Quand il y pénètre et qu'il ferme les robinets, la maison reprend son silence. Il ferme les yeux et pense à Liliane Demers. Elle parlait trop ! C'est vrai qu'elle avait bu et ne respectait rien. Cette femme lui faisait penser à sa mère. Elle aussi n'arrêtait jamais de parler et surtout parlait trop fort. Tiens, tiens, tiens... Il y a bien longtemps qu'il n'avait pas pensé à sa mère. Ça fait combien de temps, maintenant... Trente ans? Non, quarante ans qu'elle a levé les pattes... Quel grand bonheur!

Lucette Grant, la mère de Donald, mieux connu dans cette histoire comme étant Arnold, n'avait pas été ce qu'on peut appeler une mère aimante, étant donné son haut degré de frustration. Veuve presqu'à la naissance de son fils, elle avait fait cinquante-six métiers pour connaitre cinquante-six misères. Vendeuse dans un magasin de vêtements, serveuse dans un restaurant et faiseuse de ménage dans les bureaux et les maisons privées, elle vivait pauvrement. Le soir, elle n'avait plus qu'une idée, celle de boire pour oublier sa misère. De plus, elle n'avait pas le gout de s'occuper de l'enfant qui lui rappelait trop son erreur de jeunesse. Elle s'était mariée obligée, comme on disait à l'époque, et son mari était mort très tôt d'un cancer. Aucune assurance vie et des dettes d'hôpital à s'en arracher l'âme (*elle faisait vraiment pitié*)! De toute façon, Lucette n'avait pas la fibre maternelle. Le garçon avait commencé très jeune à prendre soin de lui-même sans se préoccuper des autres. Lucette aimait sortir et aller dans les clubs. Elle aimait danser (*il retient ça d'elle*). Elle prenait un coup solide et de temps en temps, des clients la ramenaient et restaient quelques heures, histoire de se faire payer le détour (*et ce n'est pas parce que tu es veuve que tu n'as pas certains besoins!*) Lucette avait des envies qu'elle aimait bien satisfaire, alors payer le client avec son corps lui apportait des avantages non négligeables. Le plus embêtant c'est que la femme n'avait pas la jouissance silencieuse, ce qui réveillait le gamin plusieurs fois dans la nuit. Certains restaient toute la nuit et au matin, en préparant son lunch pour l'école, le jeune Donald se retrouvait devant des inconnus qu'il n'avait pas nécessairement envie de rencontrer. À cette époque-là, il rongeait son frein en rêvant d'y mettre fin.

Un soir, sa mère était rentrée tellement paquetée qu'elle s'était écroulée sur le plancher de sa chambre avant même de se rendre jusqu'à son lit. Elle avait vomi et s'était endormie dans son dégât. En la voyant par terre, il l'avait détestée comme jamais auparavant. Il l'avait poussée du bout de son pied; elle n'avait pas réagi. Écœuré par la situation, le garçon était retourné dans la cuisine et avait pris un vieux fil électrique qui trainait sur le comptoir. Il était retourné dans la chambre et avait serré le cou de sa mère. Quelques petits soubresauts et c'était fini. Après, il avait allumé une cigarette qui trainait sur le bureau et l'avait jetée sur le lit. Il avait fermé la porte de la chambre, s'était assis sur une chaise autour de la table et avait attendu. Bien réveillé, il n'avait pas bougé. Finalement, le feu avait pris et sa mère y était restée. Il avait treize ans.

Le lendemain, un voisin l'avait recueilli et le garçon avait passé la journée à manger comme s'il n'avait pas de fond. Sans famille, hormis cette vieille tante qui vivait en Floride et qui ne voulait rien savoir d'un orphelin, on l'avait placé dans une famille d'accueil et puis une autre et puis une autre... Pour ne pas le heurter, on ne lui avait jamais dit qu'il avait une tante.

Il avait tué sa mère et on ne l'avait jamais soupçonné. Des témoins avaient raconté aux policiers que Lucette rentrait toujours soule et c'était de sa faute si la maison avait pris feu. En repensant à cet épisode, Arnold sourit. Après sa mère, il avait tué d'autres femmes mais ce n'est pas urgent d'en parler tout de suite. Marconi est là pour faire la lumière sur le meurtre de Liliane Demers et l'inspecteure a du talent (*ce serait quand même génial si son enquête pouvait permettre de résoudre d'autres meurtres*). Arnold devrait se méfier et ne pas pousser sa chance inutilement. Mais il est tellement sûr de lui.

L'eau a commencé à refroidir et il quitte sa baignoire avec regret. Il doit se rendre aux funérailles de sa tante, celle qui restait en Floride lorsque sa mère s'est éteinte. Il pense qu'elle lui a laissé l'argent pour se faire pardonner de l'avoir abandonné et pour gagner son ciel sans passer par le purgatoire (*un restant d'éducation judéo-chrétienne*). Bref, comme Arnold a toujours eu du cœur, il est reconnaissant envers cette vieille tante qu'il n'avait jamais vue. On pourrait se demander comment elle, la vieille, avait retrouvé ce neveu après tant d'années parce que lui aussi avait souvent déménagé et la mort de sa mère ne datait pas d'hier. Clara était revenue vivre au Canada et avait voulu connaitre le garçon de son frère. En fait, elle avait engagé un détective privé qui s'était chargé de l'affaire et qui bien sûr l'avait retrouvé. Elle savait où il habitait, mais elle avait toujours remis à plus tard cette rencontre avec lui. Bref, elle était décédée sans lui avoir parlé. C'était mieux comme ça, il n'aurait pas su quoi lui dire.

Arnold n'a pas de costume, alors il opte pour un pantalon en fin lainage brun, et un chandail à col roulé beige sous un veston couleur brique. Non, on ne peut pas dire qu'il est beau, mais il est propre. Sa peau est tavelée par une acné de jeunesse et ses yeux noisette disparaissent sous des paupières qu'il aurait intérêt à faire remonter. Son nez s'est cassé à la suite d'une mauvaise chute et les rides de chaque côté de la bouche lui donnent un air plutôt sombre. On ne peut pas dire qu'il a été avantagé par la nature, bien que sa voix, lorsqu'il s'exprime, est douce et rassurante.

Mais qu'en est-il de sa vie sentimentale ? À ce sujet, notre homme est plutôt discret mais il se peut qu'il se dévoile plus tard. Pour le moment, au risque de se répéter, il doit assister à des funérailles.

AVOIR SU, J'AURAIS PASSÉ LA SOIRÉE DEVANT LA FENÊTRE

Chez *M.M. Centre-ville*, le bruit des machines s'entend jusqu'à l'extérieur. Marconi et Deschamps pénètrent dans la petite salle. Une femme, vêtue d'une combinaison-pantalon tachée à plusieurs endroits, entre dans la salle et leur demande ce qu'elle peut faire pour eux. Elle s'essuie les mains tout en consultant le livre des rendez-vous. Au même moment, le téléphone sonne et elle s'excuse auprès des clients.

— Non, j'viens d'le regarder, c'est ton alternateur. T'as pas le choix, j'dois t'en poser un autre. Non... non ton démarreur était correct. OK, j'le fais venir et j'te rappelle. C'est ça !

Elle raccroche et demande à nouveau ce qu'elle peut faire pour eux. Marconi lui dit qu'elle veut parler à André Tremblay. La mécanicienne regarde vers la salle de réparation et leur dit d'attendre, elle va aller le chercher. Aussitôt dit, aussitôt fait. Elle se rend vers un jeune homme d'une trentaine d'années qui était en train d'installer des freins sur une voiture. Il regarde en direction des inspecteurs (*il se doute qu'ils en sont puisque sa mère lui a déjà téléphoné pour lui dire que Liliane Demers avait été tuée et qu'elle avait reçu la visite des policiers*). Il n'est donc pas surpris de cette visite, mais n'aime pas qu'on vienne le déranger en plein travail. Il dit quelques mots à la jeune femme et à regret, se rend dans la petite salle en s'essuyant les mains. C'est à croire que ce geste fait partie du cours de mécanique appris au collège.

— André Tremblay ? demande Deschamps.

— Ouais !

— On aurait quelques questions à te poser au sujet de Liliane Demers.

— Ma mère m'a téléphoné pour me dire qu'a s'était fait tuer. J'ai rien à vous dire pis y faut que j'finisse ma job. J'ai pas l'temps de répondre à vos questions. J'ai un client qui va venir chercher son char d'icitte une heure. On n'est pas ouvert les fins de semaine.

— Il n'y a pas de problème, si tu ne veux pas répondre à nos questions ici, on t'amène au poste et on va t'interroger là-bas.

Au même moment, un client entre dans la petite salle et André demande à la mécanicienne, Véronique, de venir quelques instants. Elle rentre à son tour en s'essuyant les mains. Elle est intriguée, car André lui a dit qu'il s'agissait surement de la police. Marconi demande à André s'ils peuvent parler dans un endroit plus tranquille. Véronique leur dit qu'ils peuvent s'installer dans le petit bureau. Elle les fait entrer et ferme la porte derrière eux. Ils sont un peu à l'étroit mais personne ne semble s'en formaliser. Deschamps prend l'initiative de l'interrogatoire.

— Liliane Demers était ta voisine ?

— Ouais.

— Quels étaient tes rapports avec elle ?

— Que c'est que vous voulez dire par « rapports » ? J'y ai jamais touché.

— Est-ce que vous vous parliez ?

— Non ! On peut pas dire qu'on se parlait à part bonjour, bonsoir, jamais un mot de plus. On se croisait rarement parce qu'on n'avait pas les mêmes heures. Moé, j'pars à 7 h pis j'reviens juste vers 6 heures et demi. On s'voyait pas pis on s'parlait pas. C'était une psychologue ou une psychiatre, j'le sais pas trop. A parlait pas au monde ordinaire.

— Es-tu déjà allé chez elle ?

— Non.

— Jamais ?

— Non... oui, peut-être une couple de fois, c'était parce qu'all'avait besoin d'un service. A se mêlait pas aux voisins. C'était une femme indépendante, elle !

— Quel genre de service ?

— J'le sais pas, moé... une fois, all'avait besoin de faire couper une grosse branche qui avait à moitié cassé, ça fait que j'ai été l'aider. Une autre fois, c'était parce que sa pompe dans cave marchait pus pis j'ai été voir. All'avait raison, ça fait que j'y en ai installé une neuve. Une autre fois c'était pour son char. Des affaires de même.

— Elle devait te parler dans ces moments-là ?

— Non ! Chus pas son genre pis de toute façon, était trop vieille pour moi. J'y rendais service, pas plus.

— Pourtant, intervient Marconi, votre mère nous a dit que vous aviez déjà eu une histoire avec elle et qu'elle vous avait niaisé.

— Ma mère dit n'importe quoi !

— Qu'est-ce qui s'est passé, insiste Marconi.

— Ça fait ben longtemps de t'ça. C'était un samedi après-midi pis son char partait pas. J'suis allé voir c'qui marchait pas pis j'l'ai arrangé. Après, a m'a offert une bière pis j'ai accepté. On a jasé un peu. J'la trouvais pas mal cool même si all'était plus vieille que moé. Ces femmes-là, y ont l'expérience ! (*Devant le regard réprobateur de Marconi, il ne développe pas plus en détail.*) Le lendemain, j'suis retourné la voir parce que j'pensais qu'a s'intéressait à moé. A m'a viré de bord en me disant qu'all'aimait pas faire envahir son intimité. Envahir son intimité ! J'ai tu l'air de t'ça, moé ? J'aime pas m'faire niaiser par une femme, ça fait que je l'ai laissé tomber.

— Savez-vous qui elle fréquentait ?

— Non !

— Vous ne l'avez jamais vu ?

— Ben, oui, j'l'ai déjà vu parce qu'y allait chez elle. Mais j'sais pas son nom, a me l'a jamais présenté. J'vous l'ai dit, on s'parlait pas. Ma mère disait qu'y devait être marié parce qu'on l'voyait jamais les fins de semaine. Y venait toujours le mardi pis le jeudi. Des fois, y venait un autre soir, mais le mardi pis le jeudi, c'était pas mal steady.

— Vous ne lui avez jamais parlé ?

— Non !

— Jamais?

— Ouais, astheure que j'y pense… c'est arrivé y a peut-être trois semaines. Avec les maudits frettes qu'y faisait, son truck partait pas. J'arrivais de travailler pis comme j'débarquais de mon char, y est venu me demander si j'avais des câbles. Y était pas de bonne humeur parce qu'y était pressé. Je l'ai boosté pis là, Liliane est sortie, a y a crié quelque chose, y est allé la voir une minute, pis y est parti.

— Hier soir, où étiez-vous?

— Hier, j'suis arrivé chez nous comme d'habitude, vers 6 heures et demi. Y mouillait pas mal pis c'était pas beau dehors. Ma mère m'avait servi à souper pis après, j'ai été dans le sous-sol pour écouter le hockey. Le jeudi soir, j'écoute toujours le hockey, surtout quand c'est les Canadiens qui jouent. Hier, y ont battu Pittsburg pis j'étais ben content. J'me sus couché pas longtemps après la game parce que j'me lève à 6 h tous les matins d'la semaine. J'commence à 7 h.

— Est-ce que vous avez vu s'il y avait quelqu'un chez Madame Demers?

— Non, j'ai pas r'gardé. Du sous-sol, on voit pas sa maison. Je couche là, au sous-sol. J'me sus faite une chambre pis un salon pour mettre ma Samsung de 65 pouces. Ça c'est d'la belle machine. J'ai rien vu chez la voisine, mais avoir su, j'aurais passé la soirée d'vant la fenêtre.

— Pour en revenir à l'homme qui fréquentait Liliane, il n'y a pas un détail qui vous revient? demande Marconi.

— Genre?

— N'importe quoi. À quoi il ressemblait? Grand, court, gros, maigre, des cheveux longs ou courts, il portait la barbe ou non?

— Ben y faisait assez frette qu'on avait pas le cœur à jaser ou à s'conter nos vies. Me semble qu'y portait une tuque, j'pense... mais même là, j'sus pas sûr. Un gars, j'regarde pas ça, moé. Une femme par exemple. Là, j'peux t'la décrire, mais un gars, ça m'intéresse pas... Liliane quand all'a ouvert la porte pour y crier, all'avait un pantalon noir pis un chandail rouge avec quelque chose d'inscrit dessus, mais j'étais trop loin pour lire ce qu'y avait d'écrit. Mais lui, aucune idée. Sauf que...

— Sauf que quoi?

— C'est drôle, j'pense que je l'ai déjà vu dans le journal... Maudite mémoire! Si jamais j'viens qu'à m'en rappeler, j'vous téléphone. Mais là, y a rien qui m'vient.

— D'accord, poursuit Marconi. Pouvez-vous me dire ce qu'il conduisait? Vous avez dit un camion, pouvez-vous nous dire la marque, la couleur?

— Ben là, j'peux vous en parler. Y conduisait un Chevrolet Silverado 1500LT, j'dirais 2010, gris pâle. Ces pick-up là, ça l'a d'la misère dans les gros frettes. J'y ai dit, change ça pour un Ford, t'auras pas de problème. Y a ri pis y a dit : « Es-tu fou, toé, mon beau-père vend du GM, pis je m'vois pas arriver avec un Ford dans sa cour. Dans c'te famille-là, y ont toute du GM ».

— Qu'est-ce que Liliane conduisait, elle? demande Deschamps.

— Elle, c'était une Toyota Camry SE Blanche. Un beau produit, ça. J'me souviens quand all'a achetée, l'année passée. J'suis allé la voir pis j'y ai dit qu'avec ça, all'était pas à la veille de venir me voir au garage. Ça brise pas, des chars de même. J'vous dis qu'all'aimait son char pis à en prenait soin à part de ça. Le sien, y partait même dans les grands frettes. C'est de la belle machine, ça!

— Tu as dit que vous vous parliez pas!

— On s'faisait pas des grandes conversations, c'est ça que j'veux dire. Chacun faisait ses affaires. J'voulais pas envahir son intimité, dit-il d'un ton moqueur.

— Je reviens à la soirée où vous avez dépanné l'homme qui était chez Madame Demers, vous n'avez rien remarqué dans son camion?

— Comme?

— Je ne sais pas, moi. Vous n'avez pas pénétré dans sa cabine?

— Oui... Oui, astheure que j'y pense... Y avait un sac à dos avec le logo de la polyvalente. C'est toute c'que j'ai vu. Elle aussi a travaillait à polyvalente. C'était peut-être son sac à elle ou à lui, j'le sais pas.

Des coups rapides sont frappés à la porte et Véronique l'ouvre. Elle s'excuse de devoir les déranger, un client très pressé attend André. Le garagiste se lève et leur dit qu'il faut qu'il aille travailler et qu'il n'a plus grand chose à leur dire.

129

Les inspecteurs le remercient et Marconi lui donne sa carte au cas où il aurait d'autres détails à leur communiquer. Avant de passer la porte, André demande comment est morte sa voisine. Marconi ne peut rien lui dire et ils sortent. Véronique regarde André et brule de lui poser des questions; malheureusement, le client réclame le mécanicien en disant qu'il n'a pas toute la journée et qu'il a besoin de lui parler. André sort du bureau un peu déboussolé à la suite de la visite des policiers. Il aurait bien aimé savoir, lui aussi, ce qui s'est passé, mais bon !

Marconi et Deschamps montent dans la voiture. Julien démarre et regarde la patronne. Cette dernière semble préoccupée.

— Est-ce que tu as remarqué quelque chose ? demande l'adjoint.

— Je ne sais pas trop. Une chose est certaine, le beau-père de l'amant vend du GM. Ce que l'on sait c'est que Liliane Demers n'avait plus de parents, donc ce n'est pas de son père à elle dont on parle, mais de la femme de l'amant, la légitime.

— On fait une recherche chez les concessionnaires ?

— Oui mais ça pourrait prendre du temps. Il faut commencer dans la ville ici et trouver un vendeur dans la soixantaine et plus, ce qui concentre un peu plus notre recherche. Si on n'en trouve pas, il faudra savoir qui sont les vendeurs qui ont pris leur retraite. Avec un peu de chance, on pourrait trouver une piste.

S'il n'y a rien, il faudra étendre nos recherches. Il possède quelle sorte de camion GM ?

— Une Silverado gris pâle, je crois. J'ai noté.

— D'accord. On retourne au bureau. Le gars nous a également dit qu'il y avait un sac à dos avec le sigle de la polyvalente. Quelle heure est-il ?

— Il est près de 15 heures 45.

— Changement de direction, prend la route de la polyvalente. On va passer par le stationnement et jeter un coup d'œil.

Deschamps tourne à gauche sur la rue Principale et file en direction de la polyvalente. En arrivant là-bas, les autobus sont en train de faire monter les étudiants. Deschamps se rend un peu plus à l'écart vers ce qui semble être le stationnement du personnel. Il roule lentement et aperçoit une camionnette qui correspond à celle décrite par le garagiste. Il s'arrête derrière, sort et va regarder à l'intérieur. Il revient dans sa voiture.

— Il n'y a pas de sac à dos.

— Ça veut rien dire, lui répond Marconi. Elle compose un numéro sur son portable et attend.

— MAG ? C'est moi. Es-tu encore dans la polyvalente ?

— Oui, j'ai fini, je rentre au bureau.

— Es-tu tout seul ?

— Je suis avec Louise, je veux dire, je suis avec Madame Portal. Pourquoi ?

— On est dans le stationnement de la poly-valente. Demande à Madame Portal qui dans le personnel possède un camion GM gris pâle.

— Attends une seconde.

Marconi l'entend poser la question et l'autre semble chercher dans sa tête parce qu'elle donne deux noms.

— Mama, elle dit qu'il pourrait appartenir au prof d'éducation physique, Jean-Guy Thériault.

— D'accord, ça veut dire qu'il est encore à l'école. Peux-tu venir nous rejoindre à l'entrée, on arrive.

MAG, toujours suivi de l'adjointe, se rend à la réception. Ils ne sont pas aussitôt arrivés qu'ils voient entrer Marconi et Deschamps. Il fait les présentations et tout de suite Madame Portal leur demande si Jean-Guy est soupçonné. Marconi la rassure et lui dit qu'elle a simplement un ou deux détails à voir avec Monsieur Thériault. L'adjointe les conduit au gymnase où se trouve le prof. Tout en marchant, Marconi demande discrètement à MAG de lui faire un court résumé de l'entrevue qu'il avait mené avec le gars. Comme il n'y a pas grand chose à raconter, l'inspecteure ouvre une porte et entre. Jean-Guy a déjà enfilé son manteau, prêt à quitter les lieux. Près de lui, Maude, l'étudiante qui se pourléchait les babines tout en reluquant les biceps de l'adonis, le tient par le bras. Ce dernier se dégage prestement.

Lorsqu'il voit les policiers, il blêmit et laisse tomber son sac à dos marqué du logo de la polyvalente. Marconi demande à l'adjointe de les laisser seuls. Oh! Qu'elle n'est pas contente! C'est elle qui mène les destinées de la polyvalente et elle a le droit de savoir tout ce qui se passe dans son école. Et on lui demande de sortir? Non mais! Il n'y a pas de non mais! MAG aussi est déçu de la voir partir. Il se console en pensant qu'elle lui a donné son numéro de portable lui signifiant qu'elle se tenait à sa disposition 24 heures sur 24. Jour et nuit, lui avait-elle soufflé, en lui réservant son plus beau clin d'œil. Il trouvera bien quelques questions à lui poser au cours des prochains jours.

S'IL N'ÉTAIT PAS AUSSI BEAU
ET AUSSI INTELLIGENT...

Jean-Guy a donc laissé tomber son sac et prendrait bien la poudre d'escampette comme il a vu faire les gars dans le film *Kingsman*, la semaine précédente. Il reste là, devant la porte de son bureau et attend que les policiers viennent le menotter. *Ne pas parler, ne pas parler! Ne rien avouer, ne rien avouer!* Il sait qu'il peut les berner, mais il aurait aimé avoir plus de temps pour préparer une stratégie pour se sortir du pétrin. Puis il se dit qu'il n'a rien à craindre, il en a vu d'autres. S'il a été capable de cacher sa double vie à sa femme, il est capable de la cacher aux policiers. (*Détends-toi, mon Jean-Guy, t'es capable!*) Il regarde l'étudiante et lui demande de partir.

— Mais Monsieur, vous avez dit que vous me donneriez un lift!

— Pas aujourd'hui, je n'ai pas le temps, je suis occupé. Va prendre l'autobus avec les autres.

— Je peux vous attendre.

— J'ai dit va prendre l'autobus! Cette fois, Jean-Guy a pris sa voix autoritaire, celle qu'il prend lorsqu'il veut se faire écouter lors de compétitions sportives.

L'étudiante lui lance un regard noir et sort du

gymnase en montrant aux visiteurs que, tout comme Louise Portal, elle n'est pas contente du tout qu'on la prive du beau Jean-Guy. Tout est silencieux dans le gymnase et Marconi s'avance lentement vers le prof en le fixant.

— Jean-Guy Thériault ? demande Marconi.

— Oui ! C'est moi. Je pense que vous êtes de la police. Je vous ai dit tout ce que je savais, ce matin, dit-il en regardant MAG. Je n'ai rien d'autre à dire et je suis un peu pressé, ma femme est enceinte et elle m'attend.

Formule magique utilisée par Jean-Guy. Il croit qu'en parlant de sa femme enceinte d'à peine trois mois, les policiers seront plus compréhensifs et le laisseront partir sans trop poser de questions.

— Je ne crois pas que vous nous ayez tout dit sur Liliane Demers !

En entendant le nom, Jean-Guy a un léger frisson qu'il tente maladroitement de cacher.

— Oui, Madame Demers. Comme je l'ai dit au policier, j'ai appris la nouvelle comme tout le monde et je suis vraiment... je ne sais pas quoi dire. Je n'arrive pas encore à le croire. C'était une femme bien et je ne vois pas qui pouvait lui en vouloir. Je ne comprends pas.

— Vous la connaissiez bien, poursuit Marconi ?

— Bien ? Non, pas plus que ça. Elle travaillait comme psychologue ici, mais on ne peut pas dire qu'elle se mêlait au personnel.

— Selon Madame Portal, vous aviez un projet avec elle !

— Un projet?

— Un projet... peut-être que vous pourriez nous en parler un peu plus longuement.

Au même moment, un concierge entre avec un chariot rempli de produits nettoyants. Il commence à passer une vadrouille lentement, très, très lentement tout en ayant une oreille tendue vers les protagonistes. Jean-Guy est mal à l'aise et se gratte l'entrejambe.

— Oui mais... enfin... le projet, on ne peut pas dire que le projet était rendu loin. On était tellement occupés chacun de notre bord qu'on n'avait pas le temps de se rencontrer. On avait convenu de vraiment démarrer le projet aux alentours de Pâques. Avec ce qui vient de se passer, j'ai l'impression que le projet va tomber à l'eau. Il faudrait que je m'en aille à la maison. Je vous l'ai dit, ma femme est enceinte et je dois m'occuper de mes petites filles. Vous savez, quand on a une famille, on doit être présent. On s'en va, Yvon, dit-il à l'intention du concierge. On ne va pas te déranger plus longtemps dans ton ouvrage.

— Y a pas de presse. Vous parlez de Liliane Demers.

Le concierge est trop heureux de laisser la vadrouille pour se joindre au groupe. Il n'attendait que ça.

— Pauvre elle! Se faire tuer comme ça. Quand j'ai appris la nouvelle, à midi, j'ai manqué rentrer plus de bonne heure à l'ouvrage pour voir si j'pourrais pas aider. On sait jamais. C'est mon shift de soir, cette semaine. C'est ma dernière soirée de 4 à minuit.

Chus à votre disposition si vous voulez me parler. C'est ça que j'ai dit à ma femme à midi. Chus sûr qu'y vont vouloir me parler, ça fait que surprends-toi pas si j'passe à tévé pis dans les journaux. Moé, Liliane Demers, j'la connaissais ben parce qu'a travaillait icitte pis moé aussi. Des fois, a restait tard le soir, à son bureau, pis quand j'passais pour faire le ménage, a m'arrêtait pour me parler. On n'a passé des soirées à jaser, moé pis elle. Un concierge, c'est comme un barman, les clients viennent prendre un verre pis y se confient. Le soir, quand Liliane Demers restait tard, all'aimait ça que j'arrête pis que j'jase avec elle. A vivait tu seule, ça fait que j'étais là !

— Alors vous connaissez son amoureux ? demande Marconi tout en surveillant Jean-Guy du coin de l'œil. Le concierge est devenu blanc comme un drap.

— Hein ? J'savais pas qu'all'avait quelqu'un dans sa vie. Ça m'surprendrait, a m'en aurait parlé parce qu'a m'disait toute ! (*Jean-Guy respire un peu mieux !*)

Marconi jette un regard à Deschamps et à MAG. Tous les trois se comprennent et MAG prend la relève.

— Monsieur ?

— Yvon Lafontaine. J'travaille comme concierge depuis 32 ans. Chus proche d'la pension. Mais chus pas pressé de rester à maison parce qu'avec la femme que j'ai, chus pas sûr d'avoir la paix. En prononçant ces derniers mots, le concierge s'éclate de rire.

— Vous auriez peut-être quelques minutes à m'accorder ? demande MAG.

— J'ai toute mon temps, mon cher Monsieur.

Vous pouvez m'interroger, j'vas toute vous dire.

— On peut aller dans le petit bureau, là ? fait-il en montrant la pièce du fond.

— C'est le bureau de Jean-Guy. Si y veut, on peut y aller parce que de toute façon, y faut que j'fasse le ménage là-dedans aussi.

Jean-Guy hausse les épaules et le concierge, suivi de MAG, se dirige vers le bureau. Jean-Guy se tourne vers Marconi et Deschamps. Il semble de plus en plus nerveux.

— Bon, il faut vraiment que j'y aille, ma femme m'attend. Tout ce que j'avais à dire, je l'ai dit à l'autre policier. Il fait un signe en direction du bureau.

— Si vous aviez donné un lift à votre étudiante, votre femme aurait-elle attendu plus longtemps ? demande Marconi.

— Non ! Non !

— Ça vous arrive souvent de donner des lifts à vos étudiantes ?

— Jamais ! Aujourd'hui, c'était exceptionnel ! La... la petite avait un problème et elle voulait m'en parler. Ce n'est pas toujours facile pour les jeunes, de nos jours. Moi, je sais que ça va vous faire drôle, mais les jeunes filles aiment se confier à moi. Je dois avoir une bonne oreille. (*Il s'éclate de rire et comme il est le seul à se trouver drôle, il arrête et se gratte à nouveau l'entrejambe.*) Là, il faut vraiment que je m'en aille. Si les autres vous voient en train de me poser des questions, ils vont s'imaginer n'importe quoi.

— Comme quoi ? demande Marconi.

— Je ne le sais pas, moi. N'importe quoi. Je n'ai rien à voir avec Liliane Demers, c'est à peine si on se parlait. Je ne l'ai quand même pas tuée !

— Pourtant, votre camionnette se retrouvait régulièrement chez elle !

Là, Marconi vient de marquer un point. Elle a tout de suite associé la camionnette aperçue chez Liliane comme étant celle de Jean-Guy. Quant à l'adonis, il est pantois. Il a besoin de pédaler s'il veut essayer de leurrer l'inspecteure. (*Mais on vous l'a déjà dit, elle est la championne du sprint et on pourrait même ajouter, dans tous les sens du mot.*)

— Ce... ce n'est pas ce que vous croyez.

— Ah, bon ! Qu'est-ce qu'on croit ?

— Ce n'était pas moi ! Des camions comme le mien, il y en a en masse. Vous n'allez pas me mettre un meurtre sur le dos !

Pas question pour Jean-Guy d'avouer quoique ce soit. Il va nier jusqu'au bout. Ils n'ont pas de preuves parce qu'il a toujours été discret et il sait que c'était la même chose du côté de Liliane.

— Vous avez un téléphone portable ?

— Oui, comme tout le monde.

— Donnez-moi le numéro.

— 348... Non, euh... 642-5430. Oui, c'est ça. Dans sa tête, il répète le numéro en espérant ne pas s'être trompé avec l'autre numéro du portable, celui qu'il utilisait avec Liliane. Il répète à nouveau, 642-5430.

— Est-ce que c'est un téléphone avec carte prépayée ?

— Non ! Non, j'ai un forfait. Jean-Guy déglutit péniblement. Dans sa tête, ça va trop vite. La veille, il avait éteint le portable pour ne pas que Liliane lui téléphone à la maison. Il est certain que le téléphone était toujours dans sa camionnette. Non, ils ne peuvent pas relier ce téléphone à lui. Il faudrait qu'il s'en débarrasse le plus vite possible. Il aurait dû le jeter, ce matin.

Quand sa relation avec Liliane était devenue plus intense, il avait décidé de s'acheter un téléphone avec une carte prépayée pour ne pas que sa femme puisse tomber sur les messages laissés par sa maitresse. Il en avait vu des gars qui s'étaient fait prendre par leur femme, mais lui, c'était un fin stratège alors pas question de se faire coincer. Une fois, il avait failli se faire pincer ; il s'en était très bien sorti. Agathe avait trouvé son téléphone (*il avait oublié de le laisser dans son camion*). Elle avait voulu savoir comment il se faisait qu'il avait un deuxième téléphone. (*Quand on dit qu'il est fort du cerveau, Jean-Guy, c'est presqu'un euphémisme !*) Mine de rien, il avait expliqué à sa femme que le téléphone appartenait à l'école et qu'il ne l'utilisait que pour son travail. Il devait souvent se déplacer pour des tournois ou des réunions et la direction préférait fournir des téléphones à certains professeurs pour faciliter leur travail. Agathe l'avait cru.

— Vous n'avez pas un deuxième téléphone ? insiste Marconi.

— Non ! C'est déjà assez difficile à gérer, je ne vais pas me casser la tête avec un deuxième. J'ai un forfait avec Bell, vous pouvez vérifier mes factures et mes numéros. J'aurais vraiment aimé vous aider plus que ça, malheureusement, c'est tout ce que je peux vous dire. Maintenant je dois absolument y aller, dit-il en regardant sa montre.

— Pas de problème, Monsieur Thériault, lui répond Marconi avec un beau sourire. Nous allons vous accompagner et nous continuerons la conversation chez vous.

— Quoi ? Vous voulez venir chez moi ?

— Oui. Nous savons que vous avez des obligations et nous ne voulons pas vous retenir. Comme nous avons encore beaucoup de questions à vous poser, nous allons vous suivre et vous interroger chez vous.

— Non ! C'est impossible. Ma femme est enceinte et elle va s'imaginer n'importe quoi. Non, s'il vous plait, il faut aller ailleurs parce que même ici, les gens vont commencer à s'imaginer n'importe quoi.

— Ce que nous pouvons vous suggérer, ce serait que vous veniez à nos bureaux, dit-elle avec un grand sourire.

— À vos bureaux ?

— Oui. Je sais que vous avez des choses à nous apprendre et si vous ne voulez pas empirer votre situation, vous devriez nous parler parce que plus vous allez attendre, plus ça va aller mal pour vous. Nous avons une équipe en place et ce n'est qu'une question de temps avant de réunir toutes les pièces du puzzle. Il n'en tient qu'à vous de collaborer sinon les conséquences seront néfastes pour vous et votre famille.

Jean-Guy est de nouveau blanc comme un drap et recommence à se gratter l'entrejambe, ce qui indispose un peu Marconi. (*Qu'il arrête de se gratter et qu'il lâche la vérité.*)

— D'accord ! Je vais vous dire des choses, mais pas ici.

— On va aller dans mon bureau. Vous allez voir, il n'y aura pas de témoins et nous serons plus à l'aise pour discuter.

— Il faudrait que je téléphone à ma femme.

— Allez-y et rejoignez-nous à nos bureaux. Ne nous faites surtout pas faux bond parce que ce ne serait vraiment pas bon pour vous.

Marconi se dirige vers la sortie du gymnase tandis que Deschamps marche vers le bureau de Jean-Guy. Il fait signe à MAG de sortir, lui dit quelques mots tandis que Jean-Guy, au téléphone, rassure sa femme. Il doit, comme tous les autres profs, collaborer avec la police et lui ne fera pas exception. Sa femme lui dit qu'elle comprend. Il peut prendre son temps, sa mère est arrivée dès qu'elle a entendu la nouvelle concernant le meurtre de la psychologue.

En sortant de la polyvalente, Barbie et d'autres journalistes attendent les policiers. Ils ont déjà interviewé le directeur et son adjointe et maintenant, ils attendent Marconi et son équipe. Dès qu'ils sortent, les gens se précipitent afin de recueillir des informations qu'ils pourront diffuser au bulletin de nouvelles de 18 heures. Non, il est trop tôt pour avancer une hypothèse quelconque et non, ils n'ont aucun suspect à l'heure actuelle. La police continue son enquête. Oui, c'est normal de se retrouver à la polyvalente, la victime y travaillait. Non, tout le personnel collabore et non, personne n'est soupçonné. Fin des commentaires. Les journalistes feront le pied de grue jusqu'à ce que l'autre inspecteur, MAG, toujours dans la polyvalente, ne sorte lui aussi. Peut-être tient-il un os. Autant attendre encore un peu.

Marconi prend place dans la voiture et Deschamps démarre aussitôt. Plus loin, Jean-Guy est monté discrètement dans sa camionnette et se résigne à se rendre au poste, loin du cirque médiatique. En route, il pense à une stratégie qui fera en sorte qu'il ne sera pas éclaboussé par un scandale quelconque. Il se connaît, il sait qu'il peut s'en sortir. Il l'a toujours fait et ce ne sont pas des petits inspecteurs à cinq cents qui vont le coincer. Personne ne saura qu'il était l'amant de Liliane parce qu'il avait été assez intelligent pour ne pas laisser de traces. Posez-les vos questions, Jean-Guy va vous éblouir dans une haute voltige stratégique. Et il rit de ses folles idées. C'est un champion, le prof, et si ça se tient, la petite Maude lui tombera dans les bras comme une pomme qui tombe de l'arbre. Il ne faudrait pas qu'il ait des problèmes avec l'étudiante, par exemple. Pauvre

Jean-Guy, il n'y peut rien, toutes les femmes tombent en amour avec lui. Même Liliane, l'austère Liliane, la très sérieuse Liliane. Jean-Guy n'avait pas mis de temps à la dégeler et à faire ressortir toute la passion et l'ardeur qui se cachaient dans cette femme. Ah! S'il n'était pas aussi beau et aussi intelligent, aussi, les femmes le feraient moins succomber. D'ici à ce qu'il arrive au poste, il aura peaufiné sa stratégie et la police n'y verra que du feu. Il va leur servir du grand Jean-Guy!

IL COUINERAIT COMME UN JEUNE
COCHON QU'ON MÈNE À L'ABATTOIR

Arnold enfile un pardessus à coupe étroite *Alfred Sung*, une écharpe à motifs ainsi qu'un feutre mou. Il se regarde dans le miroir plein pied et ce qu'il voit lui plait assez. Il ne sait pas trop ce qui l'attend puisqu'il n'assiste jamais à des funérailles. La vieille tante avait demandé d'être incinérée et avait même choisi son urne : blanche avec des motifs floraux – très féminin. Elle avait également demandé que l'urne soit exposée dans un columbarium pour que ses amis viennent la visiter de temps à autre. Clara avait payé d'avance et son neveu n'avait qu'à exaucer ses dernières volontés.

En sortant de la maison, il étend un peu de sel sur les marches. La pluie de la veille et le froid qui sévit ont transformé les marches en de petites patinoires propices aux fractures. Il regarde l'état de ses bottes et décide de se rendre au centre commercial où se trouve un cireur de chaussures. Auparavant, il se rend dans une tabagie pour acheter le journal du jour. Rien ne l'intéresse dans ce journal, mais en faisant semblant de le lire, personne n'osera le déranger. Le cireur est seul et n'a pas de client. Arnold s'assoit. Le cireur ne perd pas de temps et se concentre sur son travail. Arnold déplie son journal, s'assure qu'il est bien à l'endroit et fait semblant de lire pendant que l'autre s'active sur les bottes. Quelques minutes plus tard, Arnold quitte la chaise et se dirige vers la sortie tout en cherchant une poubelle. Il baisse les yeux pour regarder un peu plus attentivement ses bottes qui brillent comme si elles étaient neuves. Arnold est satisfait. Au même moment, un homme vient à sa rencontre en regardant l'heure et tous les deux occupés, l'un à ses bottes et l'autre à sa montre, se heurtent par inadvertance. Le journal tombe. Arnold s'excuse, se baisse et le ramasse. L'autre lui répond qu'il n'y a pas de quoi et tous les deux se regardent droit dans les yeux, une fraction de seconde. Arnold se retourne, se dirige vers une poubelle, jette son journal, relève son col et sort. Un léger malaise s'est installé dans tout son corps. Qu'est-ce que l'inspecteur fait dans ce centre commercial ? Ce n'est pas son territoire. Le meurtre ! Il est ici pour le meurtre de la femme. Il va falloir être prudent dans les prochains jours. Arnold sourit. Personne ne réussira à l'attraper. Personne n'a jamais réussi à le coincer et comme on dit, ce n'est pas demain la veille.

Quant à l'inspecteur Raymond Dupuis, eh, oui ! c'est lui, il est perplexe. Ce visage lui dit quelque chose. Il l'a déjà vu quelque part mais ne peut se rappeler ni l'endroit, ni les circonstances. L'inspecteur possède une mémoire photographique mais depuis un certain temps, elle lui joue des tours en raison d'une légère commotion cérébrale subie lors d'une partie de hockey entre amis. L'homme qu'il vient de croiser lui rappelle quelqu'un. Il ne cherche pas à forcer sa mémoire, il sait qu'il trouvera et le nom s'imposera. Il est arrivé dans la ville et doit se rendre au poste de police rencontrer Marconi pour partager des informations. (*On se demande pourquoi le policier est rentré dans le centre commercial au lieu de se rendre illico rencontrer Marconi? C'est tout simplement que son téléphone est déchargé et il doit acheter un fil pour le brancher. Il a complètement oublié d'apporter le sien.*) Si tout va bien, il repartira le lendemain après avoir rencontré l'équipe de Marconi. Il sait très peu de choses sur elle si ce n'est que c'est une inspecteure très douée et qu'elle est efficace. Avant de prendre la route, il a fait quelques recherches afin de mieux savoir à qui il aura affaire. Il a hâte de la rencontrer. La secrétaire au bureau a ajouté des détails plus personnels à savoir que l'inspecteure Marconi est veuve et ne s'est jamais remariée. Pourtant, d'après les photos, c'est une belle femme...

Arnold, quant à lui, se dirige vers le Complexe Funéraire. Quand il y entre, il est à nouveau impressionné par la paix et la sérénité qui se dégagent des lieux. C'est la seconde fois qu'il pénètre dans cet endroit; la première était lorsqu'il était venu prendre les dispositions au sujet de sa tante et la deuxième étant aujourd'hui. Il aime l'endroit, il s'y sent bien. Tiens, il devrait demander au directeur s'ils n'ont pas besoin d'un électricien à plein temps. Il pourrait faire inscrire sur son camion: «Ici, on vous débranche.

Plus de son, plus d'image». Il se taperait sur les cuisses tellement il se trouve drôle. (*Il est en forme, Arnold, et on se demande si ce n'est pas parce qu'il a vu l'inspecteur Dupuis qu'il se sent stimulé.*) Le directeur vient à sa rencontre et lui serre la main.

— Tout est prêt, Monsieur Grant. Si vous voulez me suivre, on va aller dans la petite salle où on a installé votre tante. Vous pouvez déposer votre manteau dans ce placard. Arnold s'exécute. Il suspend son pardessus et son écharpe et ferme la porte. Il enlève une petite poussière sur son veston, relève la tête dignement et suit le directeur. En entrant dans la salle, il sursaute. Quatre personnes sont debout près de l'urne. Arnold reconnaît Cayouette, le directeur du foyer où demeurait sa tante, mais les trois autres... Tous se retournent lorsqu'Arnold fait son entrée. Le directeur du foyer lui tend la main en lui offrant encore une fois ses plus sincères condoléances. Il lui présente les gens qui l'accompagnent. Ces trois personnes, dit Monsieur Cayouette, jouaient aux cartes avec elle. Ces gens aimaient beaucoup votre tante. Ces derniers le regardent avec un air suspicieux comme si c'était lui qui leur avait enlevé leur partenaire de cartes. La femme s'avance vers Arnold et lui demande si ce serait possible qu'elle puisse avoir le collier de perles que portait sa tante le dimanche pour aller à la messe.

— Clara m'a toujours dit que si jamais elle venait à mourir, elle me donnerait son beau collier. J'étais sa seule amie, au foyer, vous savez. J'aimerais bien ça si je pouvais avoir ce souvenir qu'elle m'avait promis.

— Moi, j'étais ce qu'on peut appeler son amoureux, Monsieur. Je l'aimais, votre tante, même si all'a jamais voulu me marier. A disait que je sentais trop fort des pieds. Ben moi j'y répondais que les pieds sont au pied du lit pis qu'a s'en apercevrait pas quand je la collerais.

— Moi, je jouais aux cartes avec elle, pis aux poches. Mes sympathies, mon jeune mais... on peut pas dire qu'on vous a vu souvent au foyer, vous. Votre tante a jamais eu votre visite. C'est la première fois que je vous vois de ma vie.

— Allez-vous dire oui, pour le collier ?

— Monsieur Grant, intervient le directeur, si vous pouviez passer au foyer prendre les choses de votre tante. Comme vous ne vous êtes pas présenté cette semaine tel qu'on vous l'avait demandé, le personnel a été obligé de mettre ses affaires dans des sacs, parce qu'il fallait libérer la chambre. Il y a une longue liste d'attente, vous savez, alors quand on perd un résident, il y en a un autre qui est content de prendre sa place.

— En autant que le prochain saura jouer aux cartes pis aux poches !

Arnold est un peu déboussolé par les demandes qui l'assaillent de tous côtés. S'il n'en tenait qu'à lui, ils pourraient mettre toutes les affaires de sa tante à la poubelle parce que lui, personnellement, n'est pas intéressé du tout à garder le moindre objet. Il les enverrait bien tous promener, mais il doit rester poli et montrer une sorte d'empathie afin de ne pas passer pour un rustre. Il tient à son image d'homme courtois.

— Je tiens à m'excuser, j'ai vraiment pas eu le temps de passer à votre foyer, j'étais à l'extérieur, cette semaine. Je suis désolé, j'aurais dû vous prévenir. Vous savez ce que c'est, des affaires de dernière minute. Soyez rassuré, je vais passer tout de suite après la cérémonie.

Les quatre personnes semblent apprécier la délicatesse du neveu. Arnold se tourne vers le directeur et lui fait signe qu'il peut commencer. Il aurait mieux aimé se retrouver seul pour avoir le loisir de rêver, mais bon, il n'a pas le choix. (*L'image, mon Arnold, l'image!*) L'urne est installée sur une table et un bouquet d'œillets, offert par le foyer, est placé juste à côté. Lui qui a toujours détesté cette sorte de fleurs, ça lui rappelle qu'il aurait peut-être dû acheter une gerbe, lui aussi. De l'autre côté, une photo d'une vieille femme assise qui sourit. Sans doute sa tante. Il ne l'avait jamais vue. La photo a été prise au foyer lors d'une fête, sans doute la sienne car elle porte un petit chapeau sur le faite. Il la regarde attentivement; cette femme ne lui dit rien. Il n'arrive pas à trouver une ressemblance avec son père... et tout compte fait, il ne se rappelle plus à quoi ressemblait son paternel. Très jeune, il avait trouvé une photo de son père, la seule qui restait, sa mère s'étant débarrassée de toutes les autres. Il l'avait gardée très longtemps, du moins jusqu'à l'âge de 19 ans, puis l'avait jetée.

Le directeur cesse de parler et demande à Arnold s'il veut dire quelque chose. Arnold qui n'avait pas écouté, trop perdu dans ses pensées, est pris au dépourvu. Il n'a absolument rien à dire. Il s'éclaircit la voix et dit simplement «Bon voyage, tante Clara!». Les trois vieux pleurent un peu et reniflent fort. Le directeur toujours très digne, saisit l'urne, et une femme, qu'Arnold n'avait pas vue entrer, prend la photo de la tante et lui demande s'il veut la garder. Il fait signe que non et demande qu'on la mette dans la niche avec l'urne, s'il y a de la place. On lui dit que oui et tous quittent la salle derrière la femme qui tient la photo et le directeur qui porte religieusement les restes de la tante. Ils se retrouvent dans un immense columbarium où des centaines d'urnes de toutes les formes reposent dans les niches le long des murs. Ils se dirigent vers le fond et le directeur dépose l'urne dans un habitacle. La femme coince la photo et le directeur ferme la porte à l'aide d'une petite clé. Il lui dit qu'il peut venir visiter sa tante aussi souvent qu'il lui plaira, maintenant qu'elle repose en paix. Tous se recueillent un instant et le directeur l'invite à venir dans son bureau pour signer les derniers papiers. Arnold se tourne vers l'autre directeur, celui du foyer, et l'assure que dès qu'il aura signé les derniers documents, il ira chercher les effets personnels de sa tante. Il remercie les personnes qui sont venues rendre un dernier hommage à Clara et il quitte la salle à la suite du personnel.

Quoi, c'est tout? Les trois vieux sont déçus

qu'Arnold n'ait pas prévu un petit gouter après la cérémonie. Habituellement, après les funérailles, il y a toujours des petits sandwiches sans croutes et des petites douceurs avec du café ou des jus, mais là, rien! Franchement, il ne sait pas vivre, le jeune! Clara doit certainement se secouer dans son urne parce qu'elle-même aimait assister à des funérailles, surtout pour les petits sandwiches qu'on servait après la cérémonie.

Lorsque Arnold monte dans sa fourgonnette après avoir rempli tous les papiers et distribué les effets personnels de sa tante, il se sent libre comme l'air et heureux comme la veille d'un printemps. Si on était samedi soir, il irait danser mais le vendredi, il n'aime pas l'ambiance du club. Il décide de prendre la route et de rouler. Il aimerait bien manger un morceau mais il est un peu tôt. La musique encore une fois le ravit. Il passe devant le resto où il a mangé ce matin; c'est fermé. Même s'il avait été ouvert, il n'y serait pas allé, parce que ce n'est pas dans ce restaurant miteux qu'il veut fêter son bonheur. Quoiqu'il aurait aimé faire peur à la vieille serveuse... Une autre fois. Il continue de rouler et sort de la ville. Il connait de nom un restaurant à une quarantaine de kilomètres plus loin qui, semble-t-il, est une des meilleures tables à la ronde. « Le Quai des brumes », comme le nom du film. La carte des vins y est excellente et c'est là qu'il va aller remercier sa tante pour sa grande générosité. Il se paiera la totale et il n'y aura rien de trop beau pour lui. Il rit et en voyant une femme qui s'apprête à traverser la rue, il repense à... il est en train d'oublier son nom... Liliane. Oui, c'est comme ça qu'elle s'appelait.

Elle serait sans doute vivante à l'heure actuelle si elle n'avait pas été aussi irrévérencieuse. Et puis d'un autre côté, elle lui rappelait trop le côté vulgaire de sa mère. Peut-être n'aurait-il pas dû péter les plombs quand elle a fait un doigt d'honneur, ça a été plus fort que lui. C'est comme si un de ses fils électriques, ceux dont il se sert dans son travail, avait touché une flaque d'eau. Le choc! Il n'avait pas hésité. Au lieu d'aller la reconduire chez elle, il s'était rendu chez lui, dans son garage. En coupant le moteur, elle s'était à moitié réveillée et avait demandé où ils se trouvaient. Chez moi, lui avait-il dit, je vais vous faire un café, ça va vous aider. Elle lui avait dit qu'ils étaient tous les mêmes, les hommes, et que tout ce qu'ils souhaitaient, c'était de la sauter. Il lui avait ouvert la portière pour l'aider à sortir et elle n'avait pas remarqué le fil électrique qu'il tenait dans l'autre main. Alors qu'elle était dos à lui, avec la rapidité de l'éclair, il avait enroulé le fil à son cou et d'un coup sec, l'avait étranglée. Elle n'avait même pas eu le temps ni la force de se débattre. Arnold était doté d'une très grande force physique et son geste avait été vif et précis. Il l'avait laissé choir par terre sur le plancher du ciment, l'avait enjambée et était rentré dans la maison. Il s'était préparé un café expresso et l'avait bu debout devant le comptoir de la cuisine. Il était 2 h 30 et les maisons des alentours dormaient à l'abri du mauvais temps. Puis, il avait regardé dans son frigo pour trouver quelque chose à manger. Il restait un peu de spaghetti et avec du pain, il s'était dit que cela ferait l'affaire. Après avoir mangé, il avait lavé son assiette puis s'était assis dans le salon en prenant une autre tasse de café. Peut-être avait-il somnolé un petit peu. Chose certaine, il avait pensé à sa mère.

Lorsqu'il était plus jeune, Lucette, sa mère, était continuellement en colère et n'hésitait pas à la retourner contre lui. Elle lui secouait les épaules et lui criait en lui montrant le majeur que s'il n'arrêtait pas de l'énerver, elle lui couperait le doigt et le lui rentrerait dans le cul. Il couinerait comme un jeune cochon qu'on mène à l'abattoir. Elle allait jusqu'à sortir un couteau pour lui faire encore plus peur. À chaque fois, il se sauvait et durant la nuit, il faisait des cauchemars dans lesquels sa mère joignait l'acte à la parole. Dans ces moments-là, il urinait dans son pyjama. Le lendemain, sa mère le frappait parce qu'il avait pissé au lit. Arnold s'était juré qu'un jour, elle paierait pour tout le mal qu'elle lui avait fait. Et elle avait payé !

Il était retourné dans le garage. La femme gisait toujours par terre et du bout du pied il l'avait poussée un peu. Sur l'établi, il avait saisi un couteau et encore une fois, d'un geste rapide, il avait sectionné le majeur. Par la suite, il avait tiré sur les collants et avait introduit le doigt dans son vagin. Il avait remonté la femme dans son véhicule et refermé la porte; son corps s'était affaissé sur le siège et en s'assoyant, il avait dû le repousser contre la porte. La femme avait l'air de dormir. Et c'est ainsi qu'il avait repris la route pour trouver un endroit où se débarrasser de Liliane Demers. Il ne pleuvait plus. Un froid intense s'était invité.

ÇA FRAPPE COMME UN DEUX PAR QUATRE EN PLEIN FRONT!

Arrivé au poste de police, sûr de lui, Jean-Guy sort de son camion, regarde autour de lui et relève son col. Il s'arrête devant la réception et comme la femme vient pour lui poser une question, Deschamps arrive au même moment et lui demande de le suivre à l'étage. Ça sent l'ail à la grandeur du poste. Il est à se demander si on ne le conduit pas à une table dans un restaurant. Jean-Guy, décontracté, (*l'as du mensonge a eu le temps d'élaborer une stratégie*) monte et entre dans une salle. Cette salle dans laquelle on l'installe n'est pas très grande et, surtout, n'est pas spécialement chaleureuse. Toute l'assurance qu'il avait emmagasinée dans son camion commence à s'évanouir. La réalité le frappe comme un deux par quatre en plein front. S'il ne manœuvre pas bien, il risque d'être accusé. La nervosité le gagne surtout lorsque l'inspecteure vient s'assoir devant lui. Il ne sait pas trop à qui il a affaire. Il la salue poliment et Marconi lui sourit presque tendrement. Ça augure bien et Jean-Guy pense immédiatement que son charme opère même auprès d'une inspecteure. (*Si j'étais lui, je me méfierais.*) Elle ouvre le dossier devant elle. Elle le feuillette lentement sans regarder Jean-Guy et sans lui parler. Il se demande ce qu'il y a dans ce dossier, car tout à coup, le silence de cette femme ne présage rien de bon. Il se cale un peu plus et attend. Deschamps vient s'installer à son tour. Le prof aurait préféré se retrouver seul avec la femme, histoire de l'amadouer subtilement et voilà qu'il lui faudra composer avec l'autre.

Marconi lève la tête et regarde Jean-Guy. (*Fin de la séduction!*) Celui-ci aimerait soutenir son regard, il en est incapable. Il baisse la tête. (*Et quand il est nerveux, Jean-Guy, qu'est-ce qu'il fait? Hé oui! Il se gratte l'entrejambe. Non, mais cette manie qu'il a tout le temps!*) Puis, il se ressaisit; il ne va quand même pas se laisser impressionner. On verra bien qui est le plus malin. Cette femme, devant lui, va lui manger dans la main. Il est capable de manœuvrer. Il n'a qu'à s'en tenir à son scénario. Nier et ne rien dire. Liliane avait toujours été discrète et il sait qu'elle n'a jamais laissé de traces pouvant les conduire à lui. Marconi se dérhume légèrement.

— Et si vous nous racontiez toute l'histoire, Monsieur Thériault.

— Je vous ai déjà tout raconté et je ne sais pas ce que je pourrais ajouter de plus.

— Ce que je veux, c'est la vérité. Quels étaient vos liens avec Liliane Demers?

— Aucun! Je n'avais aucun lien avec elle. Liliane Demers travaillait à la polyvalente et elle ne se mêlait pas aux autres. Personne ne la connaissait vraiment. Comme je vous l'ai dit, on avait un projet ensemble, et avec nos horaires très chargés, on n'avait pas eu l'occasion de se réunir très souvent. On s'est rencontrés peut-être deux ou trois fois, pas plus. Chaque fois, c'était très court. Vous savez ce que c'est, après le travail, tout le monde a le gout de rentrer à la maison et on a déjà assez de réunions dans le cadre de nos fonctions qu'on ne va pas s'en imposer d'autres. On avait prévu commencer vraiment le projet après Pâques.

— C'était quoi votre projet?

— Ce serait long et fastidieux pour moi de vous l'expliquer et vous, de comprendre. Mais disons, pour simplifier la chose, qu'on voulait travailler sur l'imagerie mentale. (*Non, mais écoutez-le avec son ton paternaliste! Comme si les policiers ne pourraient pas comprendre! Il beurre pas mal épais et ça risque de lui couler dans le cerveau et d'obstruer ses cellules un peu plus qu'elles ne le sont, à l'heure actuelle.*) C'est fort, l'imagerie mentale, vous savez! On devait rencontrer des golfeurs et travailler avec eux pour améliorer leurs performances. Si jamais vous êtes des golfeurs, on peut vous aider.

Il vient de se rendre compte que le projet se faisait avec Liliane et que lui, tout seul, il ne pourrait rien faire. Il commence à la trouver moins drôle et à se sentir moins sûr de lui. (*Attention, mon Jean-Guy, ne pas flancher et continuer comme si de rien n'était.*)

— Ce n'était certainement pas un projet approuvé par le Conseil scolaire parce qu'à la polyvalente, je ne crois pas que vous donniez des cours de golf. Je me trompe? demande Marconi.

— Vous avez tout à fait raison ! On ne donne pas de cours de golf, mais on peut s'en inspirer, c'est-à-dire adapter la méthode de Liliane. J'avais demandé à Liliane, je veux dire Madame Demers, de trouver une façon d'appliquer le projet pour aider les jeunes au volleyball et au hockey. C'est la raison pour laquelle on avait pensé travailler ensemble. Le Conseil scolaire était d'accord pour mettre en application un tel projet. Imaginez, un projet comme celui-là aurait été très bon pour les jeunes et...

— Oui, on a compris, l'interrompt l'inspecteure. Mais vous, vous aviez une relation un peu particulière, enfin je veux dire que vous la connaissiez un peu plus que les autres, non ?

— Non, pas plus. C'est comme j'ai dit à l'autre policier ce matin ou cet après-midi, oui, on avait un projet, mais étant donné nos horaires trop chargés...

— C'est la raison pour laquelle vous alliez chez elle les mardis et jeudis.

— Non ! Enlevez-vous ça de la tête, je n'allais pas chez elle deux jours par semaine.

— Écoutez, vous ne pensez quand même pas que vous pouviez aller chez Liliane Demers deux jours par semaine et qu'aucun voisin ne s'en apercevrait ? On a vu votre véhicule chez elle.

— Non, C'était quelqu'un d'autre. Je n'ai jamais été chez elle, c'est clair ? Arrêtez d'insinuer toute sortes d'affaires !

Jean-Guy a parlé trop vite et sent le précipice venir vers lui si jamais un précipice peut se déplacer.

Il n'aurait jamais dû dire qu'il n'était jamais allé chez Liliane, il y a ses empreintes partout dans la maison. Là, ça se complique un peu. Si au moins on lui donnait du temps pour réfléchir. C'est de leur faute, aussi. S'ils arrêtaient de lui poser des questions, il ne dirait pas n'importe quoi.

— On n'insinue rien, continue Marconi. On vous dit simplement que des voisins ont vu votre camion chez Madame Demers.

Jean-Guy pédale à 200 km/h dans sa tête. Comment les voisins peuvent-ils dire que c'est lui, la plupart du temps, il se garait un peu plus loin pour ne pas attirer la curiosité. De plus, il a changé son camion. Personne ne peut faire le rapprochement. Il n'aime pas la tournure de l'interrogatoire. Il doit continuer à nier, il n'y a pas de preuves. Il décide de se montrer ferme et à son tour, de monter aux barricades.

— C'est bien ce que je pensais, dit Jean-Guy, vous voulez m'accuser parce que vous cherchez un coupable à coffrer avant la fin de semaine. Mais ce n'est pas moi. Je n'ai pas tué Liliane Demers !

— On ne vous accuse pas du tout, on jase. Si vous ne vous rendiez pas chez Madame Demers les mardis et jeudis, où alliez-vous ?

— Je... Jean-Guy commence à suer légèrement et se gratte... (*Oui, oui, on le sait !*) Ces soirs-là, je joue au badminton avec des amis et après, il m'arrive d'aller prendre une bière avec les gars.

— Et c'est ce que vous avez fait hier soir ? Vous avez joué au badminton et vous êtes allé prendre une bière après?

— Oui.

— C'est bien! On va prendre les noms de vos amis avec qui vous étiez hier, ainsi ils pourront confirmer votre alibi.

Là, Jean-Guy est carrément dans le trouble. Il est bien évident que personne ne pourra le couvrir, il n'a jamais été jouer au badminton avec eux, il jouait aux fesses avec Liliane. Il ne sait vraiment plus comment s'en sortir.

— Sauf hier! Je ne suis pas allé jouer parce que je voulais réfléchir. J'ai roulé et un moment donné, je suis entré dans un bar et j'ai pris une couple de bières en écoutant le hockey.

— Le nom du bar?

— Quoi?

— Quel est le nom du bar dans lequel vous avez écouté le hockey en prenant une bière?

— Ah! He... le... le *Bar des sportifs*.

Jean-Guy était déjà allé dans ce bar; il sait qu'il y a toujours plein de gars qui y vont pour écouter le hockey sur grand écran. En donnant le nom de ce bar, il sait qu'il n'aura pas de problèmes.

— Il y a quelqu'un qui peut confirmer que vous étiez là?

— Y avait du monde en masse mais personne de ma connaissance, dit-il avec un petit sourire en coin. Il respire. Ça va bien! Même qu'il se trouve assez génial de pouvoir déjouer les inspecteurs.

— Et qu'est-ce que vous avez fait après?

— Je suis rentré à la maison parce que comme je vous l'ai dit, ma femme est enceinte.

— Vous rentrez à la maison uniquement parce que votre femme est enceinte?

— Non, ce n'est pas ce que je voulais dire. C'est vous autres, là, vous me faites dire n'importe quoi. Ça me rend nerveux.

— Pourquoi vous sentez-vous nerveux?

— Mettez-vous à ma place! C'est la première fois que je suis interrogé par la police et je sais que je n'ai rien fait.

— Votre femme peut donc nous confirmer que vous êtes allé écouter le hockey dans un bar et que vous êtes rentré après.

— Non! Elle pense que je suis allé jouer au badminton. Elle sait que je suis allé dans un bar mais pas que j'y ai passé toute la soirée. Elle croit que je joue au badminton.

— Elle croit que vous jouez, mais vous ne jouez jamais, dit Marconi avec un sourire et en secouant la tête.

— Oui. Non! Pour tout vous dire, c'est que je voulais écouter le hockey et elle, le jeudi soir, elle écoute ses programmes à la télévision. Habituellement, je vais toujours au badminton les mardis et jeudis et elle a la paix pour écouter ses téléromans. Je ne pouvais pas y aller cette semaine parce que j'avais mal à l'épaule. Je ne pouvais pas jouer. En disant cela, il se frotte l'épaule en grimaçant de douleur.

— Elle sait ou elle ne sait pas que vous avez

passé la soirée dans un bar, intervient Deschamps qui commence à en avoir plein le casque des contradictions du prof.

— Habituellement, quand je vais jouer avec les gars, on va toujours prendre une bière après. Quand je suis rentré à la maison, je lui ai dit que j'arrivais de prendre une bière.

— Est-ce que dans votre famille vous conduisez tous du GM ?

— Tu parles d'une question, je ne vois pas le rapport.

— Contentez-vous d'y répondre.

— Oui, le père de ma femme en a toujours vendu. Il vient de se retirer il y a environ trois mois. Même s'il a pris sa retraite, ce serait difficile d'arriver avec une autre marque. Mon beau-père nous a toujours fait des bons prix.

— C'est curieux...

— Qu'est-ce que vous voulez dire par curieux ? C'est normal d'encourager sa famille quand vient le temps d'acheter une auto.

— Là, là, vous allez arrêter de dire n'importe quoi. On sait et on a des preuves que vous vous rendiez chez Liliane Demers les mardis et jeudis. Hier soir, vous étiez chez elle et vous allez nous dire ce qui s'est passé.

— Je n'étais pas là et il ne s'est rien passé.

— C'est comme ça que vous voulez la jouer, d'accord.

Elle se tourne vers Julien.

— Veux-tu lui lire ses droits et lui trouver une cellule ? J'en ai assez entendu. Je crois que Monsieur Thériault appréciera de dormir ici en fin de semaine.

Deschamps lui dit qu'il est en état d'arrestation pour le meurtre de Liliane Demers. Il l'aide à se relever et Jean-Guy se dégage aussitôt.

— Non ! Je n'ai rien fait, je ne l'ai pas tuée. Quand je suis parti, elle était vivante. Je vous jure que je ne l'ai pas touchée. Non, attendez ! Je vais tout vous raconter, ne me mettez pas en prison, je vous jure que je suis innocent.

Marconi qui s'apprêtait à sortir, se tourne très lentement et le regarde d'un œil qui n'entend pas à rire, ce qui, du coup, refroidit notre menteur.

— Ne me faites plus perdre mon temps parce que ça risque de vous couter cher. Rassoyez-vous et on va reprendre du début. Cette fois, pas question d'essayer de nous mener en bateau, ça ne fera qu'empirer votre situation. Voulez-vous prendre un café ?

— Oui, je pense que je vais en avoir besoin. Mais je vous le dis tout de suite, je n'ai jamais tué Liliane et je ne sais pas quel salaud a fait ça.

Marconi fait signe à Deschamps d'aller chercher du café et elle s'installe confortablement sur sa chaise. Elle fixe Jean-Guy et il devient de plus en plus mal à l'aise. Qu'est-ce que sa famille va penser de lui ? Il ne pourra jamais prendre la pression. Et à la polyvalente ? Il n'ose plus penser à rien. Il pose sa tête dans ses mains et reste là. Quand Deschamps revient avec les cafés, Jean-Guy relève la tête. Il a perdu ses couleurs et semble sur le point de s'effondrer.

— Alors, Monsieur Thériault, si on reprenait du début. Quelles étaient vos relations avec Liliane Demers?

— Écoutez, ce que je vais vous dire, est-ce que ça peut rester confidentiel? Je ne voudrais pas que...

— Vous ne voudriez pas que quoi? demande Marconi.

— Que ma famille ou l'école soit au courant. Liliane et moi on a toujours été très discrets et je ne voudrais pas que ma femme sache que j'avais une... une maitresse. Elle est enceinte et elle est fragile, vous voyez ce que je veux dire.

— Vous auriez peut-être dû y penser avant de sauter la clôture, dit Deschamps.

— Je ne voulais pas, mais Liliane avait tellement besoin d'amour.

— Qu'est-ce qu'il ne faut pas entendre. Avec toutes les femmes qui ont besoin d'amour, vous devez être très occupé, raille Deschamps.

— Ce que je veux dire c'est que je ne l'ai pas vu venir.

— Bien non, ça vous a sauté dessus sans que vous puissiez vous en apercevoir.

Marconi fait signe à Deschamps de ralentir un peu et de laisser l'autre venir à bout de son histoire.

— Dites-nous comment ça a commencé et depuis le début.

— Ça commencé à un party durant le temps des Fêtes, pas cette année, l'année d'avant. On était à l'école et le party était pris. On dansait et on buvait pas mal. Liliane était assise et prenait un verre sans parler aux autres. Plus tard, quand j'ai été prêt à partir, elle était dehors et attendait un taxi depuis au moins dix minutes. Elle commençait à être pas mal gelée. Je lui ai dit que je pouvais aller la reconduire chez elle, que je passais par là, même si ce n'était pas sur mon chemin. On ne laisse pas une femme geler au beau milieu de la nuit, quand même ! Elle a accepté et on a pas mal jasé tout au long. Rendus chez elle, on n'avait pas fini de parler, alors elle m'a invité à prendre un café. Je suis entré mais au lieu de prendre un café, elle a ouvert une bouteille de vin. Et ce qui devait arriver arriva. On a fait l'amour. Une fin de journée, en revenant du congé des Fêtes, je suis passé au bureau de Liliane pour voir comment elle allait. Elle disait qu'elle était mal à l'aise et qu'elle ne voulait pas que je la juge, c'est pour ça qu'elle m'évitait. Puis elle s'est mise à pleurer parce qu'elle disait qu'elle avait honte. En voulant la prendre dans mes bras pour la consoler, ça m'a excité et on a remis ça dans son bureau. Après, on ne pouvait plus s'arrêter, c'était plus fort que nous. Mais hier soir, j'avais décidé de tout arrêter.

Jean-Guy se tait et semble réfléchir. Son visage est songeur et il laisse sa tête baissée.

— Parlez-nous d'hier, demande Marconi.

— Hier... Oui, hier... La veille, c'est-à-dire mercredi, ma femme m'avait appris qu'elle était enceinte et à la suite de cette nouvelle, j'avais décidé de ne plus revoir

169

Liliane. Je ne pouvais pas lui annoncer la rupture au téléphone et encore moins à la polyvalente ! Vous aviez raison de dire que tous les mardis et tous les jeudis, j'allais chez elle. Liliane m'attendait pour souper et la soirée de badminton était le prétexte idéal pour qu'on se retrouve. Puis, elle s'est mise à me faire énormément de pression pour que je quitte ma femme et que je déménage chez elle. Je ne sais pas pourquoi mais à un moment donné, je lui ai dit que je le ferais. Nous avions convenu que ce serait jeudi, donc hier. Mais après l'annonce de ma femme, les plans venaient de changer et je ne voulais plus. Je pense même que je ne l'ai jamais voulu. J'ai deux petites filles et il n'était pas question que je les abandonne. Il fallait que je mette un terme à cette aventure. C'est ça que je venais lui annoncer, hier soir. Jean-Guy se tait à nouveau et joue avec sa barbe de fin de journée.

— Liliane vous attendait, demande à nouveau Marconi.

— Oui, comme d'habitude. J'étais décidé à lui dire, mais quand je suis entré chez elle... vous auriez dû la voir.

Il se tourne vers Deschamps sachant qu'entre hommes, il n'a pas besoin de faire de dessins. Elle était... elle était tellement sexy que...

Deschamps revoit le body string porte-jarretelles sur la chaise et il n'a pas besoin de détails pour imaginer Liliane Demers. Même lui n'aurait pas hésité et il commence à comprendre Thériault.

Marconi, quant à elle, secoue la tête en se disant qu'ils sont bien tous pareils, un bout de peau et ils partent en orbite.

— Continuez, dit-elle sèchement.

— Elle m'avait préparé mon mets favori, un bon gros steak épais avec des légumes. (*Marconi voit le gars plus épais que le steak, mais elle ne le dit pas.*) Et le vin, un Château Belle-Graves 2009. Ça, ça te met un homme au travail. Elle portait des dessous à faire chavirer n'importe qui, même un curé. Ouf! Elle avait la totale. Une bombe!

— C'est ça, la bombe a explosé et vous l'avez tuée.

Éberlués, Jean-Guy et Deschamps regardent Marconi. Elle vient de couper le film qui se déroulait dans leur tête.

— Non! Non, je ne l'ai pas tuée, au contraire. Je lui ai sauté dessus tellement j'étais excité. On ne se possédait plus, tellement on était hot! (*Les inspecteurs revoient l'état du lit et savent bien que Jean-Guy ne ment pas.*) Après on a mangé. Liliane était là à me servir, à combler le moindre de mes désirs, pensez-vous que j'avais envie de lui dire tout de suite qu'entre nous, c'était fini? Non, un homme manœuvre et attend d'avoir fini.

— Dégoutant!

Marconi ne peut s'empêcher d'exprimer sa colère.

— Vous l'avez, vous, l'affaire. La baise et la bouffe, et le reste viendra bien assez vite. Toujours le meilleur des deux mondes. Espèce d'imbécile!

— Je le sais bien ce que vous pensez, mais Liliane en avait envie autant que moi. Cette femme-là est en feu, sous des dehors de sainte-nitouche, elle n'en avait jamais assez. Moi, je lui ai donné ce qu'elle voulait. Je l'ai baisée comme jamais, mais je ne l'ai pas tuée.

En disant cela, il se lève.

— Il faut que j'y aille.

Marconi tel un ressort se lève, lui met la main sur l'épaule et le rassoit avant même qu'il ait vu ce qui vient d'arriver.

— Vous, vous allez vous rassoir avant que je ne me fâche. Vous avez intérêt à continuer parce que ma patience a la mèche courte. Et je n'ai pas toute la soirée. Quand on s'est présenté chez Liliane Demers, il y avait beaucoup de morceaux de verre sur le plancher, alors la scène idyllique dont vous êtes en train de nous gaver n'est peut-être pas celle qui s'est vraiment déroulée hier soir.

— Oui, oui, vous avez raison. On a continué à boire du vin parce qu'elle a ouvert une autre bouteille. C'était vraiment un bon souper et le vin rentrait tout seul.

Devant le regard dur de Marconi, il arrête de faire des digressions.

— Quand Liliane m'a demandé si j'avais mes valises dans le camion, parce qu'elle pensait que je déménageais, j'ai été obligé de lui dire que ce n'était plus possible que je quitte ma femme. Elle a été très surprise et ne comprenait pas. C'est en lui disant que ma femme attendait un garçon que ça a commencé à aller de travers. Elle s'est mise à crier et à pleurer en me traitant de tous les noms. Je lui ai dit que je l'aimais mais que ce n'était plus possible de continuer. Il fallait arrêter avant de trop s'amouracher l'un de l'autre. Elle hurlait et à un moment donné, j'ai cru qu'elle était devenue complètement folle. Je me suis levé pour prendre mon manteau et sortir au plus vite. C'est là qu'elle m'a lancé le beau vase à fleurs que je lui avais offert. Je suis sorti tellement vite que j'ai failli manquer la dernière marche. Je suis rentré à la maison et c'est la dernière fois que j'ai vu Liliane. Elle était en colère mais bien vivante. Je vous jure que ce que je viens de vous raconter, c'est la pure vérité. Je n'ai pas tué Liliane Demers.

— Vous avez quitté sa maison à quelle heure ?

— Je ne me souviens pas trop, peut-être vers 22 h 15, dans ces eaux-là.

— Connaissez-vous quelqu'un qui porte les initiales A.M. ?

— Euh ! Non !

— Connaissez-vous le numéro 348-0622 ?

Jean-Guy ouvre grand les yeux et regarde les deux inspecteurs ; il ne répond pas.

— Vous voulez que je répète le numéro ? On a retrouvé son téléphone cellulaire et Liliane a composé le numéro plusieurs fois hier soir après votre départ.

— C'est mon numéro de cellulaire.

Marconi consulte ses notes et après quelques instants, relève la tête et le regarde.

— Ce n'est pourtant pas le numéro que vous nous avez donné cet après-midi.

— C'est mon autre cellulaire, celui que j'utilisais uniquement avec Liliane pour ne pas que ma femme se doute de quelque chose. J'avais dit à Agathe, ma femme, que le cellulaire était prêté par le Conseil scolaire pour quand j'avais à me déplacer lors des tournois avec les jeunes. C'est avec cet appareil que je parlais avec Liliane.

— Il est où, ce cellulaire?

— Dans mon camion. Je l'avais éteint hier, en sortant de chez Liliane.

— On va devoir vous le confisquer, dit-elle.

— Je vais vous le donner. Je vous ai dit tout ce que je sais et je vous jure que quand j'ai quitté Liliane, elle était vivante. En crisse mais vivante. Je ne sais pas ce qui s'est passé après parce que je suis rentré directement chez nous. Ma femme peut vous le confirmer.

Marconi jette un regard en direction de Deschamps. Ce dernier lui fait un léger signe de tête.

— Une dernière question et ensuite, vous allez pouvoir rentrer chez vous. Ce projet que vous deviez faire avec elle, est-ce qu'il y avait d'autres personnes d'impliquées?

— Non. Il n'était pas encore tout à fait au point et quand on se rencontrait, ce n'était pas tellement un sujet de conversation entre nous. Mais on devait effectivement le monter après Pâques si on voulait recevoir la subvention du ministère.

— D'accord, on arrête pour aujourd'hui, suggère Marconi. Vous devez vous tenir à notre disposition parce que nous aurons d'autres questions à vous poser.

— Oui, pas de problème mais...

— Mais quoi ? demande Deschamps.

— Si vous pouviez être discrets à l'endroit de ma femme et devant mes collègues, ça ferait bien mon affaire. Ma femme n'a pas à savoir ça.

— Vous auriez dû y penser avant, répond Deschamps. Je vous suis jusqu'à votre camion et vous allez me donner le cellulaire.

Abattu, Jean-Guy sort de la salle. Pourvu que sa femme ne sache rien. Sa femme, sa famille, tout le monde, quoi ! En pensant à tout ça, il secoue la tête et pense déjà à une autre stratégie si jamais il y a des fuites. Il est capable de s'en sortir, il l'a toujours fait.

CIEL! C'EST FRANK REAGAN
SANS LA MOUSTACHE!

Marconi est restée seule dans la salle d'interrogatoire. Elle vient de refermer le dossier devant elle en soupirant. Elle sait que Jean-Guy ne lui a pas tout dit; elle sait aussi que ce n'est pas lui le meurtrier. Elle le cuisinera à nouveau un peu plus tard et parlant de cuisine, elle ressent un petit creux au fond de son estomac. Elle regarde l'heure. Déjà 19 h.

Derrière le miroir, Raymond Dupuis l'observe. Il a assisté à la dernière partie de l'interrogatoire de Thériault. Il était plus intéressé à regarder l'inspecteure et à l'étudier que d'écouter les réponses que l'homme lui donnait. Il est fasciné par cette femme d'un calme olympien. Elle semble toujours en contrôle d'elle-même. S'il pouvait faire un zoom sur ses yeux, il le ferait sans perdre de temps. Ils sont noirs, profonds et intelligents. Depuis qu'il a lu quelques informations sur elle, il n'a plus qu'une envie, celle de la rencontrer. Marconi est seule dans la salle et ne bouge toujours pas. Devrait-il aller frapper à la porte ou attendre qu'elle sorte? Il n'a pas le temps de réfléchir qu'elle vient de se lever et sort. Alors qu'elle se dirige vers son bureau, elle lui fait face. « Ciel! C'est Frank Reagan sans la moustache!» (*On voit tout de suite qu'il est habitué à ce genre de*

remarque mais venant de la bouche de l'inspecteure,
il est un peu surpris). Elle s'éclate de rire.

— Excusez-moi, c'est trop drôle. Ne me dites
pas que c'est la première fois que l'on vous compare
à Reagan, ou peut-être devrais-je plutôt dire Tom
Selleck.

— Non mais venant de l'inspecteure Marconi,
j'avoue que je suis surpris. Je ne savais pas que vous
écoutiez cette série policière.

— Non, pas du tout, j'ai une amie, une journaliste, accro à tout ce qui se fait comme séries
policières dont celle mettant en vedette Tom Selleck
dans le rôle du chef de la police de New-York. Barbara
m'en a fait écouter trois épisodes et c'est vrai que vous
ressemblez à l'acteur.

— Navré de vous décevoir, mais je ne suis pas
Tom Selleck. Raymond Dupuis, c'est moi qui vous
ai téléphoné, ce midi.

— Oui, je vous ai reconnu.

Devant le regard un peu perplexe de son vis-à-
vis, elle sourit.

— J'ai fait une courte recherche sur vous sur
internet et je suis certaine que de votre côté, vous
avez fait la même chose.

— Je ne peux rien vous cacher. Les renseignements à votre sujet sont très minces. Vous êtes
une femme plutôt discrète.

Marconi n'a pas la tête à discourir sur sa vie
personnelle aussi elle coupe court aux civilités
pour lui demander comment ils peuvent collaborer.

L'inspecteure n'est pas du genre à jouer à : « Si tu me donnes des informations, je t'en donne, sinon on passe à un autre appel ». Au contraire, comme elle n'a pas un ego démesuré, elle ne retient jamais l'information afin de mieux assurer son pouvoir. Dupuis n'est pas habitué au style direct et semble un peu désarçonné.

— Venez. Allons dans la salle de réunion. Avez-vous eu l'occasion de rencontrer des membres de mon équipe ?

— J'ai vu Julie Landry et celui que vous appelez MAG. Merci d'avoir permis à Madame Landry de me donner des renseignements sur la découverte du corps. Nous allons pouvoir relier certains éléments. Il y a des similitudes.

— Parfait, nous allons voir ça ensemble.

Au même moment, Deschamps revient avec le téléphone de Thériault. Marconi fait les présentations et demande à l'équipe de se réunir dans la petite salle où ils mettront en commun les résultats de la journée.

— Il y a un restaurant dans l'édifice ? demande Dupuis. Ça sent drôlement bon.

— Non, j'ai préparé le diner ce midi et les odeurs sont tenaces.

— Parce qu'en plus de diriger une équipe, vous cuisinez ? He bien ! Vous faites les choses autrement, vous autres.

Marconi ne relève pas. Au lieu de se diriger dans la salle de réunion, elle se rend dans son bureau, elle a un appel à faire. Quand elle revient vers son équipe, elle dépose ses dossiers, s'assoit et se dérhume.

— Je sais qu'il est tard et que vous êtes fatigués, mais nous devons élucider ce meurtre le plus rapidement possible. L'inspecteur Dupuis a demandé à se joindre à nous pour nous partager certaines informations. Peut-être pourriez-vous nous dire, inspecteur, ce qui vous fait penser que le meurtre commis la nuit dernière a quelques ressemblances avec un meurtre qui se serait produit chez vous il y a un peu plus d'un an?

L'inspecteur remercie Marconi d'avoir bien voulu le laisser assister à leur réunion. Il ouvre sa serviette et en sort une chemise assez volumineuse à l'intérieur de laquelle se trouvent des rapports et des photocopies de découpures de journaux.

— J'ai ici le dossier concernant la mort de Ginette Boudreau. Elle a été assassinée le 14 décembre l'année dernière. Son corps a été retrouvé dans un fossé. Elle avait été étranglée avec un fil électrique. Du travail propre, bien fait. Le corps avait été déplacé et on n'a pas encore retrouvé l'endroit exact où le meurtre a été commis. À l'époque, la presse en avait parlé abondamment, car la victime était une mère célibataire d'un enfant de treize mois. Le seul détail qui n'a pas été divulgué à la presse est l'amputation du majeur de la main droite. Le majeur avait été inséré dans son vagin. Bien que nous ayons interrogé une foule de suspects, nous n'avons retenu personne par manque de preuves. La victime n'avait aucun antécédent judiciaire. Elle travaillait comme infirmière dans un hôpital et revenait d'un long congé de maternité. Madame Boudreau, selon ses voisins, menait une vie tranquille et on ne lui connaissait pas de petit ami. Elle vivait seule avec son enfant. Elle avait utilisé une des cliniques *Procrea* pour devenir enceinte. L'automne dernier, je suis allé en Virginie, où se tenait un congrès d'enquêteurs. On y montrait les nouvelles technologies utilisées et... bon, pour faire une histoire courte, j'ai eu l'occasion de parler avec un inspecteur, Harry Brown, qui travaillait sur deux meurtres où les victimes avaient été étranglées. Particularité des victimes, toutes les deux avaient eu le majeur sectionné et inséré dans le vagin. J'ai donc ici, dans ce dossier, des éléments que l'inspecteur Brown, de Louisville au Kentucky, m'a fait parvenir. Nous avons continué de communiquer ensemble mais ni lui ni moi n'avons réussi à percer le mystère. En entendant la nouvelle au sujet de ce meurtre, je vous ai téléphoné pour vérifier les similarités, et lorsque vous m'avez confirmé qu'il manquait le majeur, j'ai voulu vous rencontrer. Je crois que nous avons affaire au même meurtrier.

— C'est assez troublant, en effet, souligne Marconi.

— Chaque fois qu'il y a un meurtre, je m'informe tout de suite si le majeur a été coupé et inséré dans le vagin parce que nous aussi, tout comme la police de Louisville, nous n'avons jamais communiqué ce détail à qui que ce soit.

— Ça voudrait dire que nous avons peut-être affaire à un « serial killer », suggère MAG.

— Un tueur en série ! Ici, on dit un tueur en série pas un serial killer, reprend Deschamps.

— D'accord, dit Marconi qui connait bien ses deux coqs. Nous pourrions avoir affaire à un même individu. À votre avis, ce serait un Américain ?

— Pas nécessairement. Il peut avoir travaillé aux États-Unis ou simplement s'être retrouvé là, lors d'un voyage. Même là-bas, les indices sont à peu près inexistants.

— Julie, tu as eu des nouvelles du laboratoire ?

— Le problème c'est qu'il pleuvait beaucoup hier soir et les indices ont été effacés, lui répond Julie.

— Ça c'est curieux, dit Dupuis. Lorsque les meurtres ont été commis, il pleuvait. Dans les dossiers de Brown, les meurtres ont eu lieu alors qu'il pleuvait. Quand Ginette Boudreau a été tuée, il pleuvait et c'était un 14 décembre. Pleuvoir un 14 décembre, c'est assez inusité car on s'attendrait plutôt à recevoir de la neige. On dirait que le tueur surveille la météo et qu'il frappe lorsqu'il pleut.

— Oui, c'est la même chose pour nous. Hier, il pleuvait à boire debout et en l'espace de deux heures, la température est passée de +6° à -22°, dit Julie.

— Concours de circonstances, dit Marconi. C'est vrai que c'est curieux que les meurtres aient toujours eu lieu alors qu'il pleuvait. Ça ne se peut pas que le meurtrier surveille la météo pour pouvoir tuer. Non, c'est trop imprécis et ça ne peut être que le fruit du hasard, rien d'autre.

— Vous ne savez rien sur le doigt, je veux dire avec quel instrument on l'a sectionné ? demande Dupuis.

— Non ! répond Julie. Là encore, le mystère demeure. Il s'agit d'un couteau avec quelques dents. La coupe est très inégale et l'arme ne semblait pas des plus affûtées. Comme on n'a rien retrouvé sur les lieux, c'est difficile à dire. On n'a pas trouvé la corde non plus.

— Nous non plus, on n'a jamais retrouvé ni le couteau ni la corde qui a servi à l'étranglement.

— Sais-tu si la trace sur le cou a laissé des fibres ou quelque chose du genre ? demande MAG.

— Non. C'était probablement un fil électrique, lui répond Julie. Il n'y avait aucun résidu.

— On a peut-être affaire à un électricien ou à un employé du téléphone, suggère Marconi. (*Non, mais elle est forte, l'inspecteure... un électricien ! Elle n'a jamais été aussi près de la vérité. Le seul hic, les électriciens, ça ne manque pas, alors à savoir lequel ! Ouais...*)

— Un électricien qui se promène avec un fil électrique dans ses poches et qui se dit : « Si une femme peut passer que je lui mette mon fil autour du cou », dit MAG.

— Très drôle, le petit comique, ironise Julie. L'autopsie n'est pas encore terminée et les analyses au laboratoire non plus. On devrait avoir tous les résultats d'ici demain midi.

— Côté interrogatoire, MAG, qu'est-ce que ça a donné avec le concierge? demande Marconi.

— Absolument rien. Il voulait se rendre intéressant mais il n'y avait rien à tirer de lui. Il ne la connaissait pas plus que les autres. Et c'était plutôt rare que Madame Demers reste tard après l'école. Pour les autres membres du personnel, ça n'a pas donné grand chose mais je dois revoir Madame Portal pour pousser plus à fond l'enquête.

— Elle doit avoir de gros seins pour que tu veuilles pousser ton enquête plus loin, dit Julie.

— Jalousie! lui répond MAG.

Marconi hausse les épaules en signe de découragement et Raymond Dupuis reprend la parole.

— Il y a une chose qui m'intrigue, inspecteure... Le témoin que vous avez interrogé tout à l'heure, pourquoi l'avez-vous relâché? Il me semble qu'il est impliqué jusqu'au cou, vous ne pensez pas?

— C'est vrai, ça, réplique Julie, comment ça s'est passé avec le prof d'éduc?

— Il a avoué être l'amant de Liliane Demers et ce soir-là, il avait décidé de mettre fin à leur relation sous prétexte que sa femme était enceinte. Il s'est donc rendu chez sa maitresse. Il ne lui a pas dit tout de suite que c'était leur dernière soirée. Elle lui avait préparé un souper d'amoureux et il avait faim. (*Julie secoue la tête en signe de découragement et prend note de ne plus rien préparer pour son amoureux au cas où il aurait des idées de rupture dans la tête.*)

Après avoir bien mangé et bien bu...

— Et bien baisé ! ajoute Deschamps.

— Oui, après avoir fait l'amour, poursuit l'inspecteure, il lui annonce qu'il ne déménage plus chez elle, mais qu'il retourne avec sa femme. Ils ont une engueulade et la dame en pleine colère lui lance un vase, d'où les éclats de verre retrouvés par terre.

— Elle a malheureusement manqué son coup, continue Julie.

— Il n'a pas demandé son petit change et a quitté les lieux au plus vite. Il dit qu'il a filé directement chez lui où sa femme l'attendait.

— Mais que s'est-il passé après ? demande MAG. La voiture de la femme a été retrouvée à une trentaine de kilomètres de chez elle. Qu'est-ce qu'elle a fait après le départ de l'amant ?

— Aucune idée. On en est rendus là. Qu'est-ce qui s'est passé entre le moment où l'amant a quitté et le moment où elle a été tuée ? On sait qu'elle n'a pas été tuée là où on a retrouvé son corps, ni chez elle. Elle est sortie, a pris sa voiture et est partie.

— Selon Thériault, continue Deschamps, ils avaient bu deux bouteilles de vin, alors elle a conduit en état d'ébriété pas mal avancé. C'est heureux qu'elle n'ait pas fait d'accident.

— Au garage, on nous a confirmé que la voiture n'avait aucun bris mécanique et le niveau d'essence était aux trois-quarts, dit Julie. C'est comme si c'était elle-même qui avait laissé sa voiture là.

— Est-ce que quelqu'un lui a bloqué la route

et l'a fait monter dans sa voiture ? La pluie a aidé le tueur en effaçant tous les indices. On tourne en rond, soupire Marconi.

— Vous pensez vraiment que l'amant n'y est pour rien ? demande Dupuis. Il n'a certainement pas tout dit.

— C'est vrai qu'il ne nous a pas tout dit, lui répond Mama, mais ce n'est pas lui le meurtrier. Essayons de voir ce qui s'est passé... La première partie de la soirée est agréable, ils mangent, boivent, font l'amour, puis, il lui annonce que c'est terminé. La maitresse se fâche, lui pique une crise et lui, se dépêche à décamper au plus vite. Il saute dans son camion et retourne chez sa femme. Il n'y a rien qui indique que Liliane Demers a été tuée dans sa maison. Elle a été tuée ailleurs. Il ne pourrait pas l'avoir amenée dans son camion, la tuer, jeter son corps où on l'a retrouvé, retourner chez sa maitresse, conduire sa voiture là où on l'a retrouvée et revenir chercher son camion. C'est un non sens, réfléchit Marconi, non, aucun sens. Il est rentré chez sa femme peu après 22 h et la victime a été assassinée dans la nuit, pas dans la soirée. Ce n'est pas Jean-Guy Thériault qui l'a tuée.

— Pourquoi en êtes-vous aussi certaine ? Il pourrait très bien être sorti dans la nuit et...

— Non ! Cet homme-là est un lâche. Dès que ça sent mauvais, il se pousse. Le meurtre est beaucoup plus complexe et il nous manque encore trop d'éléments.

Marconi regarde l'heure. Elle constate que tous sont fatigués.

— Il est tard, vous avez bien travaillé. Rentrez chez vous. La nuit porte conseil. On se voit demain matin à 8h, c'est beau?

Les membres de l'équipe se dispersent trop heureux de rentrer à la maison et Marconi retourne dans son bureau. On a déposé un mot sur le dessus d'un dossier. Elle le lit et sourit. Dupuis frappe discrètement et lui demande s'ils pourraient manger ensemble. Elle accepte et lui donne rendez-vous dans un resto asiatique, le temps qu'elle passe quelques appels. Elle ne lui a pas aussitôt donné rendez-vous que Barbie arrive en haut de l'escalier. Elle aperçoit Dupuis et ses yeux s'agrandissent démesurément.

— Non, mais je rêve! Êtes-vous Frank Reagan?

— Sans la moustache? continue Dupuis.

— Oui, sans la moustache. Non, mais, c'est trippant! Je suis certaine que je ne suis pas la première qui vous dit ça. Ça alors, tu ne trouves pas, Mama? Reagan, le chef de police de New-York, tu sais, la série que je t'ai fait écouter? C'est hallucinant!

Marconi se lève de son fauteuil et toujours avec son téléphone dans les mains, vient fermer la porte de son bureau pour se couper de l'excitation de Barbara.

— Vous venez de la Capitale? Ça veut dire que vous êtes ici pour le meurtre d'hier? Mama ne m'avait pas dit qu'elle avait demandé de l'aide.

— Non, l'inspecteure n'a pas demandé d'aide,

c'est moi qui ai insisté pour venir la rencontrer. Vous êtes journaliste ?

— Barbara Fournier. Je suis la meilleure amie de Mama. Je passais dans le coin et j'ai vu l'équipe sortir. Je me suis dit : « Tiens, si j'allais saluer mon amie ! ». J'arrive du Costa Rica où je suis allée faire une série d'articles pour mon journal.

— Oui, je lis vos articles dans le journal.

— C'est vrai ? Comme Mama et moi on ne s'est pas vues depuis près de trois semaines, je me disais qu'on pourrait manger ensemble, elle et moi.

Barbie lui mentait en souriant.

— Vous avez mangé ? demande-t-elle.

— Non, mais nous irons dès qu'elle aura terminé ses appels.

Barbie est déçue. Elle sait que Marconi ne l'invitera certainement pas. Elle aurait bien aimé aller manger avec le beau Frank Reagan et il semble que ce ne sera pas ce soir que ça se fera.

Marconi ressort de son bureau et les deux femmes se font la bise, toujours heureuses de se retrouver. Avant même que Barbie n'ouvre la bouche, Marconi prend les devants.

— Non, Barbara, je ne peux rien te dire à ce moment-ci. Tu vas devoir attendre comme tous les autres. Et maintenant, tu vas nous excuser. Nous allons manger et non, tu ne peux pas venir, nous avons des choses à discuter au sujet de l'enquête et c'est encore confidentiel.

— Je le savais ! Mais, vous n'allez pas en discuter

toute la nuit. Je pourrais vous rejoindre plus tard pour prendre un verre avec vous autres.

— Personnellement, lui répond Marconi, après avoir mangé, je vais rentrer. Nous devons travailler demain et toute la fin de semaine. J'ai déjà ma journée dans le corps et je suis assez fatiguée. Si vous voulez vous voir après, je n'ai pas de problème avec ça, mais vous m'oubliez.

— Je vous laisse mon numéro de téléphone, Monsieur Reagan, fait-elle en lui offrant son plus beau sourire. Si jamais vous avez le gout de prendre un dernier verre, je ne serai pas loin.

Dupuis ne peut s'empêcher de lui sourire et de penser qu'il aurait peut-être dû prévoir quelques soirs de plus en dehors de la Capitale, car les femmes qu'il rencontre ici l'émoustillent un peu. L'inspecteur n'est pas du tout comme Jean-Guy. Il aime être en présence de femmes intelligentes et il a l'impression qu'il en apprendrait beaucoup.

— On y va? dit Marconi. Vous pourrez vous y rendre seul ou vous voulez monter avec moi?

— Non, je vais vous suivre. D'après ce que vous m'avez expliqué, ce resto est assez près de mon hôtel. Ce sera plus simple pour moi à moins que ce soit vous qui vouliez monter dans la mienne.

— Non! Allez! Suivez-moi, lui suggère Marconi.

— Moi, je peux vous amener où vous voulez, lui dit Barbie. Je suis libre toute la soirée. Je vous conduis, je vous laisse quelques heures avec la patronne et je vous reprends après.

— Merci, ça va aller. Moi aussi une grosse journée m'attend. Au plaisir de vous revoir, Madame.

— Appelez-moi Barbara, dit-elle en lui tendant la main. Au plaisir de vous revoir.

Ils descendent tous les trois et chacun monte dans sa voiture.

PETITS DÉTAILS
DE LA VIE DE MARCONI

Le restaurant Okinawa est déjà rempli quand Marconi et Dupuis y pénètrent.

— On peut aller ailleurs, lui suggère Dupuis.

Il n'a pas fini sa proposition que le propriétaire, Monsieur Kobayashi, vient près d'eux.

— Inspecteure Marconi, je suis honoré de votre présence. Il lui prend les deux mains et s'incline devant elle. Je n'ai pas vu que vous aviez réservé ! On aurait dû me prévenir.

— Non, je n'ai pas eu le temps, je viens de quitter le bureau et je voulais que mon invité goute à votre cuisine.

— Inspecteure, attendez-moi quelques minutes et je reviens.

— Vous êtes certaine que ce ne serait pas préférable d'aller ailleurs ?

— C'est un excellent restaurant, ici, et si jamais on nous trouve une table, vous ne serez pas déçu.

Monsieur Kobayashi revient avec des étoiles dans les yeux et un sourire plus grand que son étroit visage. Ça fait bizarre, il sourit toujours beaucoup et c'est comme si son sourire lui sortait de la face.

— J'aurai une table d'ici 15 minutes. Voulez-vous venir vous assoir dans le petit salon, Madame

Kobayashi va s'occuper de vous.

Marconi accepte et se rend dans le petit salon où sont installés deux couples. Le temps de s'assoir et la femme du propriétaire, Mayuko, arrive et s'incline devant eux. Dupuis commande une bière et Marconi un verre de vin rouge. Aucun des deux ne parle et à les voir ainsi, on les croirait mariés. Mayuko arrive avec les consommations et ce n'est qu'après son départ et à la suite du toast que Dupuis prend la parole.

— Vous venez souvent ici ?

Comme entrée en matière, ce n'est pas ce qu'il y a de plus imaginatif. Dupuis se sent un peu intimidé devant Marconi.

— À l'occasion, lui répond-elle. J'essaie de ne pas trop manger dans les restaurants.

— Vous préférez cuisiner vous-même si j'en crois les odeurs qui flottaient au poste.

— Je ne fais pas ça souvent. Et vous, inspecteur ?

— Non, je ne cuisine jamais au poste. Mais je vous en prie, appelez-moi Raymond.

— D'accord, Raymond. Vous aimez cuisiner ?

— Pas du tout. À ma grande honte, je fais surtout dans le surgelé. J'ai deux grands adolescents qui se débrouillent plus que moi dans le domaine. Ma femme leur a montré des trucs.

— Et quand ils viennent chez vous, ils font la cuisine !

— Vous savez donc que je suis divorcé ?

— Quand un homme mange du surgelé, en général c'est qu'il vit seul.

— Et vous, vous êtes mariée ?

Dupuis sait parfaitement qu'elle est veuve; il fait celui qui ne sait pas car ça lui fait une entrée en matière. Habituellement il est à l'aise devant une femme, mais celle-là l'intimide un peu trop. (*Donnons-lui quelques heures et il aura peut-être le contrôle de la situation.*)

— Si vous avez fait la moindre recherche sur moi, vous devez bien savoir que je suis veuve. Tiens, je pense que nous avons une table.

Effectivement, Monsieur Kobayashi les invite à le suivre et ils se retrouvent dans une petite pièce où il n'y a qu'un couple qui s'apprête à partir. Un garçon vient nettoyer la table et s'empresse de dresser les couverts.

— Comment dois-je vous appeler ? Inspecteure, Marconi ou Mama car il semble que tout le monde vous appelle Mama. D'ailleurs, pourquoi vous appelle-t-on Mama ? Est-ce parce que vous êtes Italienne ou parce que vous êtes une mère pour votre équipe ?

— C'est une combinaison de Mariella et Marconi. Vous pouvez m'appeler comme vous voulez, je me reconnais toujours.

— J'aimerais bien vous appeler Mariella.

Marconi hausse les épaules puisque ça ne lui fait ni chaud ni froid. Le garçon leur glisse le menu et leur demande s'ils veulent boire autre chose. Dupuis prend la carte des vins, la regarde et la lui tend en lui disant de décider. Elle lui suggère de choisir des plats avant pour ensuite commander du vin. Il sourit.

Après avoir choisi les plats, Marconi opte pour une bouteille de rouge. En fait, elle prend toujours la même bouteille de vin rouge parce que le blanc lui donne des maux d'estomac.

— Vous ne vous êtes jamais remariée ?

— Non !

— Vous êtes pourtant une belle femme et...

— Ça n'a aucun rapport. Je travaille beaucoup et s'il y en a un qui doit le savoir c'est bien vous, non ?

— Oui, c'est ce que ma femme m'a toujours reproché. Ce n'est pas facile pour une femme de comprendre ce que nous faisons.

— Ce n'est pas facile ni pour une femme ni pour un homme.

— Sauf si le conjoint ou la conjointe pratique le même métier.

— En effet, ça peut aider.

— Votre mari était policier, je me trompe ?

Marconi se rembrunit. Elle le fixe sans aucune chaleur dans les yeux. Elle sait pertinemment qu'il a fait des recherches sur elle et donc, il est au courant que non seulement son mari était policier, mais également des circonstances dramatiques dans lesquelles ce dernier a trouvé la mort. La presse en avait suffisamment parlé à l'époque, et il n'est pas question pour Marconi de revenir sur ces événements. Et puis, on ne va quand même pas parler de son mari ! Depuis le temps qu'elle tente de le faire disparaitre à jamais de sa mémoire.

— Je ne veux pas vous paraître indiscret, je veux

juste en connaitre un peu plus sur vous parce... parce que j'aime votre façon... votre façon d'être.

Dupuis ne sait plus trop ce qu'il lui arrive, lui qui ne bafouille jamais, voilà qu'il a de la difficulté à aligner une phrase. Il est attiré par cette femme et a l'impression en lui parlant d'être redevenu un ado maladroit. (*Si ça continue, on va sortir les violons.*)

Contrairement à lui, elle n'est pas intimidée du tout et devant son embarras, elle commence à lui trouver un certain charme. Sauf que... sauf qu'elle aimerait bien taire certains chapitres de sa vie. (*Oui mais nous, on ne sait rien et peut-être que de connaitre un peu plus de détails sur ce fameux mari nous aiderait à comprendre et on pourrait avancer plus rapidement dans l'histoire. Bon! D'accord!*) Comme on le sait, Marconi a toujours été une femme très discrète sur sa vie et n'a jamais aimé se confier à droite et à gauche. Il y a un quelque chose chez Dupuis qui la remue et elle ne sait pas quoi. Peut-être sa force tranquille ou encore sa douceur lorsqu'il s'adresse à elle. Chose certaine, elle se sent bien en sa compagnie et sans trop savoir pourquoi, elle a le gout de se laisser aller. Il y a certains éléments qu'elle va bien vouloir lui dévoiler, mais il y en a plusieurs qu'il ne saura jamais. Par exemple, ce qu'elle lui dira : Toute jeune, elle avait décidé de suivre les traces de son père et était devenue policière. Elle avait rencontré François Morin, un policier tout comme elle et ils étaient tombés amoureux l'un de l'autre au grand dam de ses parents. Mariella, contrairement à ses sœurs et à ses frères, ne mariait pas un membre issu de la communauté italienne et cette entorse à la tradition, avait été difficile à digérer. Seule consolation pour la famille, la policière avait conservé son nom de famille. Quatre ans plus tard, elle mettait au monde un garçon prénommé Marco.

Ce qu'elle ne lui dira pas: Marco était constamment déchiré parce que François n'aimait pas la famille de Mariella et elle, elle n'aimait pas la famille de son mari. La belle-famille devenait l'objet de nombreuses disputes et l'enfant en faisait souvent les frais. Et son mari... Autant elle en était tombée amoureuse au début, autant elle en était arrivée à le détester la dernière année de leur vie commune. François avait un défaut et non le moindre, il jouait et pas rien qu'un peu. Il pariait sur tout. Une mouche sur une table qui volerait dans tant de secondes, le nombre de voitures de couleur rouge qui passeraient en dedans de cinq minutes... Il passait des nuits à jouer au poker et perdait de grosses sommes; il jouait comme un pied et buvait comme un trou pour oublier qu'il jouait mal. Pour ne pas être en reste de la plupart des joueurs pathologiques, il mentait comme un arracheur de dents. De plus, et ça, Mariella l'avalait de travers, c'est que François la trompait depuis au moins deux ans. C'était devenu problématique et à un moment donné, l'Italienne en avait eu assez. Cette journée-là, elle était en congé et avait passé l'avant-midi à réfléchir sur la débandade de son couple. François travaillait dans le secteur et avait décidé de venir diner à la maison. Il se disait qu'il mangerait mieux chez lui qu'au restaurant parce que sa femme faisait bien la cuisine. Au lieu de lui servir une assiettée, cette dernière lui avait plutôt servi un ultimatum. Il devait prendre ses affaires et se trouver une autre maison. Fini ! C'était fini entre eux. Devant son air hébété, elle en avait profité pour lui apprendre qu'elle avait entrepris des démarches pour divorcer et qu'elle lutterait pour la garde de leur fils puisque lui était incapable de prendre ses responsabilités.

Non, ça n'allait pas se passer de cette façon. Si elle pensait qu'elle allait le mettre à la porte de la maison comme un vulgaire sac de vidanges, elle le connaissait mal. Il était tellement en colère qu'il avait fracassé une chaise contre le mur. François, dans sa rage soudaine, avait malheureusement oublié que sa femme était une adepte des sports martiaux et qu'elle était beaucoup plus en forme que lui. En deux temps trois mouvements, elle l'avait envoyé valser contre le comptoir de la cuisine. Si Bruce Lee avait pu assister à ce combat, il aurait été fort impressionné par l'agilité et la créativité de Marconi. François était à moitié dans les vapes quand le téléphone avait sonné. Il devait se rendre sur la rue principale où une banque venait d'être braquée. Les voleurs étaient encore à l'intérieur. Il était parti en vitesse et n'était plus jamais rentré à la maison. Le vol s'était mal passé et il y avait eu des échanges de coups de feu. François avait reçu une balle dans la tête et l'autre policier en avait reçu une dans le cou, causant l'hémorragie fatale. On avait réservé des funérailles d'honneur aux deux policiers morts en service. Des centaines de représentants de divers corps policiers étaient venus rendre un dernier hommage à ces héros. Fin de l'histoire, celle de François, du moins. Il avait 40 ans. Une grande partie de l'assurance-vie avait servi à régler les dettes de jeu de son mari. (*Non mais c'est chiant de devoir payer les dettes d'un joueur avec l'argent de l'assurance.*) Heureusement qu'elle avait eu droit à la pension à vie de son mari, pension qu'elle toucherait jusqu'à ce qu'elle meure à son tour. Aujourd'hui, elle a beau être à l'abri financièrement, elle échangerait sa situation financière n'importe quand si seulement ça pouvait ramener son fils à la vie.

C'est ce qu'elle ne lui dira pas non plus : lorsque François est décédé, leur fils, Marco avait 11 ans. Il avait vu les photos dans le journal et avait été traumatisé par la violence des images. Quelques mois plus tard, il avait commencé à avoir des problèmes de comportement à l'école et à la maison. Lui qui, auparavant, était un enfant passablement doux, était devenu violent. Il avait été expulsé de l'école à plusieurs reprises et même si sa mère le faisait suivre par un psychologue, personne n'arrivait à le contrôler. Il séchait ses cours et fréquentait des jeunes peu recommandables. On l'avait déjà surpris à voler et Marconi avait demandé à ses collègues de ne pas faire de passe-droit à son fils. On l'avait placé dans un centre de détention pour la jeunesse, mais ça n'avait pas réglé le problème. Marco s'était mis à prendre des drogues de plus en plus fortes, si bien qu'à l'âge de 16 ans, on l'avait retrouvé dans un parc, mort d'une overdose d'héroïne. Si Marconi avait eu de la peine à la mort de son mari (*quand même pas au point d'en faire une dépression*), il n'en avait pas été de même à celle de son fils. Elle n'avait pas été capable de reprendre le travail avant quelques mois et avait dû faire appel à une psychologue pour pouvoir s'en sortir. Aujourd'hui, même après quatre ans, elle se demandait encore comment elle aurait pu sauver son fils. Elle n'arrivait pas à s'enlever ce sentiment de culpabilité qui la rongeait.

Marconi est silencieuse et son regard est encore perdu dans ses souvenirs. Dupuis aimerait la ramener au moment présent, mais il ne veut rien brusquer. Monsieur Kobayashi vient à leur table et s'informe si le repas leur plait. Marconi revient sur terre et lui sourit (*pas à Dupuis, à l'autre*) et elle lui fait signe que oui et il repart aussi discrètement qu'il était venu.

— Vous voulez un peu de vin ? Vous étiez rendue très loin.

— Oui, dit-elle en tendant son verre. Veuillez m'excuser. Il m'arrive quelques fois de… enfin… Vous aimez votre repas ?

— Oui, c'est délicieux. Dites-moi, Julie, dans votre équipe, m'a dit que vous pratiquiez les arts martiaux et la course à pied ?

— C'est exact. J'aime me tenir en forme. Je tiens

ça du côté de la famille de ma mère. Ma grand-mère maternelle a participé aux Jeux Olympiques d'hiver en 1948 en ski alpin. C'était toute une femme. Ma mère en a fait également, mais elle n'a participé à aucun des Jeux olympiques.

— Vous faites également du ski alpin ?

— J'en ai fait mais je préfère la course. J'ai fait le marathon de Boston il y a deux ans, l'année où il y a eu l'attentat. J'avais déjà passé la ligne d'arrivée depuis un bon moment et je venais de quitter le site avec des amis. J'en garde un étrange souvenir et j'espère y retourner un jour. J'aime courir car ça me permet d'évacuer mes bibittes. Et vous, vous faites des sports ?

— Pas vraiment. Je joue au hockey dans une ligue de garage tous les mercredis soirs. Mais ça fait trois semaines que je n'ai pas joué parce que la dernière fois, j'ai subi une commotion cérébrale assez sévère. Une mauvaise chute dont je ressens encore les contrecoups.

— Dans quel sens ?

— J'ai des absences de mémoire. J'ai toujours eu une excellente mémoire photographique mais là, j'avoue que ce n'est plus comme avant. Le médecin m'a assuré que ça reviendrait mais ça peut être long. Et dans mon travail, ce n'est pas l'idéal. Encore aujourd'hui, je me suis rendu au Centre commercial et j'ai heurté un type par accident. On s'est regardé, l'espace de quelques secondes et j'ai eu l'impression de l'avoir déjà vu. Allez savoir ! Avant, je n'aurais eu aucune peine à dire si oui ou non j'avais déjà vu ce type, mais j'aurais pu dire également où je l'avais aperçu.

— C'est vrai que dans notre métier, c'est embêtant mais comme vous dites, ça reviendra. J'espère seulement que ce n'était pas notre tueur, dit-elle en éclatant de rire. (*Non, mais c'est vrai, elle a vraiment dit ça et ce n'est pas arrangé avec le gars des vues !*)

— Vous êtes vraiment séduisante quand vous riez ainsi.

— Parce que quand je ne ris pas, je suis un laideron rebutant ?

— Non, non, au contraire ! Ce n'est pas ce que je voulais dire.

Dupuis rougit à la suite de son audace surtout qu'il devient très mal à l'aise. De son côté, Marconi n'est pas insensible ; c'est qu'il a du charme, cet inspecteur, et sans savoir si c'est à cause du vin, de la fatigue ou encore de l'ambiance, elle a envie de le croire. Elle se sent tout à coup comme une petite fille et se trouve idiote de ressentir un tel sentiment parce qu'un homme lui fait un compliment. En fait, ce qui se produit dans la tête de Marconi c'est qu'elle est très peu habituée qu'on la considère comme une femme pouvant avoir des émotions et non pas uniquement comme une femme d'autorité. Elle aime les êtres intelligents, que ce soit un homme ou une femme, et elle se laisse facilement attendrir par eux.

La sonnerie du téléphone de Dupuis vient briser le silence qui venait de s'installer entre eux. Il regarde l'écran et s'excuse de devoir répondre. Il parle par monosyllabe et on le sent embêté. Il ne voit aucun autre endroit où se retirer pour parler. Il raconte qu'il est au restaurant avec des policiers pour discuter de l'enquête. Les dernières phrases qu'il prononce laisse entendre qu'il sera là en début d'après-midi et qu'ils pourront se voir. Entretemps, Marconi a regardé l'heure et constate qu'il est près de 22 h 30 et que la fatigue l'a déjà rattrapée. Elle finit de boire son vin quand Raymond range son téléphone.

— Excusez-moi, dit-il d'un ton maladroit. C'était un de mes fils et j'avais oublié que nous avions rendez-vous demain. J'ai été obligé de lui dire que j'étais avec des policiers pour ne pas qu'il me retienne trop longtemps. Il a cette fâcheuse manie de parler longuement au téléphone et il faut parfois lui mentir pour ne pas le frustrer.

Marconi le regarde et sourit. Elle n'est pas dupe et sait bien que ce n'était pas à un garçon, mais bien à une femme qu'il parlait. Elle sait reconnaitre le trouble d'un homme quand il ne veut pas dire la vérité, surtout que lui, il a rougi en parlant avec le soi-disant fils.

— Oui, de toute façon, il est tard et je dois travailler demain matin. Je vais rentrer.

— Est-ce que je peux assister à votre réunion, demain matin ?

— Il n'y a pas de problème. Je ne voudrais pas que vous vous mettiez en retard pour voir votre fils, demain, dit-elle en le regardant et en lui faisant un sourire moqueur.

Comme il s'apprête à sortir son portefeuille, elle prend les devants en lui disant qu'il est son invité.

Ils sortent dans la nuit froide et Marconi lui tend la main. Il la saisit et la remercie de l'excellente soirée qu'ils viennent de passer. Ils s'éloignent chacun dans le sens opposé et regagnent leur voiture respective. Marconi sort son téléphone et compose un numéro.

— J'espère que je ne te réveille pas... Non, je viens de sortir du resto... C'est vrai ? Ah, bon, je suis contente pour toi. Non... Écoute, je suis vraiment fatiguée et je préfère rentrer à la maison, je travaille demain et il est tard. J'ai besoin d'avoir les idées claires demain. Oui... Non, on n'a pas beaucoup avancé... Oui, je t'appelle demain matin. D'accord, je t'embrasse.

Elle coupe la communication et met le contact. Elle frissonne et constate qu'elle a besoin d'un bon bain chaud.

Au même moment, à quelque quarante kilomètres de là, Arnold sort du restaurant *Le quai des brumes*. Il a divinement bien mangé et bien bu. Il a savouré chaque plat et s'est plu à se remémorer un séjour dans le Kentucky effectué des années plus tôt. Il avait été obligé de se débarrasser de deux jeunes femmes un peu trop vulgaires. Puis il pense à l'inspecteur Dupuis qu'il a croisé un peu plus tôt dans la journée. Il y a péril en la demeure et il faudra qu'il soit très prudent. Pour le moment, il veut rentrer et savourer la quiétude de sa maison. Demain, il ira danser.

ON PATINE
EN PLEIN MYSTÈRE

Marconi s'est levée à 6 h après avoir très mal dormi. Ses rêves sont confus et troublants à la fois et elle n'en a retenu que des bribes. Son mari court devant elle et lorsqu'il se retourne, il rit et du sang coule de sa blessure à la tête. Son fils vient vers elle et crie qu'il ne veut plus aller à l'école. Il porte un costume militaire déchiré et trop grand pour lui. Elle veut retenir son enfant et lui saisit le bras. Il se dégage prestement, lui tourne le dos et il s'éloigne. Un bras de son fils est tombé par terre. Elle se penche, le ramasse et le jette dans une poubelle. Dans une autre séquence, Raymond Dupuis et elle sont couchés et font l'amour. Son fils entre dans la chambre et s'assoit sur le lit en lui criant, maman, j'ai faim. Surprise, elle regarde son fils et Raymond Dupuis disparait. Ce rêve l'avait un peu perturbée en raison de la passion qu'il avait suscitée. Elle s'était réveillée excitée et un peu confuse. « Bon ! pense-t-elle, il y a très longtemps que je n'ai pas fait l'amour avec un homme ; c'est peut-être pour ça ! » Il y avait bien longtemps aussi qu'elle n'avait pas rêvé à son mari et à son fils. Le fait d'y avoir pensé au restaurant avait ravivé des cauchemars qu'elle ne faisait presque plus. « Je dois être plus tendue que je ne le crois ! »

Mariella se dirige vers la salle de bains et prend un grand verre d'eau. Elle se regarde longuement dans le miroir. Sa mauvaise nuit est imprimée sur son visage. Elle se brosse les dents, enfile un t-shirt et un short et descend au sous-sol. Elle fait des exercices d'échauffement durant une bonne dizaine de minutes. Elle allume le téléviseur, met en marche son tapis roulant et commence à courir. Durant 40 minutes, elle court en écoutant les actualités. On ne parle plus du corps retrouvé la veille; la nouvelle a déjà perdu de l'intérêt. Par la suite, elle fait des redressements et des push-up. Elle éteint le téléviseur, remonte à l'étage et prend une longue douche chaude. En buvant son café, elle décide de ne pas prendre son petit-déjeuner tout de suite pour se rendre au bureau plus tôt. Son équipe ne sera pas là avant 8h ce qui lui donnera du temps pour revoir le dossier. Dehors, le vent est violent et le mercure indique -28°. On annonce de la neige en fin de journée.

En entrant au poste, Marconi salue les quelques policiers qu'elle rencontre et monte les escaliers en courant. Elle passe dans la salle de réunion, fait un peu de rangement, prépare le café et redescend aussitôt. Elle prend les messages qui lui sont destinés et remonte au pas de course. Dans son bureau, elle sort le dossier Liliane Demers et en recommence la lecture. Elle prend des notes et ne voit pas le temps passer jusqu'à ce que Dupuis frappe à sa porte.

— Bonjour, vous avez bien dormi ?

— Non, pas très bien, et vous ?

— Il y avait beaucoup de bruit dans le corridor. Il doit y avoir un tournoi de hockey en ville parce que les gars avaient pas mal bu et faisaient du tapage. J'ai failli demander que l'on me change d'étage puis vers 3 heures, tout s'est calmé. Vous avez déjeuné ?

— Non, je n'avais pas faim. J'irai plus tard.

Deschamps arrive et dépose un sac brun devant Marconi.

— Je me suis dit que tu n'aurais pas déjeuné, alors je t'ai apporté un croissant du *Grain de folie*.

— Merci, Julien, c'est gentil. Si tu continues comme ça, tu sais que je ne pourrai plus me passer de toi. (*Un peu plus et on entendrait Julien ronronner comme un vieux matou heureux.*) Il n'y a pas de doute, si Deschamps n'était pas fiancé avec Élise, on pourrait croire qu'il est amoureux de sa patronne. (*Je sais, je sais ! Ce n'est pas parce qu'il est fiancé qu'il ne peut pas tomber amoureux de sa patronne. Il ne serait pas le premier à qui ça arriverait. Mais ce n'est pas le propos, n'est-ce pas ?*)

Julie arrive à son tour, fraiche comme une rose. Son mari rentre de voyage en fin d'après-midi et la veille, elle s'est couchée tôt pour être en forme pour son retour. Il ne manque que MAG, comme toujours ! Ils se retrouvent dans la salle de réunion. Marconi prend la parole.

— J'ai eu des nouvelles de la sœur de Liliane Demers, Françoise, celle qui demeure en Floride. Elle m'a laissé un message me disant qu'elle et son conjoint arriveront à l'aéroport en début de soirée. Ce serait bien qu'il y ait quelqu'un pour l'accueillir.

— Elle arrive à quelle heure ? demande Julie.

— À 20 h.

— Zut ! Steve arrive à 18 h. Ça fait deux semaines que je ne l'ai pas vu. Je ne vais pas attendre la sœur de Liliane à l'aéroport jusqu'à 20 h !

— Non, non. On va s'arranger autrement. Son frère, Marc, celui qui travaille dans l'Ouest, arrivera demain seulement, il ne pouvait pas obtenir de vol avant, alors si c'est nécessaire, il faudra planifier une rencontre avec lui.

— J'ai le rapport d'autopsie, dit Julie. Ils ont travaillé très tard hier soir pour nous donner les résultats les plus urgents.

Elle glisse le rapport devant Marconi. Au même moment, MAG fait son entrée au bureau et lève les bras en l'air.

— Je sais, je suis en retard comme d'habitude, mais là, ma voiture a eu de la difficulté à démarrer. C'est vraiment pas chaud, ce matin !

Les gens le regardent avec un sourire moqueur.

— Bien quoi ! Je n'ai pas de garage, moi, pour garder mon auto au chaud. Ok ! J'ai eu un peu de problème avec mon réveil. Il n'a pas sonné.

— Ça va, MAG, dit Julie, on connait ta banque d'excuses par cœur ! Selon le rapport du médecin légiste, Liliane Demers a bien été tuée par strangulation. L'assassin aurait utilisé un fil électrique. Son taux d'alcoolémie était de 268 mg. C'est énorme et elle n'aurait jamais dû conduire.

— C'est surprenant qu'elle n'ait pas eu un accident, continue Deschamps. Mais je me demande pourquoi on l'a tuée et à quel endroit ça s'est passé. On patine en plein mystère ! (*Petit jeu de mot qui ne fait pas effet du tout auprès de ses collègues, c'est à croire que personne ne pige.*)

— Même mystère que le meurtre commis chez nous et ceux dans le Kentucky. Nous avons affaire à un tueur très habile. Excusez-moi, inspecteure Marconi ? Vous pensez à quelque chose ?

— Hum ! (*Elle semblait perdue dans ses pensées.*) J'essaie de résumer. Elle reçoit son amant à souper. Elle a tout préparé, son mets préféré, une bonne bouteille de vin.

— Deux bonnes bouteilles, coupe MAG.

— Oui, deux bouteilles de vin. Elle a revêtu une tenue sexy et dès qu'il arrive, selon Thériault, ils font l'amour. Par la suite, ils mangent. L'amant devait emménager chez elle, mais, comme il nous l'a dit, au lieu de déménager chez sa maitresse, il est plutôt venu rompre avec elle. Lorsque Liliane apprend que sa femme est enceinte et qu'il la quitte, elle pète les plombs et la discussion dégénère. Le ton monte et lorsqu'elle lui lance un pot, il se sauve et rentre chez sa femme.

— Ce que vous nous racontez, c'est la version de l'amant, coupe Dupuis. Qui nous dit que ça s'est passé comme ça ? Il peut vous avoir menée en bateau.

— Mama ne se laisse jamais mener en bateau,

coupe Deschamps d'un ton plutôt agressif. (*On sent qu'il n'aime pas Dupuis. Sent-il qu'il pourrait se passer quelque chose entre les deux inspecteurs? Une chance que Marconi ne lui a pas raconté son rêve parce que là, Deschamps aurait paniqué.*)

— Comme je l'ai déjà dit, Thériault ne nous a pas tout dit, et je continue à croire que ce n'est pas lui. On ne le laisse pas tomber, on va le questionner à nouveau mais plus tard. Ce que je crois, c'est que quand l'amant est parti, Liliane Demers était en colère et avait de la peine. La colère, elle l'avait exprimée en lui lançant un vase par la tête. Il se peut qu'elle se soit assise à la table pour pleurer ou encore qu'elle se soit rendue dans sa chambre pour se coucher et pleurer un bon coup. Mais au lieu de se calmer, la colère la reprend et elle se dit qu'il va payer. Ça va jusque-là? dit-elle en regardant son équipe pendue à ses lèvres.

— Oui, dit Julie. C'est bon, continue.

— Liliane toujours en colère se dit qu'il ne s'en sortira pas comme ça. Elle lui téléphone, mais il ne répond pas. Elle essaie plusieurs fois, et c'est toujours la même chose. Silence. Elle décide de s'habiller et de se rendre chez lui.

— Une seconde, là. Elle lui téléphone sur son portable, mais pourquoi n'a-t-elle pas téléphoné à sa femme, chez lui? Il me semble qu'une femme qui est en crisse après le gars, et si elle veut vraiment se venger, elle téléphone à l'épouse, non? demande Deschamps.

— Oui ! Mais là, elle utilise toujours le téléphone secret et le numéro est programmé. Elle n'a qu'à toucher un chiffre et l'appel est lancé. Thériault n'est pas listé dans l'annuaire, alors peut-être qu'elle ne le connait pas... Je sais que c'est tiré par les cheveux... Comme il ne répond pas sur son cellulaire, elle décide d'aller le relancer chez lui. (*Non, mais, avouez qu'elle l'a l'affaire ! Elle est en train de résoudre le mystère sans le savoir... c'est à se demander si elle n'a pas déjà surpris une conversation dans la tête de l'auteure.*)

— Excuse-moi, interrompt MAG, mais sa voiture n'a pas été retrouvée dans la même direction que celle de la maison de Thériault.

— Oui, c'est vrai, concède Marconi.

— Peut-être qu'elle se rendait chez une amie, suggère Deschamps.

— Non, tout le monde dit que c'était une solitaire, dit Julie.

— Une solitaire avec ses collègues de travail, reprend Deschamps. Peut-être qu'elle avait une amie en dehors du travail.

— Ok, je vais continuer à fouiller son ordinateur et on va savoir.

— C'est vrai, continue Marconi, qu'il y a le problème de la voiture. Avant de venir au bureau, je me suis rendue sur le lieu où l'on l'a retrouvée. Ce n'est pas du tout dans la même direction que la maison de Thériault. Mais j'ai remarqué qu'il y a un embranchement à 400 m de là, alors il se peut qu'elle se soit trompée de route, avec la pluie qui tombait dans la nuit et la quantité d'alcool qu'elle avait bu. Tout est possible.

— Oui, mais le tueur? Quand entre-t-il en jeu? demande Dupuis.

— C'est là que je frappe un mur. Comment le tueur l'a-t-il trouvée? Il doit rechercher le même type de femme puisqu'il les tue de la même façon.

— Je ne sais pas, c'est pour ça que je suis venu vous voir. J'avais besoin de savoir si nous avions affaire au même tueur et jusqu'à présent, je suis porté à croire que oui.

Deschamps étale les photos des victimes du Kentucky et de la Capitale et tout le monde les regarde.

— D'après les photos, dit-il, elles ne se ressemblent pas du tout, donc ce n'est pas le physique qui les relie. C'est autre chose.

— Oui, c'est ce que je crois aussi. Notre victime, Ginette Boudreau, ne sortait pas. On pense que c'est le même homme parce qu'il leur a coupé le majeur et qu'il...

Julien ne termine pas sa phrase.

— Pouvons-nous faire une copie de tout votre dossier? demande Marconi.

— C'est votre copie, je vous la laisse.

— Merci. Attendez... Regardez ici, votre victime... attendez... voilà, on lui a coupé le majeur de la main droite. La nôtre...

— C'est celui de la main gauche, l'informe Julie. Peut-être que Liliane Demers était gauchère et Ginette Boudreau était droitière. Si c'est ça, quel rapport avec notre tueur?

— Nous allons vérifier, dit Dupuis. Peut-être qu'il y a un rapport.

— Ce que nous allons faire aujourd'hui est simple. Julie, tu continues d'éplucher les ordinateurs de la victime, celui de son bureau et celui de la maison. Tu peux faire une copie de ce que l'on a pour l'inspecteur Dupuis. MAG, j'aimerais que tu puisses aller questionner les voisins que nous n'avons pas pu rencontrer hier. Julien et moi allons retourner chez Liliane Demers et allons passer la maison au peigne fin, même si l'équipe technique a fait le travail hier. Dès que l'on a terminé, on se rencontre ici en souhaitant que l'on ait du nouveau. Ça vous va?

Devant leur assentiment, elle se lève. Dupuis en profite pour la remercier à nouveau de l'avoir reçu et lui dit qu'il va continuer l'enquête. Dès qu'il a un résultat, il communiquera avec elle. Alors que les autres partent, il lui dit à quel point il a aimé son souper en sa compagnie et que si jamais elle venait dans la Capitale, il se chargera de lui faire connaitre la haute gastronomie de la ville et plus encore. Durant une fraction de secondes, Marconi repense à son rêve de la dernière nuit et lui sourit chaleureusement en lui disant qu'elle serait ravie de rencontrer à nouveau Frank Reagan. Il s'éclate de rire, lui serre la main et la retient assez longtemps pour que Deschamps s'en aperçoive. Il n'aime pas ça du tout. Que Mongeau fasse partie de la vie de

Marconi le perturbe beaucoup moins que si Dupuis se met lui aussi de la partie. Il n'aime pas partager sa patronne. Que Dupuis débarrasse au plus sacrant.

Raymond Dupuis parti, Marconi se rend à son bureau suivi de Deschamps. Il aimerait bien savoir comment s'est déroulé le souper entre les deux inspecteurs, mais il n'ose pas le demander. Il se dit que s'il avait été au courant de leur plan d'aller souper, il serait allé avec eux parce qu'Élise lui avait faussé compagnie. Elle avait décidé de rejoindre des copines, si bien qu'il avait mangé des restants devant la télé. Il dormait depuis longtemps déjà lorsque sa fiancée était rentrée. (*Il faudra qu'ils se parlent bientôt ces deux-là sinon on ne donne pas cher de leur couple.*)

— Tu crois que le fait d'être droitière ou gauchère pourrait avoir eu une incidence sur les meurtres? demande Julien.

— Aucune idée, j'ai juste dit ça comme ça. Une enquête reste une enquête et tu sais comme moi qu'il faut parfois piétiner longtemps avant de trouver la solution. On verra. Pour le moment, nous allons nous rendre chez Liliane Demers et fouiller une dernière fois, car quand son frère et sa sœur vont arriver, peut-être voudront-ils prendre possession de la maison. À ce sujet, il faudrait que l'on ait accès au testament de la victime. On ne sait jamais.

Elle enfile son manteau et son portable sonne. Elle regarde l'écran et soupire.

— Ma sœur, dit-elle dans un mouvement d'exaspération. Il faut que je la prenne.

Elle décroche et Deschamps ne peut suivre la conversation, car tout ce qui se dit est en italien (*même l'auteure ne connait pas la langue, alors elle ne peut pas traduire*). Un moment donné, Marconi élève la voix et Deschamps s'imagine que l'autre fait la même chose. Quand les sœurs Marconi se parlent, que ce soit au téléphone ou en personne, le ton monte indéniablement. Après quelques minutes, Marconi coupe la communication furieusement et sort de son bureau. Elle descend l'escalier à toute vitesse comme si elle fuyait les dernières paroles de sa sœur. Elle monte dans la voiture de Deschamps et compose un numéro. Elle parle italien et encore là, Deschamps ne sait pas à qui s'adresse l'appel. Chose certaine, la voix est plus douce et moins agressive. Quand elle termine la conversation, elle est déjà plus souriante.

— Des fois, la famille, je m'en passerais bien, dit-elle en regardant devant elle.

— Il y a un souci?

— C'est l'anniversaire de ma mère et on lui fait une fête ce soir. Je devais aller magasiner avec Catarina pour acheter le cadeau et je viens de lui dire que je n'avais pas le temps. Claudia va y aller avec elle. Je leur ai dit que je ne savais pas si j'irais manger, mais je leur ai promis que je passerais même si c'était seulement quelques minutes. Tout ça va dépendre de l'enquête.

— Moi, j'avais des billets pour *Pink Martini*. J'aimerais bien y aller. Ça va peut-être redonner le sourire à Élise.

— Elle ne va pas bien ?

— On ne se parle pas beaucoup ces temps-ci. Nous étions censés manger ensemble, hier soir, mais elle a préféré le faire avec ses amies. Elle est rentrée tard. Des fois, je me demande... (*il ne continue pas sa pensée*). Toi, j'ai cru comprendre que tu étais allée manger avec Dupuis ? Avoir su que je serais tout seul, j'aurais été vous rejoindre.

Marconi le regarde et lui sourit tendrement.

— Vous avez parlé de l'enquête ?

— Non !

— Ah, bon ! Je pensais...

— On en a profité pour mieux faire connaissance.

— Parce qu'il va revenir ? demande-t-il avec une pointe d'exaspération dans la voix.

— J'imagine. Pour les besoins de l'enquête, du moins. Julien, arrête de penser tout croche et de vouloir me protéger. Je suis assez grande pour le faire moi-même.

— Ce n'est pas ça... Et... Et Catherine, elle ?

— Julien, je suis allée au restaurant. Arrête de t'imaginer toutes sortes de choses.

Ils arrivent dans l'entrée de Liliane Demers et Deschamps qui a la clé de la maison lui ouvre la porte. Quand ils pénètrent à l'intérieur, rien n'a bougé depuis la veille. Ils marchent à nouveau sur du verre brisé.

— Il faudra que quelqu'un ramasse ça, pense Marconi. Tu fais la chambre ?

— D'accord !

Il se rend dans la chambre à coucher. Partout on voit la poudre qui a servi à relever les empreintes. Les draps ont été emportés au laboratoire.

Deschamps fouille méticuleusement chaque tiroir, regarde sous le lit et tire sur le bureau. Pas un millimètre n'est oublié. De son côté, Marconi s'est attaquée au bureau. Un tiroir du petit classeur dont la clé est restée sur la serrure est partiellement tiré. L'inspecteure l'ouvre au complet et choisit d'examiner chaque chemise. Il s'agit de divers contrats d'embauche et de documents relatifs à son travail de chercheure. Rien de bien intéressant. Dans le tiroir du bas, les papiers sont plus personnels. Une chemise porte le nom : courriels. On y retrouve des photocopies de messages électroniques. Marconi les feuillette rapidement et met la chemise de côté. Une autre est marquée : Personnel. Beaucoup plus intéressante celle-là. Liliane Demers était une femme à l'ordre et dans cette chemise, il y a une feuille sur laquelle sont inscrits tous les avoirs de la victime. Par exemple, elle possède un coffret à la Caisse Populaire. Elle a une assurance-vie personnelle, des Obligations d'épargne du Canada. Tous les numéros de ses comptes à la caisse sont notés ainsi que les numéros de ses cartes de crédit. Il y a également le nom de l'avocat qui s'est occupé de son testament et indique qu'il y a une copie dans le coffret de sûreté. Elle met également cette chemise de côté. Le reste du tiroir ne présente pas tellement d'intérêt et après en avoir parcouru chaque dossier, elle referme le tout. Dans une armoire, il y a trois boites et Marconi en ouvre une sur laquelle Liliane avait écrit : Correspondance. Elle contient de nombreuses lettres venant de sa famille. Il y en a quelques-unes de sa mère lorsqu'elle séjournait en Europe et d'autres de sa sœur. Il y a également des lettres d'amis. Dans une autre boite, ce sont des copies de ses rapports d'impôt. Puis la dernière boîte contient des centaines de photos. Elle en retire quelques-unes et les regarde. On voit Liliane avec des amies et sur chacune d'elle, on la voit toujours en train de rire. Elle donne l'image d'une femme heureuse. Il y en a également de Jean-Guy et plus au fond de la boite, plusieurs photos d'un autre homme. On les voit quelques fois ensemble et il n'y a pas de doute, ces deux-là ont déjà formé un couple. Il faudra voir si Liliane donne des détails sur cet amoureux. Marconi décide de ramener le tout pour examiner plus en détail chacune des deux boites. Le reste du bureau ne représente aucun intérêt. L'agenda a déjà été amené au poste ainsi que l'ordinateur. Elle se rend dans la salle de bains et ouvre la porte de la pharmacie. Liliane ne prenait aucun médicament pour dormir. Il y a une crème pour guérir une vaginite et des timbres d'œstrogène. Des crèmes pour le visage et pour le corps.

Elle rejoint Deschamps dans la cuisine.

— Tu as trouvé quelque chose dans la chambre ?

— Non ! On avait regardé la dernière fois et rien n'avait été oublié. Toi, dans le bureau, qu'est-ce que ça a donné ?

— Pas grand chose. Cette femme menait une vie tout ce qu'il y a de plus ordinaire. On va ramener des boites au bureau au sujet de sa correspondance, et des photos également. C'était une femme très bien organisée et très à l'ordre. Sa famille n'aura aucun mal à traiter la succession. Je fais le tour de la cuisine et tu vas vérifier le sous-sol.

Quand toute la maison a été passée au peigne fin à nouveau, Marconi et Deschamps retournent à la voiture. Tous les deux décident d'arrêter au restaurant prendre quelque chose à manger. Le restaurant de Joe et Rita étant près du bureau, c'est là qu'ils s'arrêtent. Ils descendent de voiture et au même moment, Arnold sort du restaurant. En passant près de Marconi, il lui fait un signe de tête discret et leurs yeux se croisent.

NON, IL N'Y A PAS DE SPÉCIAL DU JOUR LES WEEKENDS

Le samedi, les clients sont beaucoup moins nombreux que les jours de semaine. Le vieux Georges traine encore et Rita finit de débarrasser les dernières tables. Quand elle voit entrer Marconi et son adjoint, elle soupire de soulagement.

— L'avez-vous vu ?

— Vu qui ? demande Marconi.

— Arnold, le cochon, c'est lui qui vient de sortir. J'pense que j'vas y interdire mon restaurant. C't'homme-là, j'y fais pas confiance. Quand j'l'ai vu rentrer, tout à l'heure, j'ai ben cru que j'allais me chavirer. J'aurais aimé ça y dire que j'le servirais pas, mais j'ai pas été capable.

Julien n'a pas l'intention de se mêler de la conversation car Rita ne l'a jamais inspiré. Elle l'énerve !

— De qui parles-tu, Rita ?

— Arnold ! Celui qui vient de sortir en même temps que vous arriviez. Un peu plus pis y vous fonçait dessus. Un vrai sauvage.

— Je ne le connais pas. C'est Arnold qui ?

— C'est pas son vrai nom. C'est moi qui y a donné c'te nom là parce qu'y mange comme un vrai cochon. Sauf à matin.

— Là, je ne te suis pas, Rita. Est-ce que le gars t'a

fait quelque chose ? Est-ce qu'il est parti sans payer ? Est-ce qu'il a agressé des clients ?

À chacune des questions, Rita fait signe que non.

— Alors c'est quoi le problème ?

— Le problème c'est que c't'gars-là, y est pas normal. Hier, y est venu déjeuner icitte pour la première fois et y a mangé deux numéros 8 à lui tu seul. Pas un, deux. Si c'est pas un cochon, c'est quoi ? Pis hier, de la manière qu'y me r'gardait, t'aurais juré qu'y voulait m'tuer. Y m'a rendue assez nerveuse que j'en ai rêvé toute la nuit. Tu parles d'un maudit cauchemar ! Aujourd'hui, y revient. J'y demande si qu'y veut un numéro 8 pis sais-tu c'qui m'a répond ?

— Non, dit Marconi qui se retient pour ne pas rire.

— Juste des toasts pis du café. Tu parles d'un innocent, toi ! La veille y mange comme un cochon pis là, y mange comme un anorexique. Tu vois ben qu'y est pas normal.

— Qu'est-ce qu'est le spécial du jour ? demande Deschamps qui commence à s'impatienter.

— Y en a pas le samedi, lui répond Rita d'un ton un peu agressif. Y en a jamais le samedi pis le dimanche. Choisis quelque chose qui est sur la carte. Vous autres, si vous êtes pas capables d'avoir d'la compassion, dites-lé donc tu suite. J'suis en train d'vous parler d'un problème pis au lieu d'm'écouter, tout c'qui vous intéresse c'est d'commander à manger. On n'a pus les polices qu'on avait.

— Si c'est comme ça, on va aller manger ailleurs,

répond Deschamps qui commence à en avoir assez des jérémiades de Rita. Et en disant ça, il se lève.

— Calme-toi et assieds-toi, on va manger ici, ce sera plus rapide. Rita, c'est ton restaurant et si tu ne veux pas qu'il vienne manger, tu lui dis tout simplement. Il a peut-être l'air bête comme tu dis, mais je suis certaine que c'est un bon gars. Tu n'as qu'à lui dire qu'il te rend mal à l'aise et je suis certaine qu'il va faire attention. Je vais prendre une poitrine de poulet avec frites.

— Même chose pour moi, dit Deschamps.

— Quelque chose à boire ?

— Un thé.

— Un café pour moi, l'informe Marconi.

Rita va remettre les commandes à son mari et revient frotter la table près d'eux pour écouter ce qui se dit. Au même moment, arrive Barbie. Elle vient à leur table et demande si elle peut s'assoir. Sans attendre la réponse, elle pousse un peu Marconi et prend place près d'elle.

— Je le savais bien que vous travailleriez aujourd'hui. Puis, est-ce que ça avance ?

— Non, pas tellement, lui répond Mama.

— Frank Reagan n'est pas avec vous ?

— C'est qui, Reagan ? demande Deschamps.

— Raymond Dupuis. Barbara trouve qu'il ressemble à un personnage dans une série télévisée.

Uniquement à entendre le nom de Dupuis, Deschamps se rembrunit.

— Comment ça s'est passé votre souper, hier soir ?

Tu parles d'un bel homme ! Je te jure que je ne lui ferais pas mal. Êtes-vous allés prendre un verre après ? Je lui ai laissé mon numéro et il ne m'a pas rappelée. Dieu sait que j'aurais aimé ça, mais de la manière dont il te regardait, avez-vous fini la soirée à...

— Arrête avec tes histoires, on était là pour parler de l'enquête, pas pour autre chose.

— Oh ! Oh ! Tu n'as pas répondu à ma question. Tu crois que je pourrais l'inviter ce soir, à moins qu'il préfère être avec toi.

— N'importe quoi ! C'est un homme très bien, mais il ne m'intéresse pas.

— J'espère et de toute façon, tu as déjà quelqu'un dans ta vie. Moi, c'est en plein le genre d'homme qui m'intéresse.

— Tu lui diras la prochaine fois qu'il reviendra parce qu'il est parti ce matin.

— Dommage ! Avez-vous du nouveau pour votre enquête ?

— Non. Si au moins on savait où elle a été tuée.

— Tu veux dire que l'endroit où vous avez trouvé le corps n'est pas là où elle a été tuée ?

— Écoute, Barbara, je préfère ne rien dire pour l'instant. Je ne veux rien voir dans les journaux, d'accord ?

— Tu me connais, si tu me dis de retenir l'information, je la retiens, mais je veux l'exclusivité s'il y a des développements. Vous n'avez aucun témoin ?

— Rien qui transparait jusqu'à maintenant. On a retrouvé la voiture de la victime sur la route et l'endroit était passablement désert. Comment ça se fait qu'elle ait été retrouvée là? On n'en sait rien et on tourne en rond.

— Vous devriez demander au public s'il y a quelqu'un qui a vu quelque chose... Je ne sais pas moi, mais peut-être que quelqu'un a vu la voiture de la victime sur le bord de la route et la personne qui était avec elle.

— Oui, c'est une option.

Rita apporte les plats et demande à Barbie si elle veut manger quelque chose. Cette dernière ne veut qu'un café. Marconi regarde sa montre puis commence à manger. Deschamps ne dit toujours rien en regardant sa patronne du coin de l'œil. Elle n'a pas répondu à Barbie sur ce qu'ils ont fait après le restaurant et ça l'énerve. Il faut absolument qu'il trouve une façon de la faire parler. (*Ah, non, il ne va pas commencer ça! Il devient un peu trop jaloux ce qui risque de déplaire royalement à Marconi. Qu'il s'occupe de son couple et qu'il laisse sa patronne tranquille!*)

— Je viens d'avoir une idée, si tu voulais, je pourrais écrire un article dans lequel je demanderais s'il y a quelqu'un, quelque part, qui a vu deux voitures arrêtées sur cette route entre... tu me donnes une heure approximative pour l'heure du meurtre. On ne sait jamais...

— C'est vrai qu'il pleuvait beaucoup et que de voir une auto arrêtée sur le bord de la route, tu te dis que la personne a peut-être besoin d'aide, suggère Deschamps.

— Oui, ça peut attirer l'attention, sauf que les gens, aujourd'hui, ils veulent tellement éviter d'avoir des ennuis qu'ils ne s'arrêtent plus. Ton idée est bonne, Barbara. Peut-être que si quelqu'un est passé par là, ce soir-là, il se souviendra d'un détail. Laisse-moi réfléchir encore un peu et je te téléphone d'ici la fin de la journée.

— Vous faites quoi, cet après-midi ?

— On retourne au bureau, on a des documents à revoir. Pourquoi ?

— Si jamais j'ai besoin de détails pour mon article, je peux passer ?

— On ne te dira pas grand chose.

— Je sais, je sais ! Depuis le temps, je connais ta façon de fonctionner. Je peux gouter à tes frites ?

Elle n'attend pas la réponse et avance rapidement la main. Marconi soupire, elle n'aime pas lorsqu'on pige dans son assiette et Barbara le sait, mais c'est plus fort qu'elle.

À l'extérieur, Arnold est assis dans sa fourgonnette et regarde en direction du restaurant. Il a vu l'inspecteure et son adjoint. Il ne les connait pas du tout mais il sait qui ils sont. Il est surpris de ne pas voir Dupuis avec eux. Pourtant, c'est bien lui qu'il a croisé au Centre commercial. Il regarde à droite et à gauche dans l'espoir de le voir apparaitre, mais rien. Il s'est peut-être attardé ailleurs et il viendra les retrouver. Il vaut mieux ne pas se retrouver en face de Dupuis parce que là, l'inspecteur aurait des doutes. S'il n'a pas été capable de le coincer une première fois, ce n'est pas dit qu'il ne fera pas le rapprochement entre les deux affaires.

Arnold surveille toujours la porte du restaurant et n'est pas pressé de rentrer. Il s'en veut d'être sorti du restaurant trop tôt. Avoir su que les inspecteurs viendraient faire leur tour, il serait resté pour entendre ce qu'ils avaient à dire. Il fallait bien qu'il sorte parce que la vieille serveuse était en train de capoter. Il a fait exprès pour l'énerver; il ne faudrait pas qu'il pousse trop loin, car il risque d'attirer l'attention sur lui et ce n'est pas souhaitable. C'est de sa faute à elle. Elle lui a proposé la même chose que la veille. Elle le prend pour qui? Ce qu'elle ne sait pas, c'est qu'il ne mange jamais beaucoup sauf quand il veut faire tomber sa colère.

Quand il tue, il a faim à se défoncer l'estomac. Étant donné qu'il ne s'est rien passé durant la nuit, pourquoi aurait-il de l'appétit? Mine de rien, il continue de surveiller. Finalement, comme Dupuis ne semble plus dans les parages et que rien n'a l'air de bouger, il décide de retourner chez lui. Il laissera sa fourgonnette à l'extérieur pour mieux nettoyer le plancher de son garage. Il ne faut pas que la police, si jamais on arrivait jusqu'à lui, trouve le moindre indice qui pourrait l'incriminer. Aucune chance que l'on puisse remonter jusqu'à lui, il ne la connaissait pas. Il éclate de rire à la pensée que les policiers doivent s'arracher les cheveux devant le manque évident de pistes pouvant les conduire jusque chez lui. Après avoir bien lavé le plancher de ciment, il rentrera son véhicule dans le garage pour y passer l'aspirateur de fond en comble. Mercredi, il a rendez-vous avec un gars qui va lui installer des caissons pour mettre ses outils de travail. Il pense au dessin qu'il aimerait voir sur sa fourgonnette. Il n'a pas encore d'idées. Il devrait peut-être regarder sur internet afin d'y trouver un modèle accrocheur pour personnaliser son entreprise.

Quant à l'inspecteur Dupuis, il roule en direction de la Capitale. Il n'arrive pas à détacher sa pensée de Mariella Marconi. Il faut qu'il revienne la voir, car il sent que quelque chose pourrait se développer entre eux. Il aurait aimé prendre un dernier verre avec elle et peut-être que... Il aime sa façon d'être et espère vivement passer une autre soirée avec elle. Il a le gout de mieux connaitre cette femme et en parlant de femme, son portable sonne. Diane, la femme qu'il fréquente depuis six mois, veut savoir à quelle heure il sera chez elle. Ils ont planifié un souper et elle ne veut surtout pas qu'il lui fasse faux bond. Il la rassure, il sera là, à temps. Elle lui a proposé qu'il emménage chez elle, mais Raymond ne veut pas quitter son appartement. Il préfère le garder pour le sentiment de liberté qu'il lui procure. Il continue de rouler et l'image de l'homme qui l'a bousculé lui revient. Tout est flou et pourtant il sait qu'il a déjà vu cet homme. Il a beau essayer de se souvenir, il n'y a rien. De la patience, lui a dit son médecin, de la patience et tout va se replacer. Mais en attendant... et si le type... Une voiture klaxonne et le dépasse à toute allure. Il bifurque vers une sortie et décide de prendre de l'essence et d'acheter un café pour mieux se concentrer sur la route.

IL FAUDRAIT BIEN QU'IL SE PASSE QUELQUE CHOSE, SINON ON DÉCROCHE !

En rentrant au bureau, cet après-midi-là, Marconi constate qu'il n'y a rien qui avance et elle commence à devenir un peu bougon. MAG est revenu en lui rapportant que le voisin immédiat passe l'hiver en Floride avec sa femme (*décidément, tout le monde se pousse dans les pays chauds, alors qu'ici, on gèle*). Il a interrogé tous les gens qui demeurent sur la même rue que Liliane Demers et ça n'a rien donné. La femme était plutôt discrète, mais on la disait gentille. Marconi pousse un soupir d'exaspération parce que l'enquête stagne. (*Elle n'est pas la seule parce que nous aussi on trouve que ça tourne en rond et que ça commence à être ennuyant. Il faudrait qu'il se passe quelque chose parce qu'on est à la veille de décrocher.*) Parlant de décrocher, le téléphone sonne et Marconi prend l'appel. Un homme dit avoir aperçu la voiture de Liliane Demers la nuit où elle s'est fait tuer. (*Bon, enfin!*) Fébrile, elle lui demande si elle peut passer chez lui. Il refuse en lui disant que c'est plutôt lui et son épouse qui vont se déplacer. Ils sont en route pour encourager leur fils qui participe à un tournoi d'échecs et comme ils sont en avance et que le poste de police est sur leur chemin, ils arrivent.

Lueur d'espoir pour tout le monde. Deschamps descend à la réception pour attendre l'individu. Quand il arrive, accompagné de sa femme, l'adjoint les fait monter et les amène directement dans la salle de réunion. Roger Leblanc et sa femme, Chantal Poisson, donnent leurs coordonnées à l'inspecteure.

— Merci beaucoup de vous être dérangés.

— C'est normal, on fait notre devoir de citoyen.

— Vous nous dites que vous avez aperçu la voiture de la victime dans la nuit de jeudi à vendredi.

— Oui, inspecteure! Là, je vous vois venir... Vous allez surement me demander pourquoi on n'est pas venus vous trouver avant et je vais vous répondre. (*On voit tout de suite que c'est un homme qui connait la musique et qui sait comment ça se passe un interrogatoire.*) Mon beau-frère et ma belle-sœur devaient prendre l'avion à 6h pour aller dans le sud et comme ils devaient être là au moins trois heures d'avance à cause des maudits terroristes et que moi, je devais être dans la Capitale à 7h, vendredi matin, je leur avais dit que Chantal et moi irions les reconduire. Étant donné qu'on annonçait du mauvais temps toute la nuit, j'avais décidé de prendre la route en fin de soirée. Ça ne me dérangeait pas d'attendre une couple d'heures là-bas. Attendre ici ou attendre là-bas, ça ne faisait pas de différence.

— D'accord! (*Là, on sent une pointe d'agacement dans le ton et Roger aurait intérêt à accoucher au plus vite s'il ne veut pas se faire rabrouer par Marconi. Elle a de la patience mais il y a toujours des limites!*) Vous nous avez dit au téléphone que vous aviez vu la voiture de Liliane Demers, la victime.

— Oui, je suis certaine que c'était elle et...

Son mari s'empresse de la couper parce que c'est lui l'expert des interrogatoires.

— Oui, je suis certain que c'était la sienne. Il pleuvait et je ne pouvais pas rouler très vite. Un moment donné, Paul, mon beau-frère, qui était assis en avant avec moi a dit : «Tiens, quelqu'un qui est en panne. C'est pas un temps pour manquer de gaz.»

— Moi, l'interrompt sa femme, j'ai dit à mon mari, arrête, peut-être que la personne a besoin d'aide. Vous savez, quand il fait mauvais et que tu es pris sur le bord de la route, ce n'est vraiment pas drôle. Ça m'est arrivé, une fois, de faire une crevaison et il ne faisait pas beau. Pensez-vous que j'avais le gout de changer mon pneu toute seule? Non, Madame! J'ai attendu qu'un bon samaritain s'arrête et croyez-moi, ça a pris du temps avant que quelqu'un se décide à me venir en aide, hein, Roger?

— Oui, Chantal. Alors pour en revenir à notre histoire, quand Chantal m'a dit d'arrêter, Paul, mon beau-frère a dit : «Non, continue, y a déjà quelqu'un qui s'est arrêté.» Alors j'ai continué. Ça aurait pu nous mettre en retard si...

Il se rend compte que s'il s'était arrêté, il aurait peut-être sauvé la vie de Liliane Demers. Marconi sent la gêne du témoin et intervient pour qu'il puisse oublier les remords qui commencent à l'assaillir et surtout pour qu'il lui donne la description du véhicule en question.

— Il y avait un autre véhicule ? Vous pouvez nous dire quel genre de véhicule s'était arrêté ?

— C'était une van de couleur foncée.

— Ça peut être bleu ou noir ou même un gris foncé, dit la femme.

— Ouais, continue l'homme. La van était foncée mais c'était difficile à voir avec toute la pluie qui tombait.

— Avez-vous une idée de la marque ?

— Non, je n'ai pas fait attention, je regardais la route.

— Votre beau-frère saurait, lui ?

— Ça me surprendrait parce qu'il avait enlevé ses lunettes, les yeux lui chauffaient et sans ses lunettes, il ne voit rien.

— Et votre belle-sœur ?

— Andrée ? Elle avait le nez dans son Facebook, dit Chantal. Moi non plus je n'ai pas vu la marque, mais je dirais que c'était une van faite comme une ambulance, vous savez, avec un toit un peu plus haut qu'une van ordinaire. C'est le genre de camion que les gens utilisent quand ils font de la livraison.

— Il y avait quelque chose d'écrit sur le véhicule ? Le nom d'une compagnie, par exemple.

— Non, il n'y avait rien, dit la femme.

— Et la personne qui s'était arrêtée, vous pouvez nous la décrire ?

— On roulait pas mal vite...

— Bien non, Chantal, je ne roulais pas si vite, il pleuvait trop.

— Oui mais quand on roule on voit moins bien que lorsqu'on est arrêté ! Je suis certaine que c'était un homme qui était là et il avait un grand ciré vert foncé. Je dis vert mais ça pourrait être noir. Comme on vous l'a dit...

— Il pleuvait, on le sait, dit Deschamps qui commence à en avoir ras le pompon de toutes ces imprécisions. Est-ce qu'il portait un capuchon ou une casquette ou une tuque ou... je ne sais pas, moi. Avez-vous vu de quelle couleur étaient ses cheveux ?

— Non (*ils aimeraient dire : à cause de la pluie, mais le mot semble horripiler l'un des policiers*). Non, on n'a pas eu le temps de voir, répond Roger.

— Est-ce qu'il y avait quelque chose d'écrit sur la van ?

— Non, on vous l'a dit, il n'y avait absolument rien ; au moins ça, on était sûrs.

— L'homme que vous avez vu, était-il gros, grand ?

— Ordinaire, dit Roger, hein Chantal ?

— Oui, ordinaire, comme toi, Roger. Peut-être un peu plus court mais va savoir, c'est trichant comme ça, le soir.

— Est-ce qu'il y a un autre détail qui vous revient ? Quelque chose que vous ne croyez pas important, et qui serait intéressant pour nous ?

— Non ! On vous a tout dit, conclut Roger.

— Une dernière question, pourquoi n'êtes-vous pas venus nous voir hier ?

— Parce qu'on a passé la journée à l'hôpital

et qu'on est rentrés pas mal tard, hier soir. C'est seulement aujourd'hui, en fin d'avant-midi, qu'on s'est rendu compte que c'était probablement la voiture de la victime et qu'on avait peut-être été les derniers à la voir vivante.

— Quand vous avez vu Madame Demers, reprend Marconi, est-ce qu'elle paraissait paniquée, nerveuse?

— On ne l'a pas vue, dit Chantal.

— Vous ne l'avez pas vue?

— Elle était dans l'auto et l'homme était penché et lui parlait par la vitre ça fait qu'il nous la cachait.

— Et vous nous dites que c'était bien elle qui était là!

— Absolument! Je vais vous dire, un de mes voisins, Henri, est venu me remettre la perceuse qu'il m'avait empruntée et c'est lui qui nous a parlé du meurtre. Hier avant-midi, Henri était sur le chemin et il a vu des policiers qui, avec un ruban jaune, avaient délimité un espace où se trouvait une voiture. Les policiers avaient l'air de chercher des indices et prenaient des photos. Plus tard, une remorque est arrivée et c'est elle qui embarqué l'auto. Henri connaissait un des policiers et c'est lui qui lui aurait dit que c'était une scène de crime d'une femme qui se serait fait assassiner. Il nous a dit où la police avait retrouvé l'auto et c'est là que le déclic s'est fait. On était passé par là, la veille et on s'est dit que c'était surement la même auto. Même si on n'a pas vu la femme distinctement, ça ne pouvait pas être quelqu'un d'autre. Il me semble que c'est logique ! C'est tout ce que l'on peut vous dire.

— D'accord ! Nous apprécions votre démarche et nous vous remercions d'être passés nous donner ces précieuses informations, dit Marconi. Si jamais vous vous souvenez d'un autre détail même s'il vous parait insignifiant, laissez-nous le savoir. Chaque information peut nous aider dans notre enquête. Tenez, voici ma carte et n'hésitez surtout pas.

Ils se lèvent tous les deux et le mari prend la carte. Il regarde sa montre et dit à sa femme qu'ils doivent se presser, le tournoi devrait commencer sous peu. Une fois partis, Marconi se gratte la tête.

— On a un détail important, on recherche un véhicule de service de couleur foncée et qui n'a aucun signe distinctif.

— C'est vague, dit MAG.

— Tu as raison, admet Marconi mais on sait que ce n'est pas un camion ou une voiture quelconque. Je sais qu'il y en a des centaines, mais c'est mieux que rien. On a deux personnes qui ont vu le meurtrier. Peut-être qu'il y en aura d'autres après l'article de Barbara.

— Je vais fouiller chez les différents concessionnaires quelles fourgonnettes peuvent correspondre à celle que la femme a vue. Ça peut être Dodge, Pontiac, Chevrolet, Mercedes-Benz. Elle a dit que ça ressemblait à une ambulance, alors je vais voir.

— Parfait, et quand tu auras différents modèles, tu iras les montrer à notre couple. Julie, tu n'as rien trouvé de plus ?

— Non. J'ai regardé la correspondance et il n'y a rien de vraiment intéressant. J'aimerais bien m'en aller parce que je dois aller chercher Steve qui arrive à 18h et j'ai encore des trucs à régler à la maison.

— Vous pouvez rentrer dès que vous avez terminé ce que vous aviez à faire. À moins qu'il se passe un évènement extraordinaire, nous reprendrons le tout lundi matin dès 8 heures, ça vous va ?

Tout le monde est d'accord. MAG et Julie sortent du bureau à toute vitesse, alors que Deschamps reste assis.

— Toi, quel est ton programme ?

— Moi, je vais passer voir ma famille. C'est l'anniversaire de ma mère et je vais peut-être manger un morceau rapidement avec eux. Ils vont gueuler parce que je ne pourrai pas rester. À 20h, je serai à l'aéroport pour rencontrer la sœur de Liliane Demers qui arrive de Floride. Je veux la voir le plus rapidement possible.

— Alors j'irai avec toi.

— Non, ce ne sera pas nécessaire. Tu ne m'as pas dit que tu avais des billets pour voir *Pink Martini* ?

— Oui mais le travail avant tout, non ?

— Je n'ai pas besoin de toi pour aller la chercher. Sors avec Élise, ça va vous faire du bien à tous les deux.

— Si seulement c'était vrai.

— Qu'est-ce que tu veux dire ?

— Ça ne va pas tellement fort entre nous deux, je te l'ai dit l'autre jour et là, je me demande si le fait de l'amener voir *Pink Martini* va changer quelque chose à notre couple.

— Prends ta soirée et parle avec elle. Dis-lui comment tu te sens. Tout va s'arranger, tu vas voir.

— D'accord, j'ai toujours mon téléphone ouvert. Si jamais il y a quelque chose, tu n'hésites pas. Je peux rappliquer très vite.

— C'est bon, Julien, tu peux y aller et si jamais j'ai besoin, c'est toi que j'appelle en premier.

Les bureaux déserts, Marconi rentre dans le sien et replace les dossiers. Elle regarde l'heure et se dit qu'elle a le temps de passer chez elle prendre une douche pour ensuite aller chez Madame Conti chercher les antipasti qu'elle a fait préparer.

Quand elle se présente chez ses parents, ses frères et sœurs sont déjà là. Elle embrasse sa mère et lui dit qu'elle a très peu de temps parce qu'elle doit être à l'aéroport pour 20 h. Sa mère qui n'a jamais prisé que sa fille chérie devienne policière, bougonne un peu pour lui faire comprendre que ce n'est pas tous les jours son anniversaire et que d'autres policiers pourraient très bien la remplacer. Mariella sait qu'elle ne peut lui répliquer, alors elle dit qu'elle a apporté les antipasti faits par Madame Conti. Sa mère est aux anges sachant que cette femme fait les meilleurs en ville. Mariella est presque pardonnée et elle va retrouver ses sœurs et belles-sœurs qui sont dans la cuisine en train de préparer le repas. Les hommes eux, sont dans le salon en train de discuter. Ça parle fort chez les Marconi et ça gesticule aussi. Étant donné que toutes les conversations en général se déroulent en italien, on ne s'attardera pas là. Quand Mariella annonce à la ronde qu'elle ne pourra rester très longtemps, le ton monte plus vite et on ne se gêne pas pour lui dire qu'elle devrait changer de métier parce qu'on ne manque pas la fête de sa mère pour une vulgaire enquête de police. (*Oh! Oh! Les garçons! Il ne fallait surtout pas faire une telle remarque devant le paternel, Alfonso, lui-même ancien policier et pour qui le métier a toujours été sacré.*) Le père remet tout le monde à sa place et prend sa fille dans ses bras pour lui dire à quel point il est fier d'elle. Il lui sert un verre de vin et retourne parler avec les hommes. Lorsqu'ils se mettent à table, il est presque l'heure pour Mariella de se rendre à l'aéroport. Elle enfile son manteau et au même moment, son téléphone sonne. Deschamps lui dit qu'il va la conduire à l'aéroport. Elle n'a qu'à laisser sa voiture dans le stationnement de la pharmacie Jean-Coutu, il va la prendre là-bas. Elle ne pose aucune question et lui dit qu'elle y sera sous peu puisqu'elle s'apprêtait à partir.

Quand elle arrive dans le stationnement, Deschamps est déjà là à l'attendre. Elle s'installe et ne lui pose aucune question. Elle sait que lorsqu'il sera prêt à parler, il le fera.

— C'était une belle fête?

— Comme d'habitude. J'aurais aimé avoir du temps pour manger tout ce qu'il y avait sur la table. Tu aurais dû voir les bons desserts!

— J'aurais pu aller chercher la dame moi-même à l'aéroport, comme ça tu aurais pu rester avec les tiens.

— As-tu donné tes billets de spectacle ?

— Non, si elle veut y aller, qu'elle trouve quelqu'un d'autre. Je suis fatigué de me faire mentir en pleine face. On s'est encore disputés et je suis parti en lui disant que je devais travailler ce soir.

— Donc tu lui as menti toi aussi.

— Non ! Qu'est-ce que tu penses que je fais, là ?

— D'accord, tu travailles, mais tu n'étais pas obligé, je te l'ai dit que je pouvais le faire toute seule.

— Oui, mais je préfère être avec toi qu'avec elle.

— Ah, bon ! Et je dois le prendre comment ? C'est une déclaration d'amour ? dit-elle d'un ton ironique.

— Tu sais bien que non ! Arrête de te moquer de moi. Élise a changé depuis un an et je n'arrive pas à savoir ce qui s'est passé pour qu'elle soit aussi distante.

— Vous en avez parlé ?

— Pas vraiment. À chaque fois que je veux le faire, le courage me manque. J'ai peur de ce qu'elle pourrait me dire.

Ils vont continuer à parler comme ça jusqu'à l'aéroport et Marconi, comme à son habitude, va trouver les mots pour le consoler. Elle se rend jusqu'à la réception des bagages pour attendre Françoise Demers. L'inspecteure a vu des photos d'elle dans la boite de Liliane et comme les deux sœurs se ressemblent, ce sera facile de la reconnaitre. Françoise se pointe en compagnie de son conjoint et lorsque l'inspecteure décline son identité, elle fond en larmes. Marconi la prend dans ses bras et tente de la consoler. Elle n'arrive pas à croire que sa petite sœur se soit fait assassiner. Deschamps aide Germain Castonguay, le conjoint, à prendre les valises. Ils se dirigent vers le stationnement et Marconi leur demande s'ils ont un endroit où aller dormir. Comme ils n'ont rien réservé, Marconi leur dit qu'elle va s'en occuper. Françoise veut savoir si Liliane a été assassinée dans sa maison et s'ils ont retrouvé le meurtrier. Devant la négative, elle demande à voir sa sœur et l'inspecteure lui dit qu'ils vont la conduire à la morgue pour l'identification du corps et pour signer les papiers. La femme acquiesce et se laisse aller contre l'épaule de son conjoint en pleurant doucement.

Lorsque Françoise se retrouve en présence de sa sœur et qu'elle voit la marque de strangulation, elle a un haut-le-cœur et pousse un cri rauque. Elle veut savoir quel salaud a bien pu lui enlever la vie. Puis elle demande si sa sœur a souffert. D'après le rapport de l'autopsie, tout s'est passé très vite et Liliane n'a pas eu le temps de réagir. Elle est morte sur le coup. À savoir si elle a été violée, Mariella l'informe qu'elle avait eu des rapports sexuels durant la soirée avec son amant.

— Le fameux Jean-Guy! Je ne l'ai jamais vu, sauf en photo. Bel homme, oui, mais c'était un homme marié. Pensez-vous que c'est lui qui l'a tuée?

— Je ne crois pas, non.

— Comment ça, vous ne croyez pas ? Avez-vous des preuves que ce n'est pas lui ? Si c'était un homme marié, il aurait eu un bon prétexte pour vouloir tuer ma sœur. Il avait peut-être peur qu'elle aille voir sa femme. Un gars qui a peur d'être découvert est prêt à tout pour sauver son cul ! Je lui avais dit, à Liliane, qu'elle perdait son temps avec un gars comme lui. Comme s'il était pour laisser sa famille ! Je ne suis pas née d'hier et j'ai vu neiger !

— Il avait un alibi le soir du meurtre.

— Un alibi ! Vous avez dit qu'ils avaient eu un rapport sexuel avant sa mort. Méchant alibi !

— On a des preuves que ce n'est pas lui qui l'a tuée.

— Avez-vous une piste ?

— C'est mince. Nous n'en sommes qu'au début.

— Quand pourrons-nous aller dans sa maison ? Il faut que l'on s'occupe des funérailles et des papiers; elle m'avait dit qu'elle avait fait un testament, il y a deux ans. Mon frère Marc arrive demain en fin de journée. Il voudra certainement voir Liliane. Est-ce qu'il doit avoir votre permission pour y aller ?

— Je vais les prévenir. Est-ce que votre frère était proche de votre sœur ?

— Moins que moi. Vous savez ce que c'est entre sœurs; on est plus à l'aise pour se raconter nos histoires. Mais on l'aimait tous les deux, notre petite sœur. Quand pourrons-nous aller chez elle ?

— On a pas mal recueilli tous les indices dont on avait besoin. J'imagine que vous pourrez prendre possession de la maison dès lundi. Il faudra faire attention en entrant. Il y a du verre par terre.

— Comment ça, du verre ?

— Selon Jean-Guy, ils se sont disputés plus tard dans la soirée et elle lui aurait lancé un vase en vitre.

— Et vous me dites qu'il ne l'a pas tuée ? Je ne sais pas, moi, mais je pense que c'est un candidat très sérieux.

— Non, comme je vous l'ai déjà dit, il avait un alibi solide.

— Nous sommes un peu fatigués. Vous pouvez nous conduire à l'hôtel ? Demain, on va louer une voiture et nous irons chercher mon frère. Il voudra lui aussi vous rencontrer. Ce sera possible ?

— Oui. Tenez je vous donne ma carte avec mon numéro de cellulaire. Vous pouvez me téléphoner n'importe quand. L'enquête au sujet de votre sœur est prioritaire pour nos services.

En sortant de la morgue, Deschamps les conduit dans un hôtel du centre-ville. Après les avoir déposés, il demande à Marconi si elle doit retourner à la fête de sa mère et devant la négative, il lui offre d'aller prendre un verre avec lui. Elle accepte.

— Un seul, dit-elle.

LE COWBOY SOLITAIRE
EST PLEIN À CRAQUER

Arnold a passé l'après-midi à laver le plancher de son garage et il a même nettoyé son couteau *Bear Grylls ultimate* qu'il a désinfecté pour ne pas qu'on y retrouve le sang de Liliane. Par la suite, après avoir passé l'aspirateur sur le plancher et sur les sièges, il a lavé tout l'intérieur de son nouveau véhicule. Tout est d'une propreté à faire rêver quelqu'un pour qui l'hygiène devient une obsession. Par la suite, il a regardé une revue d'art pour tenter de trouver un modèle qui, en plus d'être beau et raffiné, illustrerait bien son métier. Il est vrai qu'une publicité annonçant un électricien ne suscite pas la même émotion qu'une autre montrant un plateau de profiteroles au chocolat ou de croissants ayant tout juste l'air de sortir du four... avec un peu d'imagination, sa fourgonnette pourrait avoir du style. Il a pris un long bain et un peu plus tard, s'est préparé une escalope de veau avec un risotto aux champignons sauvages. Le tout arrosé d'un bordeaux Château Petit Bidou cuvée les Sables.

Et maintenant... Ne lui reste plus qu'à s'habiller pour enfin aller danser. Il enfile un jean Ermenegildo Zegna, et une chemise à carreaux Paul & Shark. Il se regarde longuement dans le miroir et à défaut de se trouver beau, il se trouve élégant. Il chausse ses bottes Boulet et son chapeau de cowboy Stenson. Ouf! À vous couper le souffle! (*Oui, oui, on sait, il a l'air d'une publicité sur pattes, c'est un fait, il ne s'habille qu'avec des vêtements de grande qualité. Il n'a jamais lésiné sur le prix à payer pour avoir de la classe.*) Finalement, à le voir ainsi, il devient très attirant. (*Quand même, faut pas charrier!*) Il met un disque de Garth Brooks et esquisse quelques pas. La musique l'envahit, il se laisse gagner et continue une routine, (un cha-cha-cha Ligne 24 – droit), un classique de la danse en ligne. Il connait à peu près toutes les danses et il a hâte de se retrouver au club *Le cowboy solitaire*. Il regarde l'heure, il est encore trop tôt pour sortir, alors il enlève son chapeau et ses bottes et va s'assoir devant la télé. Il y a bien une partie de hockey qui se joue, mais il n'a pas l'intention de la regarder jusqu'à la fin parce que d'une part, ce n'est pas son club qui joue et d'autre part, il n'a qu'une idée, celle de se retrouver sur une piste de danse. Il décide donc de sortir et de conduire un peu, histoire de passer le temps et de se faire du bien. Il remet son chapeau et ses bottes. Il sort son manteau Vintage en peau de mouton sherpa, le met, relève son col, jette un dernier regard dans le miroir et sort. Vers 23 h 30, il se stationne un peu loin de la porte d'entrée parce que le stationnement est déjà bondé. *Le cowboy solitaire* est plein à craquer. Il se présente à la porte et le portier le salue en lui faisant un grand sourire.

— Comment ça va Don? Il fait encore un froid de canard!

— Ouais. Y a du monde en-dedans ?

— C'est plein et je suis obligé d'en refuser. Devant son regard interrogateur, il s'empresse d'ajouter : mais toi, ce n'est pas pareil. Tu peux entrer. Bonne soirée, vieux.

— Merci ! Et Don lui glisse un 20 $ dans la main.

George Strait chante *Carrying Your Love With Me*. Don adore cette chanson. Sur la musique suivante, les gens envahissent la piste et dansent deux par deux en faisant un genre de grand cercle, un peu comme le faisaient à Nashville les clients du *White Horse Café* dans les années 1990. En fait, ils dansent une valse tour de salle. Don se sent déjà heureux *(ça va si dans ce club on continue de l'appeler Don au lieu d'Arnold ?)* Il réussit à se rendre jusqu'au bar où il fait un signe à Jack, le barman. En un rien de temps, Jack lui glisse une bière et Don en prend une longue gorgée. Les Redblack sont déjà sur la piste de danse. Les trois hommes et leurs femmes sont tous habillés pareils, c'est-à-dire avec une chemise rouge et un pantalon noir. Eux aussi portent les bottes et le chapeau de cowboy. Rares sont ceux qui n'ont pas un truc western sur le dos. Le club est réputé pour accueillir les amoureux du country et les weekends, le portier est souvent obligé de refuser des gens à la porte. Le club, assez grand pour accueillir pas moins de 300 personnes, aurait besoin d'être agrandi pour accueillir tout ce beau monde. Le propriétaire y songe sérieusement.

Une femme assez grande quitte la piste de danse et s'avance vers Don avec un large sourire. Arrivée à sa hauteur, elle lui fait une bise sur la joue et lui dit qu'elle est contente qu'il soit arrivé. Ensemble, ils vont danser sans arrêt, au moins presque deux heures sans jamais s'assoir. Don aime bien danser près de Patricia, qu'il appelle Pat. Elle connait à peu près toutes les danses en ligne et il aime la suivre. Pour le moment, ils ne partagent rien d'autre que la danse. Ce que chacun fait dans la vie n'a jamais été l'objet d'une longue discussion. Il sait qu'elle est traductrice et elle sait qu'il est électricien. Ils ne connaissent que leur prénom et ne prennent jamais le temps de parler... sauf une fois.

Don s'était, tout à fait par hasard, retrouvé au club un mercredi soir. L'endroit était presque désert. Jack lui avait servi une bière et Pat était arrivée. Exceptionnellement, tous les deux s'étaient retrouvés assis au bar, à siroter une bière et non en train de danser. Puis Pat lui avait simplement dit : « Un jour, cowboy, tu devrais m'amener avec toi jusqu'au Tennessee. J'aimerais aller danser dans un club de là-bas, même si c'était juste pour un soir. Ce serait mon plus grand rêve. Je sais que c'est pas à la porte et tu me connais, je suis pas la plus jasante. Y aurait pas de grandes conversations entre nous et ça me gênerait pas, parce que je sais que tu es comme moi. J'aimerais vraiment ça, un grand voyage où on aurait pas besoin de parler, on ferait juste écouter de la musique tout au long de la route ». Il lui avait souri. Il aimait bien Patricia pour sa façon d'être. Il lui avait répondu que ce serait une bonne idée. Il y était déjà allé une couple d'années passées et ça lui plairait bien de pouvoir y retourner une autre fois. Et de savoir que Pat ne passerait pas son temps à parler pour dire n'importe quoi, c'était ce qu'il rêvait de faire avec une femme. Oui, un jour, il amènerait Patricia. Au printemps, ce serait l'idéal pour un road trip. Elle était d'accord et elle serait prête n'importe quand. Il n'avait qu'à l'avertir quelques jours avant de partir. Ils avaient continué à prendre leur bière et n'avaient plus rien dit. Ce soir-là, ils n'avaient pas dansé du tout. Ils étaient restés là, assis, sans rien faire d'autre que de prendre de la bière et d'être bien tous les deux.

Physiquement, elle est comme lui, c'est-à-dire que ce n'est pas une beauté. Elle porte des vêtements de qualité qui font qu'on oublie qu'elle n'a pas été avantagée par la nature. Elle attache ses longs cheveux roux en une seule tresse et ses yeux bleus qui louchent un peu, pétillent dès qu'elle se met à rire. Son visage et ses bras sont couverts de taches de rousseur, ce qui plait bien à Don. Elle ne s'exclame jamais très fort et peut passer une soirée sans dire un mot. Elle danse et elle rit. Patricia n'est pas comme Corine, la petite boulotte à grande gueule qui sait tout et qui prend toujours le plancher. Selon Don, ce n'est pas parce qu'on est boulotte qu'on doit être habillée comme la chienne à Jacques (*Allez, faites un petit effort! Si vous ne savez pas ce que cette expression veut dire, allez voir sur internet et on va vous expliquer*). Et Corine est mal attifée! Dès qu'elle voit Don, elle se colle à lui et ferait n'importe quoi pour qu'il l'invite à prendre un verre, qu'il lui caresse une cuisse. Mais non, il n'en a que pour l'autre, la grande pimbêche poil de carotte !

Pat et Don continuent à danser et à la fin, ils se gardent toujours du temps pour prendre une dernière bière. Ils terminent la soirée en écoutant les dernières notes. Lentement, les lumières du club commencent à s'allumer pour que les préposés à la fermeture fassent leur travail. Toujours sans parler, ils prennent leur manteau au vestiaire et dehors, ils se font la bise en se disant qu'ils se reverront la semaine prochaine. Ils vont chacun dans une direction opposée. Don est heureux. Assis dans son véhicule qu'il laisse un peu chauffer avant de démarrer, il écoute encore de la musique puis il prend la route. La circulation est à peu près inexistante à cause de l'heure tardive. Il a commencé à neiger et le paysage est féérique. Il aime la douceur de la neige et il a tout son temps. Plus loin, sous un lampadaire, une femme fait de l'auto-stop. Non, pas question de la faire monter. Il est bien tout seul. Il passe près d'elle sans s'arrêter. En regardant dans son rétroviseur, il la voit qui vient de lui faire un doigt d'honneur, frustrée que le gars ne se soit pas arrêté. Oh ! Que non ! Ça ne se passera pas comme ça ! Il va lui en faire un doigt d'honneur, à elle. Il fait demi-tour et s'arrête à sa hauteur. Elle ouvre la porte, le regarde et monte.

— Tiens, c'est toi, cowboy ! Je te reconnais, tu es toujours au club le samedi soir, mais je ne connais pas ton nom. Je suis contente que tu te sois arrêté, je commençais à me geler les fesses. Et en lui disant ça, elle lui lance un clin d'œil coquin.

— Comment ça se fait que t'es à pied ?

— Mon chum a bu toute la soirée, c'était sa fête. Je ne voulais pas qu'il conduise mais lui, il ne voulait pas me laisser les clés. Lui et sa précieuse Mustang, il peut bien se la mettre dans le cul. Je suis montée quand même, mais au bout d'une couple de minutes, il s'est mis à m'engueuler et me dire que j'étais une agace avec les autres gars. Il conduisait vraiment tout croche et il était dangereux alors je lui ai dit d'arrêter, que je voulais descendre. Tu parles d'un épais, il est parti en me laissant au milieu du chemin.

Don espère qu'elle va la fermer. Il déteste sa façon de s'exprimer. Il n'aurait jamais dû la faire monter. Elle est en train de briser la magie de la soirée qu'il vient de vivre. Elle continue de gueuler.

— En plus, quand il commence à prendre un coup, il devient complètement fou ! Tout à l'heure, il avait commencé à être violent. S'il pense que je suis une femme à me laisser faire...

Don explose !

— Violent comme ça ? Et en disant cette phrase, Don lui assène un coup de poing d'une telle violence sur la tempe qu'elle perd connaissance du coup. Enfin, pense-t-il, elle ne parle plus. Elle ne parle peut-être plus, mais elle a déclenché en lui, une rage qui lui serre l'estomac. Il file en direction de chez lui et entre dans son garage. Sans ménagement, il la sort de son véhicule, l'appuie sur le capot de son auto, prend un fil électrique et l'étrange d'un coup sec. La poupée de chiffon se retrouve sur le sol. Il l'enjambe, rentre dans la maison et s'ouvre une bière. Il s'assoit à la table puis se lève. Il fouille dans le frigo et mange le reste de risotto. Il a très faim. Près d'une heure plus tard, il retourne dans son garage, enfile des gants de latex, prend son couteau «Bear Grylls ultimate» et lui coupe le majeur. Il lui baisse le collant et la petite culotte et lui insère le majeur dans le vagin. «Ça t'apprendra à me faire ça, maudite putain!» Il la remonte dans sa fourgonnette et en voulant la redresser, la tête de la femme s'écrase sur la fenêtre. Il la laisse dans cette position et sort de son garage. Il roule une trentaine de kilomètres et à l'entrée d'un parc, il s'arrête. Il sort de son véhicule et regarde autour de lui. À cette heure, il n'y a encore personne alors il ouvre la portière du côté passager et sort le corps qu'il jette sur le sol. Un dernier coup d'œil autour de lui et il remonte dans sa van. Il recule et reprend la route.

Il ne voulait pas tuer cette femme; il est tout simplement incapable de souffrir qu'on lui manque de respect en lui faisant ce geste obscène. En lui montrant le doigt, elle n'a fait qu'exacerber une vieille douleur toujours trop présente en lui. Elle n'aurait pas dû, non, elle n'aurait pas dû! C'est de sa faute si elle est morte. Il revient chez lui et prend une douche. Il voudrait bien dormir un peu, il en est incapable. Il est trop énervé et le seul moyen de vraiment reprendre ses sens et de se calmer, c'est d'aller prendre un petit déjeuner. Et s'il se rendait au restaurant de la serveuse qui risque la crise de cœur chaque fois qu'elle le voit... Pourquoi pas, se dit-il, et il se dirige vers le restaurant où il commandera deux fois un numéro 8.

COURT MOMENT
D'INTIMITÉ...

Marconi est assise autour de l'ilot et prend son café. Elle regarde la neige tomber. Tout respire la paix. Près d'elle, Catherine Mongeau, elle aussi en robe de chambre, lit une section du journal et lui caresse machinalement les cheveux. Anner Bylsma interprète une suite pour violoncelle de Bach. Les deux femmes ne se parlent pas. Marconi qui n'est pas complètement réveillée, bâille et va se préparer un deuxième bol de café au lait.

— Tu veux que je t'en serve un autre ? dit-elle en regardant Catherine.

— Merci, pas tout de suite. Tu aurais dû rester au lit, ce matin, je te trouve un peu fatiguée.

— Manque de soleil. S'il pouvait faire plus chaud, ça aiderait. J'ai hâte d'aller prendre mon café sur la terrasse le dimanche matin. J'ai hâte d'aller jogger le long de la piste cyclable. Que vienne le printemps au plus vite ! Je ne me rappelle plus d'avoir vu ça, un mois de mars aussi froid. Et toute cette neige... Et il neige encore. C'est beau, mais si ça continue à tomber, on n'aura pas d'été. Tu sais quoi ?

— Non.

— Des fois, j'aimerais aller passer quelques jours

dans le Sud. Il me semble que ça chargerait mes batteries.

— Je peux réserver deux places aujourd'hui, si tu veux. On partirait cette semaine, je suis à jour dans mon travail.

— Tu sais bien que je ne peux pas, j'ai un meurtre sur les bras et une patronne qui aimerait bien que je le résolve le plus vite possible. C'est une femme intransigeante qui mène tout le monde à la baguette.

— Oh ! Méchant portrait ! Tu n'es pas chanceuse d'avoir une patronne aussi dure et aussi exigeante que ça.

— Oui. C'est une femme impitoyable qui ne me laisse pas beaucoup d'espace de manœuvre, dit-elle avec un sourire dans la voix.

— Ça c'est faux ! Elle te laisse une très grande liberté d'action même si Gauvin, le grand chef n'est pas toujours d'accord avec elle. Cette femme a pris de gros risques pour toi.

— Je sais ! C'est une plaisanterie. Tout le monde est au courant que c'est toi qui as pris la décision de me laisser continuer l'enquête sur le pédophile de la ferme expérimentale même si tu savais que tu allais à l'encontre de Gauvin. Tu as risqué gros pour moi. Non, je blaguais, tu es une excellente patronne.

— Et tu sais que je le referais à nouveau. Tu es la meilleure dans ton domaine et je t'aime.

— Moi aussi je t'aime. Tu veux que je prépare le petit-déjeuner tout de suite ?

— On n'est pas obligées de cuisiner, on pourrait sortir, aller au restaurant.

— Non, je suis dehors toute la semaine, alors quand je peux rester une journée à la maison, j'en profite. Tu vois, j'avais même pensé faire un peu de ménage, passer l'aspirateur, mais étant donné que tu es ici, je laisse tout tomber. La seule chose dont j'ai envie, c'est d'être bien ici, avec toi. On pourra même, cet après-midi, visionner le film que tu as loué. On passerait la journée en robe de chambre.

— Hum, super! Je sais qu'on en a parlé, l'autre jour, mais je crois que tu devrais quand même prendre une femme de ménage. J'en ai une depuis vingt ans et elle est très respectueuse. Je n'ai jamais besoin de lui dire quoi faire. Je lui ai déjà parlé de toi et elle m'a déjà dit qu'elle serait prête à venir ici une demi-journée par semaine.

— Non, tu sais bien que je n'aime pas que l'on vienne fouiner dans mes affaires et j'aime ranger, ça fait partie de ma façon de faire le vide dans mon travail.

— Oui mais c'est drôlement pratique d'en avoir une. Moi, je déteste faire du ménage.

— N'insiste pas!

— Je n'insiste pas, mais j'arriverai bien à te convaincre un jour du bienfondé de créer de l'emploi en payant une femme de ménage. En attendant, veux-tu que j'arrange des fruits pour tout à l'heure?

— Excellente idée.

Mariella regarde Catherine et ressent envers elle

une grande bouffée d'amour. Elle aimerait suspendre le temps... La venue de cette femme dans sa vie, trois ans après la mort de son fils, l'a aidée à surmonter l'épreuve même si encore aujourd'hui elle ressent toujours une peine immense de ne pas avoir été capable de sauver son enfant. L'amour s'est installé lentement sans qu'aucune des deux ne l'ait vu venir.

— Tu sais, Catherine, j'ai beaucoup pensé à nous dernièrement...

Catherine arrête de couper la poire et, intriguée, regarde son amante. Habituellement, Mariella ne parle jamais de ses sentiments et Catherine n'a jamais su si c'était par pudeur ou tout simplement si c'était dû à une incapacité d'exprimer ce qu'elle ressent vraiment.

— Tu as pensé dans quel sens?

— Je... j'aimerais bien que l'on passe plus de temps ensemble. Je...

Le portable de Marconi sonne. Elle pousse un soupir d'exaspération et regarde Catherine d'un air désespéré.

— Pourvu que ce ne soit pas ma mère. Étant donné que je ne suis pas restée très longtemps, hier soir, j'ai bien peur qu'elle veuille que j'aille déjeuner avec eux. Elle se dirige vers la table où elle a laissé son téléphone et regarde Catherine qui s'est rembrunie depuis la sonnerie.

— Mais non, ne t'en fais pas, on reste ici toutes les deux. Zut! C'est le bureau.

Elle répond en s'identifiant.

— Quoi? Où ça? Non, non, j'arrive tout de suite. Ne laissez personne s'approcher. Appelez les techniciens et les membres de mon équipe, qu'ils me rejoignent là-bas.

— Qu'est-ce qui se passe? Pas un autre meurtre?

— Oui, dans le parc des Vétérans. Je suis désolée, il faut que j'y aille. Je prends une douche rapidement et je pars.

— J'y vais avec toi.

Quelques instants plus tard, Marconi au volant de sa voiture démarre en direction du parc.

— Un deuxième meurtre en deux jours, ça ne me plait pas du tout. Moi qui pensais passer une journée ouatée avec toi.

— Ce n'est que partie remise, chérie. Reste à savoir si c'est le même tueur. Je dois téléphoner à Gauvin, il a demandé à être informé en priorité.

— Pas maintenant! Si tu n'avais pas été avec moi, ce matin, tu ne serais pas encore au courant. Il va se poser des questions si tu l'informes tout de suite.

— Chérie, il sait pour nous deux.

— Tu lui en as parlé?

— C'est lui qui a abordé le sujet.

— Pourquoi tu ne me l'as pas dit? Je déteste étaler ma vie privée, tu le sais bien!

— Ce n'est pas le moment, alors on en reparle plus tard, veux-tu? Tu n'as pas à t'inquiéter, il est discret.

Catherine lui caresse le bras. Mariella, agacée, se concentre sur la route.

PAS UN
DEUXIÈME MEURTRE!

Marconi arrive à l'entrée du parc et un policier finit de dérouler un long ruban jaune pour sécuriser le périmètre. Elle demande au policier qui a découvert le corps. D'un mouvement de tête il désigne un homme avec un chien. Mongeau, les deux mains dans les poches, s'approche de la victime. Marconi la rejoint, se penche et dégage le col du manteau pour examiner son cou. Elle la tourne un peu et découvre sa main. Il lui manque le majeur. Elle lève la tête et regarde Mongeau.

— Même pattern?

— J'ai bien peur que oui. Reste à trouver le doigt qui, on s'en doute, est là où l'on pense.

Deschamps arrive à son tour. Cette fois, il est habillé chaudement avec sa tuque et ses gants. Quand il aperçoit Mongeau, la face lui tombe (*au sens figuré, bien sûr*) et il jette un coup d'œil en direction de Marconi. Il s'approche du groupe et quand Mongeau se retourne, il la salue mais son salut n'est pas des plus chaleureux. Quant à elle, elle lui fait un signe de tête sans plus. Il vient près de Marconi et se penche lui aussi sur la victime.

— On dirait le même mode opératoire.

— C'est ça qui m'énerve. Deux de suite, il s'est

passé quelque chose. Elle se relève et demande à un des techniciens de prendre les photos et de voir s'il n'y aurait pas des traces de pneus même si c'est assez improbable puisqu'il n'a pas arrêté de neiger de la nuit. Faites attention, il doit certainement y avoir des indices.

MAG arrive à son tour dans une tenue sport très décontractée. Son visage trahit une nuit mouvementée et son sourire (*parce qu'il sourit même quand il se retrouve devant un cadavre*) est quand même discret. Ses yeux gardent un reste de sommeil et il tient un café acheté sur la route (*on devine la marque parce que les gens jettent leur verre n'importe où quand ils l'ont bu*). Il salue Mongeau avec beaucoup de déférence. Il regarde la victime et lève les yeux vers Marconi.

— Est-ce que c'est la même chose que l'autre ?

— Ça lui ressemble dans les moindres détails.

— Hé bien ! Tu as vu ses bottes de cowboy ? Ce n'est pas un peu froid pour ce temps-ci de l'année ?

— Il y a des gens qui aiment ça porter des bottes de cowboy et ils ont autant d'allure qu'un dandy de ton genre. (*Il faudrait qu'il arrête de passer sa frustration sur tout le monde parce que le lecteur va commencer à le détester royalement.*)

— Je suis content de t'entendre dire que j'ai de l'allure. Si j'ai parlé de bottes de cowboy, c'est que ce ne sont pas des bottes d'hiver et on gèle dans ce temps-ci. Mama, tu crois qu'elle a été tuée ici ?

— Non. Regarde la position de son corps, il a

été jeté ici et comme l'autre, je suis certaine qu'elle a été tuée ailleurs.

— Qui a découvert le corps ? demande MAG.

— L'homme qui est là-bas avec son chien.

Le médecin légiste est arrivé depuis quelques instants et à son tour, il examine le corps. Il confie à Marconi que la victime n'est pas morte depuis très longtemps et demande s'il peut récupérer le corps pour l'examiner le plus rapidement possible à la morgue. Elle opine et fait signe aux policiers d'embarquer le cadavre. Les techniciens continuent de ratisser le périmètre dans l'espoir de recueillir des indices.

— Qu'est-ce qu'on fait maintenant ?

— On se rejoint au bureau. La victime n'avait pas de sac à main et aucun papier sur elle, donc on ne connait pas encore son identité. Toi, MAG, tu questionnes l'homme avec son chien et tu prends ses coordonnées. Julien, attends-moi une minute, je vais monter avec toi.

Elle rejoint Catherine qui était restée un peu à l'écart. Les deux femmes discutent et Deschamps est trop loin pour entendre ce qu'elles se disent. Il s'approche.

— Oui, mais je vais passer au bureau en début d'après-midi. J'ai eu Gauvin au téléphone tout à l'heure. Je sais, mais je n'avais pas le choix, je devais le prévenir au plus tôt. Ce meurtre le rend nerveux, alors je vais passer chez lui. Je peux garder ta voiture ?

— Oui, bien sûr. Si c'est le même tueur que celui de la Capitale, il s'est passé quelque chose. Il n'a rien fait depuis longtemps et tout à coup, il frappe deux soirs de suite. Dis à Gauvin qu'on s'en occupe. Catherine, tu n'es pas obligée de venir au bureau, je vais te tenir au courant de toute façon.

— Je préfère être là, moi aussi. Je te donnerai la réaction de Gauvin. Tu le connais, il peut prendre des décisions qui pourraient ne pas vous plaire. La pression sera lourde pour tout le monde. Veux-tu que je te rapporte quelque chose à manger?

— Non, ça va aller. Merci pareil.

Elle lui touche le bras affectueusement (*même si le geste a été discret, Deschamps l'a certainement vu!*) et retourne rejoindre son adjoint. Tous les deux jettent un dernier coup d'œil à la scène et se dirigent vers la voiture.

Sur la route, Deschamps brule de demander comment il se fait qu'elles soient venues toutes les deux dans la voiture de Marconi (*il connait la réponse et il fait l'innocent*). Il essaie de trouver l'angle, puis il se lance.

— Dis donc, c'est parce que t'avais rendez-vous avec Mongeau que tu n'as pris qu'un verre avec moi, hier soir? Tu aurais pu me le dire!

— Je t'avais prévenu que je ne prendrais qu'un verre avec toi et c'est ce que j'ai fait.

— Elle est venue avec toi, ça veut dire que tu es allée la chercher pour l'amener ici?

— Pas du tout!

— Mais...

— Julien, Julien, arrête, soupire Marconi. C'est ma vie privée!

— Hier, quand je t'ai demandé de venir prendre un verre avec moi, c'est parce que je voulais te parler de mes problèmes avec Élise.

— Si tu voulais me parler de tes problèmes avec Élise, tu n'avais qu'à me le dire et non pas trouver le prétexte de : «viens, on va aller prendre un verre, ça va nous faire du bien!» Je te l'ai dit, hier, OK pour le verre mais juste un. J'étais fatiguée et je voulais rentrer. Tu le savais!

— Tu voulais rentrer parce que tu avais rendez-vous avec Mongeau.

— Non, je n'avais pas rendez-vous avec Catherine, hier soir. Quand je suis arrivée à la maison, elle était déjà là. Elle avait pris un taxi pour venir chez moi. Et si tu veux savoir, j'étais très heureuse qu'elle soit là. Je ne sais pas pourquoi tu fais celui qui ne sait rien. Tu veux que je sois claire et bien soit! Catherine et moi, on a commencé à se voir peu de temps après la gaffe de Therrien. On a pris beaucoup de temps à s'apprivoiser, toutes les deux et depuis l'an dernier, nous sommes amantes. Je suis amoureuse de Catherine. Elle me fait du bien, elle me rend heureuse et toi comme les autres, vous devrez vous y habituer. Je n'avais pas l'intention de m'afficher, mais s'il faut que je fasse une annonce publique, j'en ferai une. Je ne te donnerai pas plus de détails parce que ça ne te regarde pas. C'est ma vie, Julien, c'est ma vie, tu comprends? Et tu arrêtes de me faire des crises de jalousie, d'accord?

— Excuse-moi, je ne voulais pas te mettre en

colère. En ce moment, ça ne va pas fort pour moi et que je ne sais plus quoi faire.

— Je ne suis pas en colère, c'est juste que ça m'énerve quand tu fais l'innocent.

— Excuse-moi.

— Julien, tu sais que je serai toujours là pour toi et je te jure qu'on va en parler, de tes problèmes de couple, mais une autre fois, d'accord? Pour le moment, on a deux meurtres à élucider et on laisse notre vie privée de côté.

Quand Marconi pénètre dans son bureau, elle est passablement à cran. MAG passe la tête dans son bureau.

— Mama, as-tu donné congé à Julie?

— Non! dit-elle avec un restant de colère dans la voix. Elle était supposée être ici. Téléphone chez elle et dis-lui de rappliquer au plus vite.

— Qu'est-ce qui se passe? demande MAG. Est-ce qu'il y a quelque chose qui ne va pas?

— Non, c'est correct! Un deuxième meurtre en 48 heures, c'est de la folie pure et je commence à en avoir plein le dos, aujourd'hui. Excuse-moi, MAG, ce doit être parce que je n'ai pas encore pris mon petit-déjeuner.

— Moi non plus. Je pourrais appeler Julie pour qu'elle nous apporte quelque chose.

— Trop tard, je suis déjà ici. Excusez mon retard. J'avais éteint mon téléphone étant donné qu'on était supposés avoir congé, aujourd'hui. J'ai entendu qu'on a un deuxième meurtre sur les bras?

On connait la victime ?

— Pas encore. On compte sur toi pour le découvrir, lui répond Marconi.

Deschamps rentre lui aussi dans le bureau et leur dit que le café sera prêt dans quelques instants.

— Venez me rejoindre dans la salle qu'on fasse le point tout de suite.

Tout le monde s'installe et Marconi relate la découverte du corps.

— Ce que nous savons... Un homme qui a l'habitude de promener son chien dans le parc a fait la découverte. MAG, tu l'as interrogé. Tu peux résumer ?

— Il n'a pas dit grand chose. Tous les matins, vers 8 h, il se rend dans le parc avec son chien pour le faire courir un peu. Ce matin, il y est allé un peu plus tard c'est-à-dire vers 8 h 30. En entrant dans le parc, il n'a pas vu la femme tout de suite. Il a lancé une balle à son chien et le chien, au lieu d'aller chercher la balle, s'est dirigé vers le corps. Le vieux a appelé son chien et au lieu d'obéir, il est resté là, à japper. L'homme s'est dirigé vers lui et c'est là qu'il a aperçu la victime. Comme il n'avait pas son téléphone portable avec lui, il est retourné chez lui pour appeler le 911. Il est revenu près du corps et a attendu la police. Il affirme n'avoir rien touché ni rien déplacé.

— Merci MAG. La victime ne portait aucune pièce d'identité, ni sac à main, rien. Elle a été étranglée à l'aide de ce qui semble être un fil électrique ou autre. Le majeur de la main droite a été sectionné et comme Liliane Demers, ses collants et sa petite culotte avait été un peu descendus. Le doigt se trouve probablement dans son vagin. Simard nous en dira plus lorsqu'il aura fini de l'examiner. Elle portait des bottes de cowboy et une petite jupe. On ne peut pas dire qu'elle était habillée chaudement pour ce temps-ci de l'année.

— Habillée comme ça, je me demande si ce n'était pas une prostituée, suggère Deschamps.

— Des bottes de cowboy ? relève Julie. Est-ce qu'elle avait également un chapeau de cowboy ?

— On n'est pas au Far West, lui répond MAG.

— Non mais je connais quelqu'un qui fréquente un club en ville où les gens sont habillés comme des cowboys. Ils vont là-bas écouter de la musique country et danser.

— Quel est le nom du club ? demande Marconi.

— Je ne me le rappelle plus. Je peux passer un coup de fil.

— Fais-le, s'il te plait. MAG, tu as pris les coordonnées de l'homme qui a découvert le corps ?

— Oui, Mama.

— C'est bien, on pourra retourner le voir si on a besoin. Je vais téléphoner à Simard pour qu'il nous dise tout de suite s'il a retrouvé le doigt. Si jamais il est dans le vagin, nous avons vraiment affaire à un tueur en série.

Julie revient dans la salle avec l'information.

— J'ai téléphoné à mon ami et il y a trois clubs où l'on peut aller entendre de la musique country mais le plus populaire, celui qui pourrait nous intéresser est *Le cowboy solitaire*. Il paraît que le vendredi et le samedi soir, c'est toujours plein à craquer. Ce sont des mordus qui vont là pour danser. Tous ceux qui se retrouvent là s'habillent comme des cowboys.

— Ça doit-être beau là-dedans, ironise MAG. Est-ce que les chevaux sont admis ?

— Tu ris, mais c'est très couru. Pour que l'on refuse du monde à la porte, ça veut dire qu'ils ont la cote.

— Très bien, Julie, on va commencer par là. Julien et moi, on va aller y faire un tour.

— Ça me surprendrait que ce soit ouvert à l'heure actuelle. Ce genre d'établissement n'ouvre pas dans la journée et en plus, c'est dimanche.

— Oui, c'est vrai, tu as raison, Julie ! Trouve-moi le nom du propriétaire et appelle-le. Dis-lui qu'on veut le voir à son club aujourd'hui et le plus vite possible. MAG, vois sur les réseaux sociaux s'il n'y a pas quelque chose qui pourrait nous aider. Fais une recherche sur « Le cowboy solitaire ». On ne sait jamais.

Le téléphone de Marconi sonne et un policier à la réception l'informe que des croissants et des muffins viennent d'être livrés pour eux. Elle lui demande de leur monter la livraison. Deschamps demande qui a bien pu penser à leur envoyer des trucs à manger. Marconi lui sourit et lui dit : À ton avis ? Il se rembrunit (*maudite jalousie*). Chacun apporte un truc à manger dans son bureau et continue de travailler. Simard vient de téléphoner et lui confirme que le majeur se trouve dans le vagin de la victime. Il semble que les deux femmes aient été assassinées de la même façon. Le seul détail c'est que la femme qu'on vient de trouver porte une ecchymose sur la tempe droite. Il va faire les analyses toxicologiques et lui enverra le rapport en priorité. Elle prend quelques notes, le remercie, puis lui demande de lui envoyer une photo de la victime sur son portable. Quelques instants plus tard, elle reçoit la photo de la jeune femme. Julie pénètre dans son bureau et l'informe qu'elle vient de parler au propriétaire. Ce dernier lui a dit qu'il n'était pas à son club, la veille. Il lui a donné le nom du gérant, un certain Will Vienneau, ainsi que son numéro de portable. Marconi saisit le papier et téléphone au gérant. Il n'est pas trop heureux de se faire réveiller en fin d'avant-midi par la police parce qu'il a fini de travailler très tard. L'inspecteure lui donne rendez-vous au club dans une demi-heure et malgré ses protestations, il accepte.

Un demi-heure plus tard, Marconi et Deschamps se stationnent devant « Le cowboy solitaire ». Il n'y a personne. Ils descendent de voiture et tous les deux font le tour du bâtiment. Elle regarde pour voir s'il n'y aurait pas des caméras donnant sur le stationnement. Elle ne voit rien. Une voiture arrive et se stationne. Un homme à la stature quelconque en descend. Il leur fait voir très clairement qu'il n'a pas aimé être dérangé en pleine pause dominicale

(*Un peu plus il leur disait qu'à cause d'eux, il vient de manquer la messe*). Il ouvre la porte. Le club est très sombre et il allume quelques lumières. Une forte odeur d'alcool et de sueur flotte dans le club, ce qui indispose Marconi.

— Vous êtes Will Vienneau ?

— Vous devez l'savoir parce que c'est vous autres qui m'avez d'mandé de venir. J'travaille toute la soirée, icitte, pis l'dimanche, je r'viens jamais au club avant 6 h. Habituellement à midi, j'dors encore. Ça a besoin d'être important parce que j'vas faire une plainte.

— Je suis l'inspecteure Marconi et voici mon adjoint, l'inspecteur Deschamps. Nous avons retrouvé le corps d'une femme, ce matin et nous croyons qu'elle était ici hier soir.

— Savez-vous combien ce qu'y a de monde qu'y viennent icitte, le samedi soir ? En masse ! On est obligés d'en r'fuser. Ça vous en bouche un trou, hein, qu'on soye obligés d'en r'fuser ! Le monde y aime ça le country. Avez-vous dit le corps d'une femme ? J'connais pas toutes les femmes qui viennent icitte. C'est quoi son nom ?

— C'est ce qu'on veut savoir. Tenez, elle lui montre la photo sur son portable. La reconnaissez-vous ?

— C'est quoi qu'à l'a dans le cou ?

— Laissez faire le cou et dites-nous si vous la connaissez.

— A m'dit quelque chose, mais Jack ou Bert pourraient mieux vous informer.

— Qui sont ces deux gars-là ?

— Jack, c'est le barman pis Bert, c'est notre doorman. Y connaissent pas mal tout le monde qui vient icitte. Moi, j'travaille souvent dans mon bureau en arrière.

— Vous avez leur adresse ?

— Non ! Juste leurs numéros de portable.

— Vous nous les donnez ?

Il prend son téléphone et donne les numéros.

— Jack devrait être icitte à 3 h. Bert, lui, y travaille du mercredi au samedi ça fait qu'y sera pas icitte. Le dimanche, y a moins de monde mais y en a quand même, c'est un club reconnu partout. Le monde vient prendre une bière pis jaser pis on ferme vers 11 h.

— Vous avez des caméras de surveillance ?

— Oui, y en a deux qui spottent le bar.

— Dans le stationnement ?

— Y en a déjà eu, mais pus astheure.

— Est-ce qu'il y a eu des incidents dernièrement qui auraient pu dégénérer ?

— Comme quoi ? Quels genres ?

— N'importe quoi, une chicane entre couples ou entre filles... ce qui se passe habituellement dans un club où les gens prennent de la boisson.

— C'est sûr qu'y a toujours des p'tites chicanes mais icitte, c'est tolérance zéro. Si tu cherches le trouble, Bert te met à porte pis à la carrure qu'y a, j'connais personne qui y résiste. C'est un ancien boxeur pis quand y frappe, tu t'en souviens longtemps. Je l'ai

272

déjà vu faire, pis l'gars y était pas beau à voir après.

— On vous remercie. Il se peut que nous ayons besoin de vous reparler à nouveau. Vous devrez vous tenir à notre disposition.

— Pas de problème. De quoi qu'all'est morte, la fille?

— On le saura après l'autopsie, lui répond Marconi. Merci.

Les deux policiers sortent et reprennent la route.

— Ça sentait mauvais là-dedans, dit Marconi. J'avais hâte de sortir. Je ne serai jamais une adepte de ce haut lieu de la musique country! Elle téléphone aux deux gars et tous les deux acceptent de les rencontrer.

Bert demeure dans un minuscule appartement et Deschamps se demande comment il arrive à se mouvoir dans un espace aussi restreint. Le portier est une véritable armoire à glace et possède des mains grosses comme la mitaine d'un gardien de but. Il a un cou aussi gros que celui d'un taureau et des jambes qui semblent taillées à même des troncs d'arbre. (*Tout ça pour dire qu'il est baraqué et on peut comprendre que quand il veut mettre un terme à une chicane, on a intérêt à ne pas discuter ou encore faire comme l'adage qui dit que le salut est dans la fuite.*) Bert est un homme affable et poli. Il met les inspecteurs à l'aise en leur disant qu'il va répondre à toutes leurs questions. Il regarde Marconi et on voit tout de suite qu'elle lui plait. Même qu'il lui dit avec un grand sourire que si jamais elle voulait venir au club, il se ferait un plaisir de la faire entrer. (*Là, il ne faudra pas que Deschamps fasse sa petite crise car il n'est pas de taille à se mesurer à l'armoire à glace.*) Marconi le remercie et lui dit qu'elle doute que ce soit un endroit pour elle. Le géant lui sourit.

— On peut avoir votre nom... Monsieur ?

— Bert. Enfin mon nom c'est Bertrand Dugas (*non, pas le comédien*). Je suis un ancien joueur de football et un ancien boxeur. Je suis ce qu'on appelle communément un ex. En quoi puis-je vous aider, inspecteure ?

Elle lui sourit et lui montre la photo sur son portable.

— Est-ce que vous connaissez cette femme.

Lorsqu'il la voit, il pousse une exclamation de surprise.

— Mais oui, c'est Cindy ! Cindy Desrochers. Qu'est-ce qui lui est arrivé ? Elle est morte ?

— On a retrouvé son corps, ce matin à l'entrée d'un parc. L'avez-vous vue, hier soir ?

— Oui, elle était au club comme à tous les samedis soirs. Vous savez, les gens ont des habitudes. Il y en a qui viennent le vendredi et jamais d'autres soirs. Même chose pour ceux qui viennent le samedi soir, ils ne viennent jamais le jeudi ou le vendredi. Ils aiment se retrouver entre connaissances, même s'ils ne se connaissent pas par leur nom. C'est curieux, le comportement des humains. Mais Cindy, je n'arrive pas à le croire.

— Elle était toute seule au club ?

— Non, elle vient toujours avec son chum, Paul Couturier. Ils étaient là tous les deux, hier soir, comme d'habitude.

— Vous souvenez-vous à quelle heure ils ont quitté le club ?

— C'était pas mal à la fin de la soirée. Je ne pourrais pas vous dire l'heure exactement, c'était pas mal à la fin. Une couple de minutes avant qu'on ouvre toutes les lumières.

— Est ce que vous savez si c'était un couple qui s'entendait bien ?

— Oui... Ils sont jeunes et ils aiment danser et prendre un coup comme tout le monde. Mais c'est vrai qu'hier, Paul avait pas mal bu et Cindy n'était pas contente. Même que je lui en ai fait la remarque.

— Quelle remarque ?

— Paul avait de la difficulté à marcher parce qu'il avait pris un coup solide. Il disait qu'il fêtait son anniversaire. J'ai dit à Cindy qu'ils devraient peut-être prendre un taxi parce qu'ils n'étaient pas en état de conduire. Elle m'a répondu que elle, elle était correcte et que ce n'est pas lui qui prendrait le volant. Paul a tout de suite répliqué qu'il n'était pas question qu'elle conduise à sa place. J'ai proposé à Cindy de m'en occuper, mais elle a dit non, qu'elle savait comment le prendre, et que je n'avais pas à m'inquiéter. Ils sont partis et je ne les ai pas revus. Est-ce qu'ils ont eu un accident d'auto ? C'est de ma faute, j'aurais dû leur appeler un taxi. C'est ce que je fais habituellement quand je vois que le client a trop bu. J'aurais dû insister.

— Savez-vous si le gars était violent ?

— Violent, je ne sais pas... Je n'ai jamais rien vu, mais je sais que quand il boit il est plus... comment je dirais... plus prime... plus soupe au lait. Mais je ne l'ai jamais vu battre quelqu'un, encore moins Cindy. Moi, je n'accepte pas que l'on touche à une femme.

— Vous savez où on peut trouver ce Paul Couturier, demande l'inspecteure ?

— Vous voulez dire qu'ils n'ont pas eu un accident ?

— Non ! La femme a été assassinée.

— Assassinée ? Cindy assassinée... Je n'en reviens pas. Non, je n'ai pas son adresse. Il a déjà perdu son permis de conduire pour conduite affaiblie, alors il doit être dans vos fichiers.

— Vous pouvez nous dire autre chose ?

— C'est tout ce que je peux vous dire. Je suis vraiment désolé que la petite soit morte. C'était une bonne fille.

— Merci, Monsieur Dugas.

— Je vous en prie, inspecteure, appelez-moi Bert. Si jamais vous aviez encore besoin de moi, je suis à votre disposition 24 heures sur 24. Il me fera plaisir de vous accueillir au club.

Quel homme charmant, se dit Marconi.

IL Y A QUELQUE CHOSE
QUI NE TOURNE PAS ROND

Arnold pousse la porte du restaurant désert et s'installe au comptoir. Rita sort de la cuisine avec un sourire qu'elle perd aussitôt. Elle a le choix entre la crise de nerfs ou la crise de cœur. Elle se tourne vers la cuisine et crie à son mari de venir. Ce dernier passe la tête et lui demande ce qu'elle veut.

— Tes fourneaux sont tu allumés ? On a un client.

— Qu'est-ce qui te prend ? Pourquoi tu m'demandes ça ?

Rita hausse les épaules et s'avance vers Arnold. En fait, sa stratégie est simple ; il s'agit de montrer au cochon qu'elle n'est pas toute seule dans ce restaurant-là et qu'il y a un homme deux fois plus gros que lui, et que si jamais il lui venait l'idée de lui faire du mal, Jos n'hésiterait pas à sauter par-dessus le comptoir pour lui régler son compte. (*Faut pas exagérer, tout de même ! Avec la grosseur qu'il a, il ne pourrait même pas lever la jambe alors pour ce qui est de sauter par-dessus le comptoir, à d'autres !*) Elle prend un ton très exaspéré pour lui montrer que ça ne lui fait pas plaisir du tout de le servir.

— Qu'est-ce que j'peux vous servir, juste des toasts pis du café ou un gros numéro 8 ?

— Un numéro 8, s'il vous plait.

Il a dit, s'il vous plait! Un peu plus et Rita échappait le pot de café qu'elle tient dans ses mains. Toutes les fois qu'il est venu manger, il n'a jamais eu un mot gentil pour elle, et voilà que ce matin, il dit s'il vous plait. Elle n'en revient pas encore! Le moment de stupeur passé, elle demeure néanmoins aux aguets. Il veut certainement tromper sa vigilance dans l'espoir qu'elle baisse sa garde. « Si qu'y pense qu'y va m'avoir avec des p'tits mots, y sait pas à qui qu'y a affaire ». Elle lui verse une tasse de café et retourne dans la cuisine dire à Jos qu'il doit préparer un numéro 8, ce qu'il s'empresse de faire en mettant sa BD de côté. Rita reste à l'écart même si elle brule d'envie d'en savoir un peu plus sur lui.

Arnold mange lentement et dès qu'il a terminé, il commande à nouveau la même chose. « C'est pas normal, pense Rita, cet homme-là doit avoir un trou dans l'estomac ». Et contrairement aux autres fois, il ne la regarde pas et ne se concentre que sur son assiette. Rita demeure sur ses gardes et elle aimerait bien que d'autres clients viennent manger, ce qui allègerait l'atmosphère. C'est à croire que personne n'a le gout de sortir avec cette neige qui tombe encore. Lucienne se pointe. Cette ancienne serveuse, un peu plus âgée que Rita, ne travaille qu'une journée par semaine, le dimanche. Travailler étant un bien grand mot puisqu'elle ne sert que le café et parfois, lorsqu'elle y pense, débarrasse les tables au départ des clients. Lucienne aime surtout le fait de sortir de chez elle et de retrouver certaines connaissances.

Lucienne met un petit tablier blanc bordé d'une dentelle ancienne. Le tablier est impeccable et quand on la regarde, on a l'impression de se retrouver au début des années 1950. Il ne lui manque que la petite coiffe pour retrouver l'illusion. Son pas n'est pas des plus alertes, mais elle est efficace et ne fait aucun geste inutile. Quand elle se présente devant Arnold, elle arbore son plus beau sourire et lui demande, presque sur le ton de la confidence, si son petit-déjeuner lui plaît. Il lève les yeux vers elle. Embarrassé, sa réponse est presque inaudible. Il opine de la tête. Elle lui sert à nouveau du café et va dans la cuisine. Rita la tire par le bras et lui raconte à voix basse et rapidement à quel point ce client est revêche (*ce n'est pas tout à fait le mot qu'elle utilise mais c'est ça qu'elle veut dire*). Elle lui dit de faire attention parce qu'il pourrait peut-être se fâcher. Elle ne l'a jamais vu se fâcher, mais ne trouve rien d'autre à dire pour prévenir Lucienne. La vieille serveuse continue de sourire et promet à Rita qu'elle va faire attention. Jos n'a rien entendu, il a toujours le nez dans sa BD.

Arnold est perdu dans ses pensées. Il revoit sa soirée au *Cowboy solitaire*. Étant donné qu'il a reçu l'héritage de sa tante, il pourrait partir vers Nashville beaucoup plus tôt et même pour plus longtemps si Pat le voulait bien. Il ne sait pas grand chose sur cette femme, encore moins où elle habite même si ça fait au moins deux ans qu'il danse avec elle. Au fond d'eux-mêmes, tous les deux savent qu'ils pourraient être bien ensemble parce qu'ils ont le même amour pour la musique country. Et quand deux êtres partagent la même passion pour le country, c'est qu'ils sont vraiment faits pour parcourir une longue route ensemble. Est-ce qu'il devrait attendre de faire le voyage avant de faire peindre sa fourgonnette, ou encore avant de faire installer les caissons pour son matériel de travail ? Il doit réfléchir. Samedi prochain, il demandera à Pat de la revoir le lendemain pour qu'ils puissent planifier leur voyage. Il l'amènera chez lui ou c'est elle qui l'amènera chez elle, mais la semaine prochaine, leur vie va changer.

Son assiette est vide. Il a bien mangé et doit maintenant retourner chez lui, nettoyer à fond son garage et sa fourgonnette. Après, il prendra sa décision. Il met l'argent sur le comptoir et sort. Rita demeure bouche bée. (*Ferme la bouche, Rita, ça parait mal !*) Elle ne s'attendait pas à ça.

CE QUI VA SUIVRE PEUT NE PAS CONVENIR À UN JEUNE PUBLIC...

Deschamps et Marconi reviennent à toute vitesse au bureau. La victime s'appelle Cindy Desrochers. Dès qu'elle a son nom, Julie fouille et ne trouve pas tellement d'informations si ce n'est qu'elle serait propriétaire d'une firme comptable. Par contre, il y a un dossier un peu plus volumineux sur Paul Couturier. Bert avait raison, le gars a été arrêté le 27 septembre 2014 pour conduite avec facultés affaiblies et résistance aux policiers. Il avait perdu son permis de conduire pour une période de trois mois. Marconi note son adresse et passe quelques coups de fil. Elle demande à MAG d'aller rencontrer le barman du *Cowboy solitaire*, Jack McGraw, pour lui poser des questions sur la soirée de la veille et de ramener les images des caméras de surveillance du bar. Auparavant, elle lui fait un bon résumé de sa rencontre avec le portier. Elle et Julien vont s'occuper de Couturier.

Quand ils arrivent à la maison de Paul Couturier, les rideaux sont fermés et rien ne bouge. Ils montent l'escalier et Deschamps sonne. Aucun mouvement à l'intérieur. Il sonne à nouveau. Rien. Il laisse son doigt sur la sonnette et quelques secondes plus tard, ils entendent quelqu'un gueuler. Deschamps n'enlève pas son doigt et continue de sonner. La porte s'ouvre d'un coup sec et un homme, torse nu, vêtu d'un jean, les cheveux en bataille, n'est pas d'humeur joyeuse (*de la façon dont il ouvre la porte, on devine qu'il est en beau maudit et ce qui va suivre peut ne pas convenir à un jeune public; la vigilance d'un parent est suggérée*).

— Coudonc, tabarnak! C'est quoi votre problème? Moé, les Témoins de Jéhovah, j'les crisse en bas de l'escalier quand y viennent me réveiller le dimanche matin. Votre fin du monde, j'm'en crisse, vous pouvez vous la mettre dans le cul, ça fait que décôlissez avant que j'vous fasse prendre une débarque dans l'escalier!

Marconi, imperturbable, lui montre son badge de police, ce qui est loin de calmer Couturier.

— Tabarnak! J'ai rien faite, moé. Vous pourrez pas m'arrêter parce que j'ai pas bu tant que ça.

Deschamps le pousse vers l'intérieur et lui dit de se calmer, ils sont là pour un meurtre. Couturier blêmit et demande ce que ça veut dire. Il recule jusque dans le salon et les inspecteurs le suivent. Cette fois, Deschamps prend la direction de l'interrogatoire.

— Vous connaissez Cindy Desrochers?

— Oui, c'est ma blonde. C'est quoi, l'histoire de meurtre? C'est pas Cindy!

— Assoyez-vous et dites-nous ce qui s'est passé, hier soir.

— Attendez... All'est où, Cindy?

— On a retrouvé son corps ce matin dans le Parc des Vétérans. Elle a été assassinée.

— Dans le Parc des Vétérans ? Assassinée ? Ben voyons donc, ça s'peut pas, j'étais avec elle, hier.

— À quelle heure l'avez-vous vue pour la dernière fois ?

— Je... J'ai... J'arrive pas à comprendre. C'est vrai que j'avais pas mal bu, c'était ma fête hier et on a arrosé ça. Mais Cindy... Qu'est-ce qu'a faisait dans le parc ? Y doit m'en manquer des bouttes !

— Racontez-nous votre soirée en détail.

Paul s'assoit sur une chaise et passe ses mains dans ses cheveux. Les yeux hagards et injectés de sang, il regarde les inspecteurs.

— Vous dites que Cindy est morte et que vous avez trouvé son corps dans un parc ? Ben voyons donc !

— Racontez-nous votre soirée, insiste Deschamps.

— Ben on est allés manger au restaurant.

— Le nom du restaurant ?

— *La Vieille grange*. On était avec des amis, Luc pis Marie-Line. J'vous l'ai dit, on fêtait ma fête. On a mangé pis on a bu du vin. Après, on est allés danser au club comme on l'fait à chaque samedi soir. On a passé la soirée à fêter pis à danser. Après la soirée, on est r'venus.

— Vous êtes revenus, où ?

— À la maison.

— Vous êtes revenus tous les deux à la maison ?

— Oui ! Non !

— C'est oui ou c'est non ?

— Ben quand on est sortis du club, Cindy voulait conduire. Aie, j'ai une Mustang de collection, y est pas question que quelqu'un d'autre que moé, touche à c'te char-là. J'y ai dit que j'étais capable de conduire, j'étais pas si chaud que ça ! On est partis pis un moment donné, Cindy arrêtait pas d'chialer pis à voulait débarquer. J'étais pas d'humeur à m'faire engueuler, ça fait que j'ai arrêté sur le bord du chemin pis j'y ai dit de débarquer si était pas contente. En arrivant à la maison, j'ai décidé d'virer de bord pour aller la chercher. J'me sus dit qu'all'avait eu le temps de réfléchir pis qu'à serait plus parlable (*plus imbécile que ça, tu l'enfermes au plus vite*). J'ai encore roulé, mais j'me souvenais pus où exactement j'l'avais débarquée. Je l'ai pas vue, ça fait que j'me sus dit qu'y avait quelqu'un au club qui y avait donné un lift. Quand j'me sus couché, all'était pas là mais j'me sus dit qu'all'était allée dormir chez sa sœur. A fait ça des fois !

— Le nom de sa sœur et l'adresse ?

Paul leur donne les coordonnées.

— Mais là, j'comprends pas. C'est quoi l'histoire que vous avez r'trouvé son corps ? Vous d'vez faire une erreur parce que quand j'l'ai laissée sur la bord de la route, à l'était ben correcte. Vous m'faites marcher, vous autres, là.

— Non, la femme que vous avez laissée sur le bord de la route a été assassinée, intervient Marconi. Paul Couturier, vous êtes en état d'arrestation pour le meurtre de Cindy Desrochers. Tu lui lis ses droits.

— Je l'ai pas tuée, vous pouvez pas faire ça !

— Nous allons devoir remorquer votre voiture pour l'examiner. Elle téléphone à l'équipe technique pour que l'on vienne chercher la fameuse Mustang de collection.

Deschamps suggère à Couturier d'aller s'habiller parce qu'il va devoir les accompagner au poste. Il le suit dans la chambre pour s'assurer qu'il ne tentera pas de gestes inutiles. Quelques instants plus tard, il en ressort habillé d'une chemise et d'un chandail. Deux policiers entrent dans la maison pendant que d'autres sortent la voiture du garage pour la remorquer. Menotté, Paul suit les policiers.

Marconi et Deschamps remontent dans la voiture.

— Qu'est-ce qu'on fait maintenant ?

— On va chez... Elle regarde dans son calepin... On va chez la sœur de Cindy, Danielle. Ce n'est pas loin d'ici. Allez, on y va.

En arrivant devant la maison, Deschamps pose une main sur le bras de Marconi.

— Si ça ne te dérange pas, je vais t'attendre dans l'auto.

— Julien, il n'en est pas question. Tu entres avec moi, tu vas voir, ça va bien se passer.

Tous les deux se dirigent lentement vers la maison. Ils sonnent et attendent. Quelques instants plus tard, un enfant d'une dizaine d'années ouvre la porte. Il regarde les étrangers avec de grands yeux (*non, il n'est pas comme Paul et ne pense pas que ce sont des Témoins de Jéhovah*). Marconi lui sourit et lui demande si sa maman est là. L'enfant se détourne en courant et crie, maman, un monsieur et une madame sont ici! Quelques instants plus tard, une femme arrive avec un linge de table dans ses mains. Ses longs cheveux blonds sont attachés et une mèche rebelle qu'elle tente de dégager lui tombe dans l'œil.

— Oui, qu'est-ce que c'est?

— Vous êtes Danielle Desrochers, la sœur de Cindy?

— Oui! Ses yeux s'agrandissent et devant les étrangers, elle a tout à coup un mauvais pressentiment.

— Il lui est arrivé quelque chose?

— Est-ce que nous pouvons entrer? Je suis l'inspecteure Marconi et voici l'inspecteur Deschamps.

— Cindy a eu un accident?

— Est-ce qu'il y a quelqu'un avec vous, Madame Desrochers?

— Oui... Robert, mon mari. Qu'est-ce qui est arrivé?

— On a retrouvé le corps de votre sœur, ce matin.

— Le... le corps de Cindy! Elle est... elle est morte? Elle est morte comment?

— Je suis vraiment désolée, Madame. Votre sœur a été assassinée.

La femme porte la main à sa bouche et pousse un cri rauque, un cri animal. Un homme arrive en courant et saisit sa femme qui tanguait dangereusement.

— Qu'est-ce qui se passe, qui êtes-vous ?

— Nous sommes de la police. Nous avons retrouvé le corps de Cindy Desrochers ce matin. Elle a été assassinée.

— Elle a été assassinée ? Comment ? Par qui ? Paul, lui, il était avec elle. Il a été tué lui aussi ?

— Non ! Il dit qu'il l'avait laissée sur le bord du chemin. Il croyait qu'elle était venue dormir ici.

— Je ne comprends pas, vous dites qu'il a laissé Cindy sur le bord du chemin. Quel chemin ? demande Danielle.

— Non, Cindy n'est pas venue dormir ici, continue Robert.

— C'est quoi, cette histoire-là qu'il l'aurait laissée sur la route ? Ils se sont disputés ? C'est ça, ils se sont disputés ? Des fois, quand Cindy en a assez de le voir soul, elle vient ici mais la nuit dernière, elle n'est pas venue. Vous dites que ma petite sœur est morte ? De quoi ? Qui a fait ça ?

— C'est ce que nous essayons de voir.

— Maman, c'est qui, qui est mort ?

— C'est personne. Va en bas, mon amour. Va regarder la télé.

L'enfant quitte la pièce.

— Oh, mon Dieu ! Il faut que j'aille voir maman, elle est au foyer. Je ne veux pas qu'elle apprenne ça par d'autres. Est-ce que je peux voir ma sœur, où l'avez-vous amenée ?

— Elle est présentement à la morgue. Il y aura une autopsie. Vous allez devoir venir l'identifier, un

287

peu plus tard. Je sais que ce n'est pas le bon moment mais je dois vous poser des questions sur votre sœur.

Danielle pleure doucement et son mari la tient par les épaules.

— Je ne pense pas que c'est le bon moment, inspecteure.

— C'est correct, Robert. C'est correct! Qu'est-ce qu'on lui a fait?

— Elle a été étranglée. Je suis désolée. Cindy demeurait avec Paul depuis longtemps?

— Comment ça se fait qu'il l'a laissée sur la route, est-ce que c'est lui qui l'a tuée?

— Nous enquêtons, Madame. Savez-vous depuis combien de temps ils restaient ensemble?

— Je ne sais pas trop, depuis peut-être 8 ans, peut-être 9. Attendez... Elle avait 27 ans quand elle a commencé à sortir avec lui et un an après, ils habitaient ensemble. Ma sœur a 36 ans donc ça fait 9 ans qu'elle est avec lui.

— Paul Couturier nous a dit qu'il croyait qu'elle était venue dormir chez vous, elle faisait ça souvent?

— De temps en temps. Quand il buvait trop, il devenait un peu hystérique et elle préférait être ailleurs.

— Est-ce qu'il était violent?

— Disons que lorsqu'il avait bu, il avait tendance à gueuler et à jurer comme un charretier. Il lui est arrivé de passer son poing à travers un mur.

— Vous croyez qu'il aurait pu la tuer?

— Je ne le sais vraiment pas! Paul, c'est un enfant gâté qui s'énerve quand on lui dit non. C'est le fils de Maurice Couturier, le propriétaire de «Home Hardware», c'est du monde qui a de l'argent. C'est un bon gars, Paul, mais quand il boit, on dirait qu'il devient quelqu'un d'autre. Je n'ai jamais vu un gars aussi enragé quand il prend de la boisson. Et le lendemain, au lieu de s'amadouer, il est aussi bête. Quand il vire une brosse, il en a pour deux jours à ne pas être du monde. C'était son anniversaire, à Paul, hier, alors il a dû prendre un coup solide.

— Votre sœur travaillait à quel endroit?

— Elle était comptable. Elle avait sa propre firme et employait quatre autres personnes.

— Est-ce que votre sœur avait des ennemis, quelqu'un qui aurait pu lui en vouloir?

— Jamais! Ma sœur, c'était une vraie soie.

Marconi consulte ses notes.

— Votre sœur aimait la musique country?

À ce mot, Danielle éclate de rire.

— Le country! Je n'ai jamais compris comment ça se fait qu'elle aimait ce style de musique là. Habituellement, elle et Paul allaient dans un club, le... le, voyons, je ne me rappelle pas du nom.

— *Le Cowboy solitaire*, répond son mari. On y a été une fois avec eux.

— Oui et on avait trouvé ça pas mal quétaine, du monde qui s'habille en western, hein Robert? Elle aimait ça, ma sœur, aller là. Elle avait même le kit au complet, les bottes, la jupe, le chapeau... Comment ça se fait qu'il l'a laissée sur le bord de la route, ça n'a pas d'allure. Il a dû se passer quelque chose.

— Nous allons essayer de le découvrir.

— Ne faites pas juste essayer, trouvez l'écœurant qui l'a tuée.

Elle se remet à pleurer.

— Quand est-ce que je peux aller voir ma sœur?

— Je vais m'informer et dès que j'ai la réponse, je vous téléphonerai. Vous serez ici toute la journée?

— Non, je dois absolument aller voir maman. J'ai un cellulaire, vous pourrez me téléphoner à n'importe quel moment.

Elle lui donne son numéro.

— Est-ce qu'il y a d'autres membres dans votre famille?

— Non, mon père est décédé depuis 15 ans et nous n'étions que deux enfants, ma sœur et moi. Maman reste dans un foyer, enfin, dans un appartement régi par le foyer. Elle est encore très autonome. Mon Dieu, je me demande comment elle va prendre la nouvelle. Cindy était sa préférée. C'est tellement épouvantable ce qui arrive.

— Nous sommes vraiment désolés pour vous. Marconi lui prend les deux mains et les serre très fort. Toutes nos condoléances, Madame.

Danielle les remercie et met son visage entre ses mains, laissant aller sa peine. Son mari se lève et reconduit les inspecteurs à la porte.

En arrivant au poste, Deschamps se rend au garage pour s'enquérir de l'examen de la Mustang. Marconi entre et aperçoit Catherine. Elles montent l'escalier toutes les deux.

— J'imagine que Gauvin t'a donné des ordres.

— Tu n'as pas à t'inquiéter, j'ai bien manœuvré.

— Salut les filles !

Marconi et Mongeau se retournent et voient Barbie monter derrière elles. Marconi pousse un soupir.

— Comment ça se fait que tu ne m'as pas téléphoné, ce matin ? Je viens d'apprendre qu'il y avait eu un autre meurtre. Est-ce qu'on a affaire au même tueur ?

— Barbara, je n'en ai aucune idée, mais ça y ressemble.

— Tu aurais pu m'avertir.

— Quand j'aurai quelque chose, je te le dirai; pour l'instant, on n'en sait pas plus que toi. On travaille.

— Les gens vont commencer à paniquer s'il y a un tueur qui se promène dans la ville. Tu sais ce que ça veut dire, hein ? Ils vont encore vouloir te descendre sur la place publique et ça ne me plairait pas du tout.

— Qu'ils le fassent en autant qu'ils ne nous nuisent pas dans notre enquête. Pour le moment, les gens ne sont pas encore au courant.

— Je t'en prie, Mariella, si moi je suis au courant, d'autres le sont aussi. Les nouvelles vont vite.

— Je sais, je sais. Pour le moment, je ne peux rien dire, et tu le sais. Repasse plus tard, veux-tu ?

— Tu ne vas pas te débarrasser de moi comme ça.

— Écoute, Barbara. Tu me connais. Je ne te laisserai pas en plan, dès que j'ai quelque chose de sérieux, je t'en parle. Pour le moment, je dois voir Catherine et mon équipe.

— Ouais... D'accord, mais je te surveille, ma belle! Une dernière chose, peux-tu me dire si Frank Reagan va revenir te donner un coup de main?

— Non, pourquoi?

— Je te l'ai dit, je ne dirais pas non à un souper en tête à tête avec lui. Un petit peu d'aide dans votre enquête, ça ne peut pas nuire.

Marconi hausse les épaules et lui répond qu'elle est capable de mener une enquête sans qu'on lui tienne la main. Puis, elle tourne les talons et rentre dans son bureau suivie de Catherine et ferme la porte.

— Assieds-toi. Tu veux un café? À propos, merci pour le petit-déjeuner, l'équipe a apprécié.

— Il n'y a pas de quoi. Non, je ne veux pas de café, j'en ai suffisamment pris. Bon, j'ai vu Gauvin et comme tu devais t'y attendre, il n'aime pas l'idée d'avoir un deuxième meurtre en deux jours.

— Je n'aime pas ça moi non plus.

— Il sait qu'il aura les journalistes et les dirigeants de la ville sur le dos et ça le rend nerveux. Il a tout de suite proposé de faire appel à de l'aide extérieure...

Elle lève la main pour empêcher Marconi de dire quelque chose.

— J'ai réussi à l'en dissuader. Je lui ai dit que tu avais la situation bien en main. Mais tu le connais, quand il a une idée, il est coriace. Il veut te voir demain matin à 7h à son bureau. Il donnera un point de presse en fin d'avant-midi et d'ici là, il s'attend à ce que tu avances dans cette enquête.

— Merde ! Catherine, nous ne sommes pas dans une série policière où tout se résout en une heure (*non mais on est dans un roman, par exemple et on a hâte qu'elle attrape le méchant*). Tu sais comme moi que c'est plus compliqué que ça.

— Je sais. Tu as quelque chose sur la victime ?

— Elle s'appelle Cindy Desrochers, elle a 36 ans et est propriétaire d'une firme comptable. Elle avait passé la nuit dans un club avec son amoureux et au retour, il l'a larguée sur le bord de la route.

— Quoi ? Tu veux dire qu'il l'a laissée toute seule en pleine nuit sur le bord de la route ?

— C'est ce qu'il dit !

— J'espère que vous l'avez arrêté.

— Oui ! Il est en dedans et on va continuer à l'interroger. J'imagine qu'il a déjà retenu un avocat. Je vais retourner le voir, tout à l'heure.

— Je te laisse travailler. Si tu as besoin de moi, je ne suis pas loin.

Marconi lui sourit tristement. Deschamps ouvre brusquement la porte du bureau de Marconi.

— On vient de recevoir un appel. Il y a une femme qui dit avoir vu quelque chose dans le parc, cette nuit. J'ai pris son adresse et on y va (*il faut qu'il soit drôlement excité pour ne pas rechigner dès qu'il a vu Catherine*).

— Julie veut venir avec moi, ça ne te dérange pas ?

— Allez-y, je vous fais confiance. Je viens de voir passer MAG, je dois absolument lui parler. On se voit plus tard.

Deschamps sort aussi vite qu'il était entré.

— J'aimerais donc ça que cette visite donne quelque chose, dit Catherine.

— Oui, moi aussi.

— Je te laisse, à plus tard.

Marconi lui emboîte le pas et se rend dans le bureau de MAG. Ce dernier met de l'ordre dans ses notes.

— J'ai vu Jack, le barman. Il travaille dans ce club depuis près d'une dizaine d'années, alors il connaît beaucoup de monde. Il était désolé d'apprendre que Cindy Desrochers s'était fait tuer. Selon Jack, le chum avait passablement bu et il lui avait même conseillé de prendre un taxi. Cindy lui avait dit que c'est elle qui conduirait. Ils étaient avec un autre couple, attends... un certain Luc Lévesque et Marie-Line Bourget. Il semble qu'ils soient partis avant Cindy et Paul parce que le barman les a vus seuls à la table. Il n'y a pas eu de chicane dans le club, tout était sous contrôle. Je lui ai demandé les enregistrements des caméras qui donnent sur le bar au cas où on aurait besoin de les visionner. Je viens d'aller voir Couturier pour qu'il me donne les coordonnées du couple qui était avec eux, hier soir. Je leur ai téléphoné et je vais aller les voir tout de suite.

— Bon travail, MAG. On se revoit plus tard.

Marconi retourne dans son bureau et prend des notes. Le téléphone sonne et le médecin légiste lui donne quelques détails importants avant de poursuivre l'autopsie. Quand elle lui pose la question si la sœur de la victime peut passer à la morgue, il lui dit qu'elle pourra venir en fin d'après-midi. Elle le remercie et téléphone à Danielle Desrochers.

LÀ, ON TIENT
UNE PISTE...

En fin d'après-midi, tout le monde se retrouve au bureau et on sent une certaine fébrilité dans l'air. Marconi, qui a été tendue toute la journée, commence à desserrer les dents. Dans la salle de réunion, elle tient le sac à main de Cindy, retrouvé dans la voiture de Paul. Elle l'a fouillé minutieusement. Rien ne permet de trouver un indice qui pourrait les conduire à l'assassin.

Elle a interrogé longuement Paul Couturier et il serait fastidieux de reproduire l'intégrale de l'interrogatoire. Par contre, quand on l'a amené dans la salle d'interrogatoire (*vous savez, une de ces salles où on peut voir sans se faire voir*), eh bien, Paul n'avait plus la même arrogance. Derrière le miroir, Catherine Mongeau avait assisté à l'interrogatoire. Alors qu'il cuvait son vin (*manière de dire qu'il dessoulait*), il venait de se rendre compte que Cindy avait été assassinée. Il prenait également conscience que si elle était morte, c'était en partie de sa faute parce qu'il l'avait laissée sur le bord de la route au beau milieu de la nuit. Et là, il s'en voulait, et là, il culpabilisait. Ses parents s'étaient rendus au poste et n'avaient eu d'autre choix que d'appeler leur avocat.

Marconi ne voulait pas se faire une idée trop vite. D'après les derniers développements, elle savait que Paul Couturier n'était peut-être pas le coupable. Même si l'histoire qu'il racontait était la même depuis le début, elle n'était pas prête à lui donner l'absolution. L'inspecteure était dans le doute jusqu'à ce qu'elle se rende à la morgue en compagnie de Danielle et de son mari. Après l'identification, Marconi était restée à discuter avec le médecin légiste. Ce dernier lui avait appris que Cindy Desrochers avait reçu un coup sur la tempe gauche et ce coup avait été si violent qu'il l'avait tuée (*et nous qui pensions qu'elle avait seulement perdu connaissance, eh bien, ça nous la coupe!*). La strangulation n'avait eu lieu qu'après. Marconi était troublée par ce qu'elle venait d'apprendre. De plus, le médecin lui avait montré une photo agrandie de la tempe de la jeune femme. On voyait la marque d'un petit cercle. Simard lui avait confirmé que l'assassin portait un jonc à l'auriculaire droit. En interrogeant Couturier, elle avait remarqué qu'il n'avait jamais porté de jonc à ce doigt ni à aucun autre d'ailleurs. Ce n'était donc pas lui qui avait porté le coup fatal.

Deschamps est assis dans la salle avec Julie et à les voir, on se doute bien qu'ils ont trouvé quelque chose d'important. MAG est là aussi. Il n'affiche pas la même satisfaction que ses collègues. Marconi fait signe à Julien de commencer.

— Nous avons reçu un appel d'une femme, Antoinette Albert. Cette femme demeure dans un condo en face du Parc des Vétérans. Elle nous a téléphoné pour dire qu'elle avait vu quelque chose dans la nuit et qu'après y avoir bien réfléchi, elle pensait que ça pouvait avoir un rapport avec le meurtre de la nuit dernière. Julie et moi sommes allés la rencontrer. Une chance que Julie était là parce qu'elle était réticente à me parler. Elle disait qu'elle avait travaillé toute sa vie entourée d'hommes et qu'elle avait toujours dû se battre pour se tailler une place. Ce n'était pas qu'elle ne les aimait pas, mais étant donné qu'il y avait une policière, elle préférait s'adresser à elle plutôt qu'à moi. En agissant ainsi, elle croyait qu'elle donnait la chance aux femmes. Je pouvais donc rester en autant que je n'intervienne pas. J'ai accepté.

Julie prend le relais.

— J'ai expliqué à Madame Albert qu'habituel-lement, on demandait toujours au témoin de venir au poste pour que l'on puisse enregistrer sa dépo-sition. Elle refusait de venir, prétextant qu'elle était trop fatiguée. Elle ne bougerait pas de chez elle et c'était à prendre ou à laisser. Alors je lui ai dit que ça ne poserait pas de problème en autant que je puisse utiliser mon téléphone pour recueillir son témoignage. Ce qu'elle a accepté. Je vous le fais entendre.

— Je peux avoir votre nom et votre adresse, madame?

— Je peux parler, là?

— Oui.

— Je suis Antoinette Albert, et je suis domiciliée au 4445, boulevard St-Pierre, appartement 200. Il n'y a que six condos ici et j'habite au deuxième palier. J'ai une vue magnifique sur le parc en face de chez moi.

— Vous pouvez nous parler un peu de vous, Madame Albert ?

Julie arrête l'enregistrement pour expliquer.

— Je voulais vérifier si elle avait tout son esprit et surtout si elle n'était pas confuse. Elle repart l'enregistrement et à nouveau, la voix calme et posée de Madame Albert répond à la question.

— J'ai 72 ans et je suis à la retraite depuis 5 ans. Auparavant, j'étais directrice administrative chez Chrysler à Détroit et par la suite, j'ai été mutée à Windsor, en Ontario. J'ai dû prendre ma retraite en raison de problèmes de santé. J'avais un cancer des ovaires; jusqu'à maintenant, ça va très bien. Je crois que si je n'avais pas eu ces ennuis, je travaillerais encore. J'ai toujours aimé mon travail.

— D'accord. Maintenant, si on revient à votre appel à nos bureaux, vous nous avez dit avoir vu quelque chose qui pourrait avoir affaire avec notre enquête.

— Oui, enfin je crois. Il était 4 h 48 lorsque je me suis levée. Depuis près d'une heure, je n'arrivais pas à me rendormir, et comme il était trop tôt pour que je me lève, j'ai décidé d'aller prendre un verre de lait pour m'aider à me rendormir. Vous savez, lorsque je me lève la nuit pour prendre un verre de lait, je n'ai pas besoin d'allumer la lumière de la cuisine, je connais parfaitement mon espace. J'ai pris un verre dans l'armoire et je me suis dirigée vers le frigo pour prendre le carton de lait. Ensuite, je me suis rendue dans la salle à diner et j'ai regardé à l'extérieur. Je procède toujours de la même façon. Je prends mon verre de lait devant la fenêtre et je regarde dehors. Cette nuit, il neigeait et c'était magnifique. Habituellement, à cette heure, il n'y a jamais rien qui bouge, mais pas cette nuit et c'est ce qui a attiré mon attention. Je peux prendre un verre d'eau ? J'ai la gorge un peu sèche ! Vous voulez boire quelque chose ? Excusez-moi, je ne vous ai rien offert, je suis d'une indélicatesse. Les inspecteurs disent qu'ils ne veulent rien. (*On entend la femme se déplacer puis revenir.*) Où en étais-je ?

— Vous avez dit qu'il y a quelque chose qui a attiré votre attention.

— Oui, c'est exact. Une fourgonnette noire, Dodge RAM Promaster venait de se garer dans le parc devant chez moi.

— Vous êtes certaine que c'est ce modèle ?

— Vous savez, lorsqu'on a travaillé toute sa vie pour une compagnie où l'on vend des autos, croyez-moi, on sait reconnaitre les véhicules quand on les voit. Même si je suis à la retraite, je suis toujours aussi passionnée par les voitures. Je reçois encore des nouvelles de la compagnie et on m'envoie toujours les derniers modèles fabriqués en usine. C'était un Promaster de l'année 2015. Un véhicule tout à fait récent.

— Ensuite?

— Jeune homme, je vous ai demandé de ne pas intervenir.

— Veuillez m'excuser.

— Ensuite? demande Julie. On sent une certaine émotion dans sa voix et de l'excitation (*il y a de quoi et Arnold a intérêt à se surveiller*).

— Un homme est sorti de la fourgonnette. C'était difficile pour moi de le voir distinctement. Il faisait encore sombre dehors et il avait laissé ses phares allumés. L'homme était vêtu d'un manteau foncé et ne portait pas de chapeau. Il n'était pas spécialement grand ni tellement baraqué, vous voyez ce que je veux dire? C'était plutôt un homme très ordinaire. Il a regardé autour de lui puis a ouvert la porte du côté passager. J'ai pensé qu'il voulait faire sortir son chien pour qu'il fasse ses besoins, mais non, il n'y avait pas d'animal. Puis, mon téléphone a sonné. J'ai vraiment sursauté, car il n'y a personne qui téléphone à cette heure-là à moins que ce soit pour m'annoncer une mauvaise nouvelle. Je me suis précipitée pour trouver mon téléphone et quand j'ai répondu, la personne au bout du fil était confuse. Elle avait fait un faux numéro. Ça m'a vraiment dérangée et j'avais le cœur qui battait. Quand je suis revenue à la fenêtre, la fourgonnette avait disparu. J'ai oublié cette histoire, et à 8 h, ce matin, je suis partie chercher mon frère pour aller chez un de nos cousins pour y passer la journée. Mon frère ne peut pas conduire en raison de cataractes sévères aux deux yeux. Je suis revenue en milieu d'après-midi et c'est là que j'ai vu les rubans jaunes. Ma voisine m'a appris qu'il y avait eu un meurtre. C'est alors que je me suis souvenu de ce que j'avais vu dans la nuit et je vous ai téléphoné tout de suite. C'est tout.

— Est-ce qu'il y aurait un autre détail que vous pourriez vous rappeler.

— J'ai bien peur que non. Je vous ai tout dit. J'espère que ça va vous aider.

— Vous n'avez pas idée, Madame ! Vous nous avez vraiment aidés. Nous vous remercions et si jamais il y avait autre chose, voici ma carte. N'hésitez pas à me téléphoner.

Les inspecteurs se regardent et Marconi sourit.

— Eh bien, ça c'est une belle nouvelle, dit-elle. MAG, je t'avais demandé de vérifier les fourgonnettes, hier. Qu'est-ce que tu as trouvé ?

— J'ai sorti quelques fourgonnettes. Je vais vérifier si j'ai retenu ce modèle.

— Attendez, on ne vous a pas tout dit !

Paralysie générale, plus personne ne bouge. On sent que ce qui va se dire va vraiment orienter l'enquête (*tiens, tiens, on dirait bien qu'on adore les suspenses ?*).

— En sortant, dit Julie, je dis à la dame qu'on allait chercher sur internet le modèle qu'elle nous disait avoir vu. Et elle me dit, attendez, j'ai un dépliant où on le voit très bien. Elle est allée le chercher et c'est à ça que ressemble le véhicule du tueur.

Elle sort le dépliant de la compagnie et on voit le

véhicule. Marconi regarde attentivement en disant, c'est génial. La femme qui a vu le véhicule sur la route, vous savez les deux couples qui se dirigeaient dans la Capitale ?

— Les Leblanc, lui répond MAG.

— Oui, les Leblanc. La femme a dit que le véhicule ressemblait un peu à une ambulance. Ça peut ressembler à ça à cause de la forme du toit.

— Oui, poursuit Julie. J'ai l'impression que Madame Albert, même sous la pluie, aurait reconnu la marque du véhicule. Elle a l'œil très exercé.

— Parfait ! MAG, j'aimerais que tu te rendes chez les Leblanc et que tu leur montres quelques photos de vans dont celle que Madame Albert a aperçue. Vois avec eux si ça correspond. Maintenant, on sait que le type a une fourgonnette, qu'elle est noire et d'un modèle très précis.

— Julien, il faut que l'on trouve les gens qui ont acheté ce genre de véhicule cette année. On va faire le tour de tous les concessionnaires.

— Et si le type l'a achetée à l'extérieur ?

— Ça se peut, Julien. Ce qu'on va faire, c'est communiquer directement avec la maison mère. Je suis certaine qu'ils ont le nom de tous les acheteurs parce qu'ils doivent honorer la garantie. Ils ont un registre de tout ce beau monde-là.

— On se met à l'œuvre ? demande Julien.

— Aujourd'hui, ça va pas être possible parce que les garages sont fermés le dimanche, lui répond Julie.

— Non mais, tu es sûr qu'ils ne sont pas ouverts

le dimanche ? demande Marconi. Ils ont peut-être une section pour les urgences.

— Pas au niveau des registres. Non, crois-moi, tous leurs bureaux sont fermés et n'ouvriront pas avant demain matin.

— Dommage ! Demain, à la première heure, on téléphone à la compagnie, suggère Marconi.

— Maintenant, qu'est-ce qu'on fait ? demande Julie. Est-ce qu'on diffuse la nouvelle comme quoi on recherche une fourgonnette noire avec la description que Madame Albert nous a donnée ?

— Non, pas tout de suite car le gars pourrait nous échapper. Par contre, demain matin, en communiquant avec la compagnie, on devrait avoir un nom et une adresse. Gauvin veut faire un point de presse demain avant-midi et je dois le rencontrer demain à 7 h. D'ici à ce qu'il donne sa conférence, j'ai bon espoir que nous pourrons lui fournir un rapport assez précis. Elle saisit son téléphone et compose le numéro du portier, Bert Dugas. Elle lui pose la question s'il connait un client qui conduit une fourgonnette noire. Ça ne lui dit rien parce que l'hiver, il reste à l'intérieur du club et ne sort pratiquement pas. Déçue, elle coupe la communication. Elle les regarde et sourit à nouveau.

— J'aimerais donc que cette piste soit la bonne... Si on peut l'attraper au plus vite avant qu'il ne fasse une autre victime. Vous avez bien travaillé, tout le monde. Je suis contente. Vous pouvez rentrer chez vous. Soyez prêts à être appelés à n'importe quelle heure. Tout le monde se retire et elle retourne dans son bureau. Elle saisit des dossiers qu'elle révise tout en prenant des notes. Deschamps se pointe à sa porte.

— Tu travailles encore ?

— Je prépare ma rencontre avec Gauvin, demain matin.

— En as-tu pour longtemps ?

— Non, quelques minutes encore et je rentre.

— Si Catherine est partie, veux-tu que je te dépose ?

— D'accord, donne-moi quelques instants et j'arrive.

QUAND ON N'A JAMAIS
CONNU L'AMOUR...

Arnold est rentré chez lui, habité d'une énergie nouvelle. Il va devoir changer ses plans. Il rentre sa fourgonnette dans son garage et pénètre dans la maison. Il revêt une combinaison de travail et retourne dans le garage. Il ouvre les portes du véhicule et inspecte minutieusement l'intérieur. Il va chercher un seau d'eau chaude dans lequel il met quelques gouttes d'eau de javel et du savon. Il met la clé de contact et la musique qu'il aime tant emplit l'habitacle. Il lave tout le tableau de bord ainsi que les sièges. Il sort les tapis qu'il lave également. Il n'oublie pas les portières. Par la suite, il passe l'aspirateur et s'assure qu'il n'y a plus aucune trace. Cette tâche terminée, il sort de nouveau son véhicule dans l'entrée et verrouille les portes. Puis il retourne à l'intérieur. Il prend le couteau sur son établi et le lave dans le seau. L'eau de javel devrait effacer les dernières traces de sang en autant qu'il en ait resté. Il passe l'aspirateur sur le plancher de ciment et lorsqu'il a terminé, il lave à grande eau le plancher déjà impeccable. Il vide le contenu de son aspirateur dans un sac qu'il jettera dans une poubelle publique. Et il lave l'intérieur de l'aspirateur à l'eau de javel. Plus rien ne le rattache à la femme qu'il a laissée dans l'entrée du parc.

Il rentre à nouveau dans la maison et s'assoit à la table avec des revues d'art. Il aimerait bien trouver un modèle représentatif qu'il pourrait faire imprimer sur son nouveau véhicule. Il regarde, mais rien n'attire son attention. Il se lève et tourne en rond. Une seule chose pourrait le calmer et ce serait de sauter dans son camion et de rouler au hasard pour ensuite aller manger au restaurant (*oui, il peut encore manger*). Il se rend dans sa chambre et décide de s'habiller pour sortir. Il choisit une chemise Claudio Campione bleue et jaune ainsi qu'un chandail marine avec fermeture éclair au col de la même gamme européenne. Un pantalon de velours côtelé gris anthracite complète sa tenue. Il aime les vêtements décontractés qu'il a magasinés chez *Ernest*, via internet. Il prend son blouson de cuir d'agneau, Anthony of London, qu'il trouve sensuel au toucher. Il se regarde devant le miroir plein pied et trouve qu'il a de l'élégance et de la classe (*à chaque fois qu'il se regarde, après s'être bien habillé, il se fait toujours la même réflexion. C'est à croire qu'il arrive à se trouver de son gout!*). Il sort, prend le sac de poubelle, monte dans sa fourgonnette et part. Il est heureux. Il va rouler ainsi jusqu'en fin d'après-midi. Puis, tout à fait par hasard (*non, il n'y a jamais de hasard, ici, on parle de destin*), il voit une femme, sur le trottoir de l'autre côté de la rue, qui trottine très vite et qui entre dans un supermarché. Il rêve ou quoi? Il ne peut pas faire demi-tour et il cherche un endroit où tourner. Puis il vise une entrée de cour et sans signaler, braque à gauche et coupe une voiture qui venait en sens inverse. L'autre conducteur est très fâché (*et que croyez-vous qu'il fait? Un doigt d'honneur? Non, ce serait trop facile!*). Le type n'a pas aimé se faire couper la route, alors il klaxonne longuement en tapant sur son volant, rouge de colère. Arnold s'en fout, il a vu la femme. Il stationne et entre à toute vitesse dans le supermarché. Il parcourt les allées et tout au bout, il la voit qui tient une boite de conserve dans ses mains. Elle a mis des lunettes et est en train de lire l'étiquette. Il ne savait pas qu'elle portait des lunettes, car au club, elle ne les a jamais portées. Il s'approche.

— Salut, Pat!

Elle se retourne vivement et dès qu'elle l'aperçoit, elle lui sourit comme s'il était le bon Dieu (*pas tout à fait ça, mais on sent qu'elle est heureuse de le voir*). Elle rougit comme une gamine et lui, il est comme elle, un peu mal à l'aise. On dirait deux ados qui se rencontrent pour la deuxième fois parce que la première fois, ils étaient trop empêtrés pour se parler (*je sais, ça parait un peu fleur bleue tout ça, mais disons qu'ils sont très contents*). Elle ne perd pas de temps et lui fait la bise comme quand ils se voient au *Cowboy solitaire*.

— Je savais pas que tu portais des lunettes.

— Oh! C'est seulement pour lire. Elle les enlève illico. Je savais pas que tu demeurais dans le coin.

— Non, pas du tout! Je faisais juste un tour d'auto comme ça, pour passer le temps, et je t'ai vue qui entrais. Je me suis dit que ce serait bien de venir te saluer. Toi, tu demeures tout près ?

— Oui ! À une quinzaine de minutes à pied. Je voulais sortir de la maison et le supermarché est un prétexte. C'est fou, hein ?

— Non ! Je suis pas mieux, je faisais un tour pour sortir, moi aussi.

Ils sont là, tous les deux, et si ce n'était pas dans une réalité, on se croirait dans un film où plus rien n'existe autour d'eux. On pourrait entendre des violons et la caméra ferait un 360 degrés autour d'eux. Puis, ils s'embrasseraient à pleine bouche et le désir aidant, ils s'arracheraient leurs vêtements haut de gamme et feraient l'amour comme des bêtes dans la rangée des petits pois Lesieur (*bon ça suffit, les fantasmes ! Il ne faut quand même pas exagérer ou extrapoler davantage. Revenons à l'épicerie*).

— Ça te dirait d'aller prendre un verre ou un café ? As-tu le temps ?

— Oui, bien sûr... Je... pourquoi tu viendrais pas chez moi, c'est pas très loin. Depuis le temps qu'on danse ensemble, on pourrait bien faire plus ample connaissance. J'ai de la bière, du vin et du café. Ça te dirait ?

— Oui, volontiers.

— Je prends du poulet et je suis prête.

Ils sortent et elle monte dans la fourgonnette. Elle lui fait la remarque que ça sent drôlement le désinfectant et il lui répond qu'il aime faire le ménage parce qu'il faut que tout soit impeccable.

Elle lui sourit : « C'est fou ce qu'on se ressemble sur ce point-là ! »

Patricia demeure dans un petit appartement. C'est un quatre pièces très bien tenu. Il y a deux chambres dont l'une a été aménagée pour en faire un lieu de travail. La cuisine est éclairée et invitante. Tout est propre et à l'ordre. Arnold se sent bien dans cet appartement. Elle lui prend son blouson et constate qu'il est très élégant pour un gars qui n'est sorti que pour faire un tour d'auto. Elle lui en fait la remarque et il éclate de rire. Il regarde autour de lui.

— C'est petit, mais j'ai la paix pour travailler. Tu veux t'assoir dans le salon ou dans la cuisine ?

— Pas de différence !

— Je nous prépare des petits trucs à manger. Assois-toi à la table qu'on puisse jaser.

Elle sélectionne le disque de Patrick Norman, *L'amour n'a pas d'adresse*, sur son iPod et lui demande ce qu'il veut prendre. Il opte pour un verre de vin blanc. Elle prépare des trucs à grignoter et tous les deux portent un toast au hasard du dimanche après-midi. La musique est bonne ainsi que le vin et les conditions réunies sont idéales pour les confidences.

— Tu sais, Pat, j'ai repensé à ce voyage que tu veux faire à Nashville...

— Ouais, je sais que c'est fou ce que je t'ai dit l'autre jour. Oublie ça.

— Non, c'est pas fou !

— Ben oui, quand tu y penses. On se connait même pas et je te demande de m'amener à Nashville.

Je t'ai jamais demandé si tu étais marié, si tu avais des enfants. Je sais rien de toi à part qu'on a les mêmes gouts musicaux et qu'on aime les mêmes danses tous les deux. Mais en dehors de ça, rien. C'est la même chose pour toi. Tu me connais pas. Je pourrais être une voleuse ou une droguée.

— Non, je sais que tu es correcte.

— Qu'est-ce qui te fait dire ça ?

— Mon instinct. Je sais que tu es une bonne personne. Tu parles pas pour rien dire. Tu es discrète et t'es pas emmerdante. Je pense qu'on pourrait facilement faire ce voyage-là ensemble.

— D'ici à Nashville, en auto, c'est de la route. C'est pas à la porte. Il me semble que tu travailles, toi aussi. Est-ce que tu peux partir quand tu veux ?

— Oui, je suis à mon compte. Toi ? Je sais que tu es traductrice, alors peux-tu partir quand tu veux ?

— Oui et non. Si j'ai déjà commencé un contrat, non. Mais si je viens d'en finir un, c'est sûr que je peux.

— Tu vois, tout est possible. Il lève son verre et porte un deuxième toast au «tout est possible».

Et de façon naturelle, ils se mettent à parler de leur vie. Don (*elle, elle le connait sous le nom de Don, vous vous rappelez ?*) lui raconte que sa mère est décédée dans l'incendie de leur maison. Il lui avoue qu'elle buvait beaucoup. Il tait le fait qu'elle ramenait des hommes et surtout, il passe sous silence le rôle qu'il a joué dans le décès de sa mère. Il raconte les foyers d'accueil, son séjour dans l'armée et son désir de devenir quelqu'un. Patricia l'écoute les larmes aux yeux et déplore de ne pas l'avoir connu avant. Peut-être qu'elle aurait pu le protéger ! (*C'est une âme sensible et si elle pouvait enlever tous les chagrins des gens qu'elle aime, elle le ferait sans hésiter.*) Sa vie à elle a été moins tragique que celle de Don. Elle a eu une enfance heureuse au milieu de ses trois frères et de ses quatre sœurs. Ses parents sont toujours vivants et ils demeurent à une centaine de kilomètres de chez elle. Le reste de sa famille est pas mal aux alentours et tous s'entendent très bien. Don lui avoue qu'il aurait aimé avoir un frère, mais il n'a pas connu ça.

Le soir tombe doucement. Ils sont assis là, à la table de la cuisine et la bouteille de vin est terminée depuis un bon moment. Pat allume une lumière et constate qu'il est déjà 18 heures. Ils se font la réflexion que le temps a passé trop vite et se sourient. Il se lève et lui dit qu'il va partir.

— Tu veux pas manger avec moi ? J'ai acheté du poulet.

— J'ai rien apporté.

— C'est correct, t'avais pas à apporter quelque chose.

— J'aurais pu apporter du vin.

— Laisse faire, j'ai quelques bouteilles. Attends.

Elle regarde dans un placard et en ressort une bouteille de rouge. Elle la lui tend et lui demande de bien vouloir l'ouvrir. Elle regarde dans le frigo pour trouver des légumes.

313

— C'est bon pour toi ?

Il acquiesce et lui sert un verre de vin. Ils en prennent une gorgée et ils se regardent. Don prend le verre de Pat, le pose sur le comptoir et l'embrasse. Le baiser est doux et chaste puis les lèvres s'entrouvrent, fermant la porte aux derniers doutes.

Un peu plus tard, Don se rhabille. Il jette un regard sur Patricia gisant sur le lit. Il fait un geste pour la toucher puis se ravise. Comme il vient pour passer la porte, elle ouvre les yeux.

— Tu pars ?

— Oui.

— Tu veux pas passer la nuit avec moi ?

Il ne dit rien et elle allume une lampe. Elle lui tend la main et l'attire vers elle. Il s'assoit sur le bord du lit et lui caresse les cheveux.

— Don, je suis d'accord qu'on parte mardi. Je vais fermer mes dossiers et je pourrais être prête mardi matin.

— C'est vrai ?

— Oui, je suis sérieuse. Toi, tu peux partir ?

— J'ai des choses à faire, moi aussi, mais je serai prêt. Je suis content, Pat, qu'on fasse ce voyage ensemble. Tout va bien aller.

— Pourquoi tu dis tout va bien aller, tu avais des doutes ?

— Plus maintenant... plus maintenant. Et si je m'écoutais, on partirait cette nuit. On quitterait tout.

— Je crois que c'est plus sage qu'on attende mardi. Tu as mon numéro de téléphone. S'il y a des changements, tu m'appelles ? Tu sais que tu peux toujours changer d'idée.

— Y aura pas de changement mais si jamais tu le voulais, on pourrait partir même demain après-midi.

— Y a pas d'urgence, tu sais.

Elle le regarde et il a l'air triste.

— D'accord, je vais me dépêcher et on se téléphone demain en fin d'avant-midi pour voir où on en est.

Il l'embrasse, se lève et quitte la maison. Il monte dans sa fourgonnette et prend la route pour retourner chez lui. Dans sa tête, ses bagages sont déjà faits. Lui aussi, il n'a que des détails à régler et peut-être pourront-ils partir plus vite que prévu. À la radio, Patrick Norman chante « Quand on est en amour ». Il sourit et augmente le volume de la radio. Non, il n'est pas en amour. L'amour... il n'a jamais connu ce sentiment mais ce soir, il sait que Patricia et lui sont faits pour être ensemble. Leurs corps se sont reconnus et se sont parlés. Avec elle, il est prêt à aller jusqu'au bout du monde. Pour une fois, il se sent vraiment bien. Est-ce que c'est ça, le bonheur ? Comment savoir quand on ne l'a jamais connu...

C'EST TROP BEAU
POUR ÊTRE VRAI!

Marconi a passé la nuit seule, elle avait besoin de toutes ses heures de sommeil pour affronter une journée qui s'annonce chargée. Elle est debout depuis 5 h et elle vient de terminer ses exercices. Il lui reste encore un peu de temps pour se préparer un café et manger des céréales. Elle se doit d'être en forme et d'avoir les idées claires. Elle redoute sa rencontre avec Gauvin qui est plus à l'écoute des politiciens que de son personnel. Avec lui, elle a déjà connu des discussions orageuses quand il remettait en question ses méthodes. Encore une fois, ce matin, elle devra tenter de lui faire entendre raison et de les laisser, son équipe et elle, conduire l'enquête à leur façon.

Assise au comptoir, elle feuillette le journal (on devine les gros titres du style : MEURTRE CRAPULEUX) en prenant son café. À la radio, on parle du meurtre commis la veille et Beaulieu, l'animateur vedette, un homme qui aime la controverse, ne se gêne pas pour discréditer la police qui, selon lui, ne fait pas grand chose pour empêcher la violence qui sévit sur l'ensemble du territoire. Elle se dit que Gauvin écoute surement la station, et qu'elle en entendra parler lors de leur rencontre. Chose certaine, le directeur va se laisser influencer par ce qui se dit dans la rue. Elle ferme la radio devant l'idiotie de Beaulieu. Son téléphone sonne et Catherine lui demande comment elle va et si elle a bien dormi. Elle aussi vient d'écouter la radio et trouve injuste le traitement qu'on réserve aux forces de l'ordre. Elles parlent encore un peu puis Marconi raccroche. Le coup de téléphone de Catherine lui a fait du bien. Elle termine son café et se dirige vers sa chambre pour s'habiller. Elle quitte la maison à 6 h 30.

En arrivant au bureau, elle prépare le café et prend des notes pour ne rien oublier lorsqu'elle se retrouvera devant Gauvin. Elle n'a pas à relire les deux dossiers, elle les connait par cœur, et à 7 h tapantes, elle se présente chez le directeur général, Yves Gauvin. En pénétrant dans le bureau, elle sent la tension qui y règne déjà. Ce dernier la regarde et ne sourit pas. Il lui fait signe de s'assoir. Marconi hésite... Elle aimerait mieux rester debout, car elle connait bien le procédé d'intimidation utilisé par le directeur et elle n'aime pas ça. Dès qu'il est entré en fonction, il a fait hausser le siège de son fauteuil et a fait baisser le fauteuil en face de lui (*vous avez pigé ? eh oui, il domine la situation*). Elle n'est pas aussitôt assise qu'il prend la parole.

— Vous avez écouté la radio, ce matin ?

Elle fait signe que oui.

— Les gens sont inquiets et avec raison. Deux meurtres en 24 heures, j'imagine qu'il va y en avoir un autre aujourd'hui.

— J'espère bien que non, lui répond Marconi.

— J'ai eu le ministre de la Sécurité publique au téléphone et il est très préoccupé par la violence qui règne sur notre territoire. Il veut des explications et surtout des résultats quant aux enquêtes que nous menons.

— Nous aussi on veut des résultats et on y travaille.

— Vous y travaillez! Vous y travaillez! C'est bien beau, mais il y a quand même eu un deuxième meurtre hier et... et dans l'entrée du parc des Vétérans, en plus! Vous savez qu'il y a des enfants qui jouent dans ce parc-là? Croyez-vous qu'ils sont en sécurité? Enverriez-vous votre enfant jouer...

Il n'achève pas sa phrase, car il vient de penser au garçon de Marconi.

— Excusez-moi, je m'emporte... Il y a un tueur qui rôde... Plus personne n'est à l'abri. J'ai appris qu'il y a un inspecteur de la Capitale qui est venu. Vous avez demandé de l'aide de l'extérieur? Comment se fait-il que vous ne m'ayez pas prévenu? Marconi, depuis le temps, vous devriez savoir que s'il y a une chose que je déteste, c'est bien d'être mis au courant après tout le monde!

— Monsieur, je n'ai pas demandé d'aide de l'extérieur. Quand l'inspecteur Dupuis a su qu'une femme avait été assassinée, il nous a téléphoné pour vérifier certains détails. À la lumière de ce que nous lui avons dit, il a décidé de venir nous voir pour partager des informations. Il semble que nous ayons affaire au même tueur, du moins à quelqu'un qui a le même mode opératoire. Il nous a donné des dossiers provenant des États-Unis où des meurtres semblables ont été perpétrés. Et avec le meurtre qui a été commis dans la nuit de samedi, nous croyons que nous avons affaire à un tueur en série.

— Vous êtes sérieuse ? Qu'est-ce qui vous fait dire ça ? Pourquoi dites-vous que ce serait le même tueur ? Est-ce qu'il y a des indices qui vous permettent de rattacher ces deux meurtres à une seule personne ?

— Il y a un détail très important que le public ignore. Les victimes aux États-Unis comme celles d'ici ont toutes eu le majeur coupé et inséré dans le vagin. Nous avons affaire au même tueur.

— On n'avait pas besoin de ça, dit-il songeur. C'est encore plus grave que je ne le pensais. Avez-vous des pistes ?

— Je crois que nous tenons quelque chose. Dans la nuit de samedi, une femme a vu un véhicule se stationner dans le parc, et elle nous en a fait une description très précise. Nous croyons qu'il s'agissait du tueur.

— Elle a vu le tueur ?

— Non, il faisait trop sombre mais elle a pu nous donner une description précise du véhicule. Nous sommes allés chez les autres témoins qui avaient vu une voiture arrêtée derrière celle de la victime de vendredi et il semblerait que c'est le même modèle. Hier, c'était dimanche alors nous n'avons pas pu communiquer avec le concessionnaire pour connaitre le nom du client.

— J'imagine qu'il doit y en avoir beaucoup des autos comme celle que vos témoins ont vues... Et des concessionnaires, il y en a en masse, sans compter les véhicules usagés.

— La fourgonnette est neuve. Il s'agit d'un véhicule de service, un Dodge Ram Promaster noir. Il est de l'année 2015 et nous allons communiquer avec le constructeur pour obtenir les noms des clients qui ont acheté ce type de véhicule. Ça va réduire considérablement notre champ de recherche.

Gauvin digère l'information qu'il reçoit et ne dit pas un mot. Il réfléchit.

— J'ai une conférence de presse à 11 h. Je dois absolument rassurer la population et calmer les autorités tant municipales que provinciales. J'imagine qu'il y a des choses que je ne peux pas dire. Je dois téléphoner au bureau du ministre pour l'informer des développements.

— J'aurais préféré qu'il n'y ait pas de point de presse si tôt. J'aurais attendu.

— Impossible, la pression est trop forte. Tout le monde a besoin d'être rassuré.

— C'est embêtant... Je crois que ce que le témoin a vu fera en sorte que nous allons avancer beaucoup plus vite que nous ne le pensions. Dès que nous aurons les renseignements que nous cherchons, je vais vous prévenir. Mais pour le moment, rien ne doit filtrer. Si jamais nous ne pouvons pas obtenir un nom en communiquant avec Chrysler, vous pourrez dire aux journalistes la marque de véhicule que nous recherchons. Pas avant, d'accord ?

— Et le meurtre de vendredi ?

— C'est la raison pour laquelle nous recherchons ce genre de véhicule. Je vous l'ai dit tout à l'heure, il y a un couple qui nous avait donné une description semblable.

— Bon ! À ce que je vois, vous n'avez pas perdu trop de temps. Si vos résultats ne donnent rien d'ici 24 heures, je vais devoir prendre des décisions et vous ne les aimerez pas.

— Monsieur, nous avons une équipe des plus compétentes. Vous savez que nous avons déjà résolu bien des meurtres avant ceux-là, et les inspecteurs n'ont pas arrêté de la fin de semaine pour trouver des pistes. Faites-nous confiance. Je vous fais un rapport avant votre point de presse pour que vous ayez l'heure juste.

— D'accord, mais je veux des résultats ! J'ai une réunion avec des cadres tout à l'heure. Dès que vous avez des nouvelles, n'hésitez pas à venir nous déranger.

Marconi quitte le bureau du directeur et passe devant le bureau de Catherine. La porte est ouverte mais elle n'est pas là. Elle rejoint son équipe qui est déjà en place. Elle n'est pas déjà assise avec eux que son portable sonne. Raymond Dupuis est en ligne et veut savoir si c'est la même personne qui a frappé à nouveau. Elle lui confirme l'information mais ne parle pas du véhicule. Elle a bien l'intention d'avoir les coudées franches sans que des gens de l'extérieur viennent lui dire comment procéder. Elle l'assure que dès qu'il y aura des développements, elle lui téléphonera. Non, il n'est pas nécessaire qu'il se déplace pour le moment et elle lui répète que c'est elle qui lui téléphonera.

La veille, le dimanche soir, MAG avait téléphoné à Marconi pour lui donner un compte rendu de sa visite chez les Leblanc. Il leur avait montré plusieurs photos du véhicule. La femme avait pointé celle identifiée par Madame Albert en disant que ça lui ressemblait beaucoup. Elle ne pouvait rien affirmer à cause de la pluie. Tous les deux, elle et son mari, trouvaient des ressemblances.

— Je crois que nous sommes sur la bonne piste, dit MAG. Une chance que la vieille était dans la fenêtre.

— Madame Albert, MAG, elle s'appelle Madame Albert et si nous résolvons cette enquête, ce sera grâce à elle. Étant donné que tu es dans le domaine des voitures, tu t'occupes de téléphoner chez Dodge ou Chrysler, enfin tu vois ce que je veux dire.

— En venant au bureau, tout à l'heure, je suis passé devant un concessionnaire Dodge/Chrysler et je suis entré voir s'ils avaient vendu ce genre de véhicule, cette année. Aucun. Ils n'en n'ont vendu aucun. Il n'y en avait même pas dans leur cour. Le vendeur m'a dit que quand un client voulait s'en procurer un, il le commandait en se basant sur les dépliants.

— C'est bon, Julien, c'est très bon. Si on peut avoir nos renseignements, on va avancer. Toi, Julie ?

— Je viens de recevoir un appel de Simard et le rapport d'autopsie est prêt. Je pars le chercher. Je ne crois pas que ça va nous en dire plus, mais on ne sait jamais.

— Je sais que nous ne pouvons pas nous réjouir trop vite, mais nous avons deux détails très importants. Primo nous savons la marque de son véhicule et secundo, notre tueur porte un jonc à l'auriculaire droit. Cette fois, je crois que la chance est avec nous, dit Marconi.

— Comment s'est passée ta réunion avec Gauvin ?

— Bien ! Il subit la pression des autorités et je ne sais pas si vous avez écouté la radio, ce matin, mais Beaulieu ne nous donne pas de chance.

— Oui, c'est un con, poursuit Julien. Il dit n'importe quoi pour se faire du capital politique. On le sait, la rumeur veut qu'il se présente aux prochaines élections fédérales. C'est un populiste qui aime la controverse et ce qu'il dit n'est pas toujours très intelligent.

— N'empêche qu'il a de grosses cotes d'écoute et qu'il en profite. Gauvin l'a écouté et il veut des résultats. Il donne une conférence de presse à 11h.

— Je n'aime pas ça quand il insiste pour donner des points de presse, confesse MAG. Je crains toujours qu'il dévoile des détails qui pourraient nous nuire.

— Moi aussi. J'espère seulement qu'il sera prudent. Je vais dans mon bureau et dès que tu as quelque chose, rapplique.

Julie revient avec le rapport de l'autopsie et comme elle l'avait pressenti, il n'y a rien qui puisse les aider. Chacun retourne à son travail et les heures s'écoulent. Puis, vers 9 h 45, MAG arrive à toute vitesse. Il a une liste de noms de gens qui ont acheté un véhicule comme celui qu'ils recherchent. En plus d'avoir les noms, il a les adresses. L'équipe regarde l'écran. Il y a bien une trentaine de noms.

— C'est beaucoup, souffle Julie.

— Oui mais commençons par ceux qui se trouvent dans la région immédiate. Il y en a combien... onze ? C'est déjà mieux, dit Marconi.

— Oui, il y en a sept qui sont blanches et nous, on cherche une noire et des noires, il n'y en a que quatre, dit MAG.

— On procède comment ? demande Julien. On prend chacun un nom et on leur téléphone ? On va les voir ?

— Personne ne doit se rendre seul chez le gars, intervient Marconi. Il a déjà tué au moins 5 personnes et peut-être plus. On ne le sait pas. Il est dangereux et on ignore ce qu'il peut faire s'il se sent coincé. Il faut des équipes prêtes à intervenir. Julien, tu t'en occupes. Autre chose, la fourgonnette n'est pas identifiée avec de la publicité, alors si le propriétaire a personnalisé la sienne, ce n'est pas lui.

— Je sais où on fait faire ce genre de choses, dit Julie. Je m'en occupe tout de suite.

— Parfait ! Je dois voir Gauvin et j'en ai pour quelques minutes. Je veux avoir les numéros de plaques d'immatriculation de tout ce beau monde.

— Si on leur téléphonait sous un prétexte quelconque pour savoir où ils sont présentement ? demande Deschamps. Il se peut qu'ils soient au travail.

— Feu vert ! Vous êtes les meilleurs. Je reviens.

Marconi court vers le bureau de Gauvin. Le bureau est vide et la porte de la salle de réunion est fermée. Elle frappe et la secrétaire vient ouvrir. Dès qu'elle voit l'inspecteure, elle l'invite à entrer. Ils sont six assis autour de la table. Marconi aperçoit Catherine du coin de l'œil.

— Marconi, lance Gauvin, avez-vous des bonnes nouvelles à nous apprendre ?

— On a une piste très sérieuse et nous nous préparons à aller interroger des gens qui possèdent le même véhicule que nous recherchons. Vous savez, celui dont je vous ai parlé ce matin.

— Oui, oui. Vous l'avez retrouvé ?

— En fait, sur notre territoire, il y a 4 personnes qui en ont acheté un, exactement comme celui qui a été aperçu par nos témoins.

— Arrêtez-les !

— On ne va pas tous les arrêter, on va les interroger. À votre conférence de presse, ne dites pas quelle marque de véhicule nous recherchons. Ça pourrait faire fuir notre suspect.

— Je vais être évasif. Dites-moi seulement que ça avance.

— Oui, Monsieur. Il faut que j'y aille. Elle tourne

les talons et sort avant même que Gauvin ait pu ajouter un mot.

Quand elle revient vers son équipe, la situation a évolué à la vitesse grand V. Les inspecteurs sont fébriles et on sent une certaine nervosité.

— J'ai quelque chose, Mama. J'ai téléphoné à l'atelier «Au bo char».

— Tu es sérieuse, ça s'appelle vraiment comme ça?

— Oui, Madame, et c'est à ce qu'il paraît, l'endroit où on fait le meilleur travail. Ce sont des spécialistes. J'ai eu le patron au téléphone et je lui ai posé la question. Ils ont effectivement fait deux fourgonnettes, une pour une papeterie et l'autre pour une entreprise de climatisation. Il y a quelqu'un qui avait pris rendez-vous pour cette semaine. Il a annulé ce matin parce qu'il doit se rendre à l'extérieur, un voyage qu'il n'avait pas prévu, selon ce qu'il a dit.

— Est-ce qu'il est sur notre liste? demande la patronne.

— Oui. Il s'appelle Donald Grant et c'est un électricien.

— Un électricien, ça travaille avec des fils électriques! *(Non, cette réplique-là non plus n'est pas arrangée avec le gars des vues.)* C'est trop beau pour être vrai, non? demande Deschamps.

— Ça se pourrait que cette fois-ci, on ait de la chance. On a l'adresse de cet électricien et un numéro de téléphone?

— Oui!

— La quatrième fourgonnette ?

— Jean-Denis Savoie. C'est un policier et il travaille ici. Il est en service présentement.

— Julien, tu le retrouves et tu lui parles. Je reviens à l'électricien. Julie, tu peux trouver quelque chose sur lui ?

— Je m'y mets tout de suite.

— Lui, il devient notre priorité surtout s'il a des projets de voyage (*si la tension est trop forte, on peut prendre une pause parce que ce qui va suivre ira très vite, d'où le titre du chapitre suivant !*).

ÇA SE CORSE,
ALORS ON ATTACHE SA TUQUE!

Le policier Jean-Denis Savoie n'a rien à voir avec l'enquête. Sa fourgonnette neuve est au garage depuis jeudi. Il fait installer une plate-forme amovible pour le fauteuil roulant d'un de ses fils handicapés. Ne reste donc que Grant. Et parlant de lui, Julie a des petites nouvelles pour l'équipe (*Quand on dit que cette jeune femme est douée pour l'informatique, c'est presque un euphémisme. Elle est carrément géniale*). Sur un écran géant, elle leur montre un dossier sur le suspect.

— Donald Grant est le fils de Lucette et de James Grant. Le père est mort à la naissance du petit et quant à la mère, elle est décédée dans l'incendie de sa maison. L'enfant avait 13 ans lorsque ce drame est survenu. Selon le rapport, c'était une alcoolique qui buvait beaucoup. Elle se serait endormie avec une cigarette et le feu se serait propagé. À l'arrivée des pompiers, la maison s'est effondrée et ils ne pouvaient plus rien pour elle. Ils ont retrouvé le corps dans les décombres le lendemain matin.

— Et le garçon, il était là ? demande Marconi.

— Oui, mais il n'a rien eu. Les policiers l'ont retrouvé dans la remise et l'ont interrogé. Il disait s'être réfugié là parce que, quand sa mère est rentrée, elle était saoule et l'avait menacé. C'est la raison pour laquelle il n'était pas dans la maison lorsque le feu a pris. Les policiers ont retrouvé des couvertures sur le plancher de la remise. Il semble qu'il y couchait souvent.

— Oui mais quand le feu a pris, il n'a rien vu, rien senti ? s'informe Mama.

— Rien ne l'indique dans le rapport. Par la suite, Donald est passé d'un foyer d'accueil à un autre. Plus tard, à l'âge de 18 ans, il est entré dans l'armée. Il n'y est pas resté longtemps. En fait, il est resté le temps d'apprendre le métier d'électricien. Il a travaillé... attends... j'ai la liste ici, tu peux voir, il a travaillé un peu partout au Canada et pour différentes compagnies, et maintenant il travaille à son compte.

— Est-ce qu'il a travaillé aux États-Unis ?

— Rien ne l'indique.

— Beau travail, Julie. Tu pourrais également éplucher ses comptes bancaires ?

— Dis-toi que c'est comme si c'était déjà fait.

— Julien, il faut savoir si Grant est chez lui ou s'il est déjà parti.

— Je vais l'appeler et lui dire que j'ai un problème avec mon panneau électrique. Il compose le numéro et après 4 sonneries, l'autre répond. Deschamps a mis le hautparleur.

— Oui ?

— Est-ce que je suis chez D.G. Électricien ?

— Oui.

— Je pense que j'ai des problèmes avec mon panneau électrique parce que le courant coupe constamment. Je me demandais si vous pouviez venir voir c'est quoi le problème.

— Je suis désolé, Monsieur, il va falloir appeler quelqu'un d'autre parce que je pars pour l'extérieur demain matin.

— Vous partez pour longtemps ?

— Écoutez, je peux pas y aller, appelez quelqu'un d'autre, je suis pas disponible. Au revoir. Et il raccroche.

— Il a l'air bien correct, dit Deschamps, et très poli. Ce n'est peut-être pas notre homme.

— Il part demain matin, relève Marconi. J'ai besoin de quelqu'un qui puisse surveiller notre gars pour ne pas qu'il nous file entre les doigts. On ne sait pas s'il était chez lui quand il a répondu ou s'il était ailleurs.

— Il était chez lui, c'est le numéro inscrit dans l'annuaire. Quoique ça ne veut rien dire, c'est peut-être un numéro de portable. J'envoie quand même quelqu'un, dit Julien. Est-ce qu'on a une photo de lui ?

— Je te sors celle qui est sur son permis de conduire.

Quelques secondes plus tard, elle lui remet une photocopie pour qu'il la transmette à l'équipe de surveillance.

— MAG, dit Marconi en regardant dans sa direction, tu as les enregistrements du bar de samedi soir. Peux-tu les visionner et dès que tu as les images où l'on voit Grant, tu les isoles. Je veux voir s'il était près de Cindy et s'il lui a parlé. On verra aussi le barman et le portier s'ils peuvent nous en dire quelque chose. Nous allons obtenir un mandat pour fouiller son auto et sa maison.

Catherine se pointe au bureau de Marconi. Elle revient de la conférence de presse de Gauvin.

— Puis, comment s'est-il débrouillé ? Il n'en a pas trop dit ? s'informe Marconi.

— Un vrai politicien. Il a louvoyé en disant qu'il avait le contrôle de la situation et qu'il gérait.

— Tant mieux !

— Dis-moi, c'est vrai que tu as quelqu'un dans ta mire ?

— Oui et il va nous falloir un mandat.

— C'est du sérieux ?

Marconi lui explique les grandes lignes.

— Je veux bien croire en ta théorie, cependant, c'est un peu mince pour arrêter le gars. Il n'y a pas un juge qui va te donner un mandat pour ça. Tu ne peux pas te baser uniquement sur la parole d'une femme qui dit qu'elle a vu une fourgonnette...

— C'est la sienne ! Il n'y en pas 25 000 dans la région. Un mandat et on recueille la preuve qu'il nous faut.

MAG demande à Marconi de venir jeter un coup d'œil sur les enregistrements. L'image est arrêtée sur un type coiffé d'un chapeau de cowboy qui tend le bras pour prendre une bière tendue par Jack.

— Regarde, crois-tu que c'est lui ? Regarde attentivement... C'est vrai qu'il a un chapeau, mais je suis certain que c'est lui.

— C'est lui ! Il était là, Donald Grant était au club, dit-elle en regardant Catherine.

— Ne va pas trop vite, est-ce qu'on peut voir à qui il parle ? Non, ce n'est pas Cindy, constate Julien.

— Non, cette femme-là est rousse. Il a l'air de la connaitre, il lui tient l'épaule.

Marconi se tourne vers Catherine.

— D'accord, dit Mongeau, je m'occupe du mandat. J'espère que c'est le bon !

— Tu as confiance en moi, n'est-ce-pas ?

Catherine opine de la tête.

— Il faut vraiment qu'on lui parle avant qu'il ne disparaisse dans la nature...

— Allez le chercher, dit Catherine, et interrogez-le.

— Julien, prends des hommes et ramène-le ici. MAG, va voir le barman et le portier et questionne-les sur Grant. C'est un habitué du club et ils devraient être en mesure de nous en dire plus. Je veux savoir qui est cette femme qu'il tenait par les épaules. C'est peut-être sa petite amie. Elle les quitte et se rend dans le bureau de Julie. Elle est assise devant son écran, lui montre les transactions effectuées durant les derniers jours.

— Tu as vu ça, il a déposé un chèque de 250 000 $. C'est surement un héritage, car ici, il y a des dépenses rattachées à une maison funéraire.

— Quand tu as fait les recherches sur lui, tu as trouvé de la famille ?

— Non, il n'a plus de parents depuis longtemps et n'a jamais eu ni frère ni sœur. À 13 ans il était orphelin.

— Oui je sais. Il aurait pu avoir de la famille parce que s'il vient d'hériter, c'est qu'il avait de la famille quelque part.

— Tu as raison, rétorque Julie. Je communique avec la maison funéraire.

Plus tard, Marconi se rend au garage où on a remorqué le véhicule de Grant. Elle s'approche d'un technicien qui vient de sortir de la voiture.

— Le gars a lavé la cabine avec de l'eau de javel. Il y a des empreintes sur la poignée de porte et sur la poignée à l'intérieur. Rien, en arrière. C'est vraiment très, très propre. Le gars est maniaque de la propreté ou il a voulu faire disparaitre toutes traces d'indices. Luc est parti porter les empreintes retrouvées dans l'auto et vous allez savoir assez vite à qui elles appartiennent, si votre homme est fiché.

— Merci Jean! Elle tourne les talons et au même moment, son portable sonne.

Julien arrive avec le suspect.

ON NE PIÈGE PAS
UN RENARD RUSÉ!

Donald Grant, impassible, est assis dans la salle d'interrogatoire. Il n'arrive pas à comprendre comment on a pu remonter jusqu'à lui. Il n'a pas commis la moindre erreur, il en est certain. Rien ne peut le rattacher au crime dont on le soupçonne.

Dire que la journée s'annonçait parfaite. Le matin, il s'était levé avec le gout du bonheur dans la bouche. Il avait repensé à sa soirée avec Pat. Pat avec qui il partirait en voyage. Il lui avait téléphoné en s'excusant de l'appeler si tôt, mais il désirait entendre sa voix. Elle avait ri et il avait adoré son rire. Puis elle lui avait dit qu'elle aimerait le voir là, tout de suite. «Oui, tout de suite, j'ai envie de remettre ça». Il n'avait pu résister à l'appel de la sirène et s'était rendu chez elle. À nouveau ils avaient fait l'amour, et à nouveau ils s'étaient dits qu'ils étaient faits l'un pour l'autre. Pat ne pouvait pas partir aujourd'hui, par contre demain, dès l'aube, elle serait prête. Lui aussi.

Il était retourné chez lui et avait annulé ses rendez-vous pour l'installation des caissons et le lettrage du véhicule. Il ferait personnaliser sa fourgonnette au retour. Pat et lui trouveraient peut-être l'inspiration durant leur voyage et le dessin serait à la fois original et esthétique. Puis, il avait travaillé dans sa paperasse et réglé ses factures. Il ne lui restait plus qu'à préparer ses bagages. Et c'est à ce moment-là, au milieu de la journée, qu'on avait sonné à sa porte. Des policiers lui avaient lu ses droits et l'avaient amené au poste comme un vulgaire criminel. Ils n'allaient quand même pas lui gâcher son voyage !

Derrière la vitre, Marconi l'observe depuis qu'il est arrivé au poste... Elle l'a déjà vu... Son visage lui dit quelque chose... Tout à coup, ça lui revient... Elle l'a croisé au restaurant *Chez Jos*. Rita ne le trouvait pas sympathique et le craignait.

Son avocat est arrivé et a demandé à s'entretenir seul avec son client. Au bout de quelques instants, Marconi et son adjoint pénètrent dans la salle d'interrogatoire. Munie de son dossier, c'est elle qui mènera l'interrogatoire. Le présumé criminel et elle se regardent. Lui aussi la reconnait. Elle se présente et Deschamps fait de même. Tout de suite l'avocat prend la parole pour dire qu'il y a erreur sur la personne et que son client doit être relâché. Marconi lève la main pour le faire taire.

— Maitre, nous avons des raisons de croire que votre client est impliqué dans la mort de Cindy Desrochers, survenue dans la nuit de samedi. Pour les fins d'enregistrement, je vais vous demander de décliner votre nom et adresse. Grant s'exécute et Marconi nomme les gens présents dans la salle. Derrière la vitre, Gauvin, Catherine, MAG et deux autres policiers suivent l'interrogatoire. Quant à Julie, elle est devant son ordinateur et travaille à la vitesse de l'éclair. Elle veut tout savoir de cet homme et elle le saura.

— Monsieur Grant, est-ce qu'on peut savoir où vous étiez, samedi soir ?

— Vous faites erreur sur la personne, inspecteure.

— Est-ce que vous voulez répondre à ma question ?

Il regarde son avocat et ce dernier lui fait un signe de la tête.

— J'étais allé danser dans un club, *Le cowboy solitaire*. Habituellement, j'y vais tous les samedis soirs.

— Vous y êtes allé seul ?

— J'y vais toujours seul.

— Est-ce que vous connaissiez Cindy Desrochers ?

— Ce nom me dit rien.

— Cette femme était dans ce club, elle aussi, samedi soir.

— Le club était plein et je parle jamais avec les gens, je danse.

— Vous dansez seul ?

— C'est l'avantage des danses en ligne. On peut passer la soirée à danser tout seul. Vous dansez, inspecteure ?

— Vous ne parlez à personne lorsque vous êtes là ?

— Je danse.

— Vous avez passé la soirée à danser et à quelle heure avez-vous quitté le club ?

— À la fin, quand ils ont allumé les lumières.

— Et en quittant, où êtes-vous allé ?

— À la maison.

— Vous étiez seul ?

— Oui. (*S'il n'est pas tellement coopératif c'est parce qu'il surveille ses arrières.*)

— D'accord. En retournant chez vous, avez-vous aperçu une femme sur le bord de la route qui marchait ?

— Non !

— Vous n'avez rien vu ?

— J'aurais dû ?

— Il y a des gens qui disent avoir aperçu votre fourgonnette à l'entrée du parc des Vétérans dans la nuit de samedi.

— Ça, j'en doute.

— Vous doutez de quoi ?

— J'étais pas là.

Même lorsqu'elle a prononcé le nom du parc, il est resté imperturbable. Elle le regarde attentivement. Il a un tel contrôle de lui-même qu'elle sent que rien ne sera facile avec lui. Mais elle aussi en a vu d'autres et elle n'est pas pressée. Alors elle continue de lui poser des questions et lui, il continue de la fixer toujours intensément. Au fond de lui-même, il se dit qu'elle ne pourra rien contre lui et qu'il s'en sortira comme il s'en est toujours sorti. Il sait comment ça se passe dans les interrogatoires.

— Vous projetiez de partir en voyage, où comptiez-vous vous rendre ? En entendant ces mots,

Donald a un léger clignement des paupières, à peine perceptible, mais qui n'échappe pas à Marconi.

— Je répète ma question, vous comptiez aller où ?

— Dans le Tennessee.

— Vous y alliez seul ?

— Non, avec une amie.

— Le nom de cette amie ?

— Inspecteure, j'ai rien à voir avec ce meurtre et tous les deux, nous perdons notre temps.

— Vous savez... MAG entre dans la salle et demande à Marconi de sortir quelques instants. Elle se lève et lorsqu'elle sort, elle fait face à Catherine et à Gauvin, tous les deux l'interrogent du regard.

— Je sais que c'est lui. C'est son véhicule que le témoin a vu et il porte un jonc à l'auriculaire droit.

— Souhaitons que vous ayez raison, lui dit Gauvin.

— Je sais que j'ai raison. Du nouveau, MAG ?

— J'ai parlé avec les gars du club. La femme avec qui Grant danse le samedi soir s'appelle Patricia Curry. Elle est traductrice pigiste. J'ai son adresse et son numéro de téléphone.

— Parfait ! Tu t'occupes d'elle !

— J'y vais tout de suite.

Julie lui fait signe de venir dans son bureau et elle lui donne tous les renseignements trouvés relatifs à l'héritage reçu. Marconi enregistre toutes les informations puis retourne dans la salle. Durant près d'une heure, elle continue d'interroger Grant et ses réponses ne permettent pas de le rattacher au meurtre de Cindy Desrochers. Marconi se lève en leur disant que l'interrogatoire est terminé pour le moment et l'avocat demande si elle peut relâcher son client.

— Vous savez bien que non, Maitre. Demain après-midi, il pourra se présenter devant le juge. En attendant, nous le gardons.

L'avocat n'est pas de bonne humeur mais il sait que l'inspecteure est dans son droit. Grant veut protester mais finalement ne dit rien. Marconi demande à un policier de le conduire dans une cellule.

En fin de journée, Marconi est assise dans son bureau et se frotte les tempes. Elle ressent un début de mal de tête. Elle se rend compte qu'elle n'a pratiquement rien mangé de la journée et n'en a jamais ressenti le besoin. Mais là, elle pense qu'elle aimerait bien manger quelque chose et se dit que son équipe ressent certainement le même besoin qu'elle. Elle sort de son bureau et demande si quelqu'un veut du poulet, elle en commanderait pour tout le monde. Enfin, une pause, soupire Julie. En attendant la livraison, Marconi se rend dans le bureau de Catherine. Cette dernière lève les yeux et l'interroge du regard.

— Tu es fatiguée, tu veux prendre une pause ?

— Non, je n'ai pas le temps.

— Tu as mangé, aujourd'hui ?

— Non, j'ai un peu grignoté mais je viens de commander du poulet pour l'équipe. On va manger et on va continuer à travailler tout de suite après.

— Ton suspect est coriace, j'espère que tu vas réussir à le coincer !

— Oui. Il est très en contrôle de lui-même. Mais vois-tu, je suis comme la chatte et lui, c'est la souris. J'ai de la patience et j'attends. Je vais l'avoir. Toi, tu fais quoi, ce soir ?

— J'assiste à un souper donné par un regroupement féministe. Je dois parler des femmes œuvrant dans des métiers non traditionnels. Je rêve du jour où il n'y aura plus de différences entre les sexes. Je t'en reparle une autre fois. Je ne crois pas que je te verrai en fin de soirée, à moins que tu insistes.

— Non, mais je te tiens au courant des développements. Bon souper, ma chanceuse !

Lorsqu'elle revient dans son bureau, Julie lui dit de venir dans la salle, la commande est arrivée. Elle s'y rend et les autres ont déjà commencé à manger. Tout est silencieux, chacun mange sans parler. Quand ils ont terminé, MAG ramasse les assiettes et Julie passe un linge sur la table. Marconi s'étire et pense qu'elle aimerait bien sortir courir. De l'air frais lui ferait du bien.

— Ça vous dirait de venir marcher un peu dehors, ça nous aèrerait le système et on serait en mesure de mieux travailler, ce soir.

— Non mais ! tu vas pas nous demander ça, il fait -15°, sans compter le refroidissement éolien ! dit Julien.

— D'accord, vous me donnez 30 minutes, je prends l'air et je reviens. Je ne pourrai pas continuer à travailler si je ne sors pas d'ici, quelques minutes. Profitez-en pour vous dégourdir à votre façon.

Dès qu'elle est rendue sur le trottoir, elle commence à courir. Elle est dans son élément et elle court pendant 30 minutes comme elle leur avait promis. Quand elle rentre, elle est rouge, un peu essoufflée, et elle se sent beaucoup mieux pour aborder le dossier Donald Grant. En pénétrant dans la salle, elle remarque la consternation et la déception sur les visages de son équipe.

— Il s'est passé quelque chose ?

— On n'a pas une bonne nouvelle. Les gars n'ont retrouvé aucune trace de la présence de Cindy ni de Liliane Demers dans la voiture de Grant. Le salaud a vraiment tout nettoyé et à l'eau de javel, s'il vous plait !

— Ça ne se peut pas, peste Marconi. Il y a forcément quelque chose.

— Peut-être que ce n'est pas lui, notre tueur. Même dans son garage et dans sa maison, il n'y a rien. Les gars ont dit que c'était tellement propre qu'on pourrait manger sur son plancher. Et tiens-toi bien, même l'intérieur de sa balayeuse a été passé à l'eau de javel. Il n'y a plus rien.

— Vous trouvez ça normal que tout soit si propre ? Pourquoi un gars nettoierait-il son garage et sa voiture avec de l'eau de javel si ce n'est que pour effacer des indices ? Vous êtes sûrs qu'il n'y avait rien dans le camion ? insiste Marconi.

— Il y avait des empreintes qui n'appartenaient à aucune des victimes.

— Il y a un truc qui ne colle pas !

Marconi se lève et fait quelques pas en direction de la fenêtre. Elle regarde à l'extérieur puis se tourne vers son équipe.

— MAG, as-tu vu l'amie de Grant ?

— Patricia Curry ? Oui ! À tous les samedis soirs, elle se rend au *Cowboy solitaire* et elle y rencontre Grant. Ils dansent toute la soirée jusqu'à la fermeture. Ils prennent une dernière bière ensemble puis partent chacun de leur côté. Ils ne se voient jamais en dehors du samedi soir, sauf hier. Ils se sont rencontrés par hasard à l'épicerie et elle l'a ramené chez elle. Ils ont parlé, mangé et décidé de partir en voyage jusqu'à Nashville, mardi matin. Un genre de voyage initiatique pour des amants de la musique country. J'ai vu le barman et lui aussi semble dire la même chose, ces deux-là parlent à peine, ils ne font que danser et à la fin de la soirée, chacun part de son côté. Le portier a été surpris que l'on soupçonne Grant, car selon lui, c'est un très bon gars, discret et poli. Un type tranquille qui ne cause pas de trouble. Il ne se souvient pas de l'avoir vu aborder Cindy et n'a jamais vu Liliane Demers au club. Non, la seule à qui il parle est Patricia Curry.

— Il y a quelque chose qui ne colle pas, dit Marconi.

— J'ai demandé à Patricia Curry si elle était déjà montée dans la voiture de Grant. Elle m'a répondu oui puisqu'il la ramenée chez elle, dimanche après-midi. Je lui ai demandé si elle avait remarqué la propreté de la fourgonnette. Elle a dit oui et même qu'elle lui a fait la remarque comme quoi ça sentait l'eau de javel. Il lui a répondu qu'il aimait que tout soit impeccable. Elle n'était pas surprise outre mesure puisqu'elle est comme lui. Elle aime que ce soit propre autour d'elle (*parions que ce détail doit beaucoup plaire à Marconi*). Je lui ai demandé s'ils étaient amants et ça l'a embarrassée. Finalement, elle m'a avoué qu'ils ont fait l'amour pour la première fois hier et qu'à la suite de ça, ils ont décidé de concrétiser leur projet de voyage ensemble. (*Non, elle n'a pas parlé du matin parce qu'elle avait peur que l'inspecteur se fasse une fausse idée d'elle, qu'il pense qu'elle est un genre de nymphomane. Voyons donc, qu'elle ait le gout de faire l'amour c'est tout à fait légitime et ça lui fait du bien... surtout qu'elle en pince pour son cowboy!*) Elle m'a demandé pourquoi on soupçonnait Don, c'est comme ça qu'elle l'appelle. Selon elle, ce gars-là ne ferait pas de mal à une mouche. Elle peut jurer sous serment qu'il n'a jamais parlé à Cindy parce qu'ils ne font que danser sans s'occuper des autres. Elle a même demandé à voir Grant et elle est prête à venir témoigner en sa faveur.

— Et dans le garage, on n'a rien trouvé?

— Non, lui répond Deschamps. Tout avait été nettoyé à fond comme dans la fourgonnette. On a fait ses poubelles et là encore, il n'y avait rien. Par contre, il y avait un couteau sur l'établi qui lui aussi a été nettoyé à l'eau de javel. Il y avait d'autres couteaux, mais un seul a été nettoyé de cette façon.

— Tu dis qu'il y en avait d'autres mais qu'un seul a été nettoyé à l'eau de javel ? Tu es sûr ?

— Oui parce que ça m'a interpelé. Les autres couteaux ont déjà servi mais n'ont pas reçu le même traitement que celui que j'ai saisi, et c'est la raison pour laquelle je l'ai apporté.

— Où est le couteau ?

— Au labo.

— Je veux le voir !

Elle sort à toute vitesse. Au labo, on lui montre le couteau et elle demande si ce couteau peut avoir servi à couper le doigt de la victime. On lui répond que ça pourrait l'être même s'il n'y a aucune trace, ni sur la lame ni sur le manche. Elle revient dans la salle et fait part de ses réflexions à son équipe.

— S'il n'y a pas de trace ni sur la lame ni sur le manche, c'est que le gars avait une bonne raison de tout effacer. Il l'a trempé dans l'eau de javel, poursuit Deschamps. Comment le prouver, maintenant ?

— Il n'y a aucune empreinte dans la voiture sauf celles de Grant et... MAG, as-tu pris les empreintes de Curry, la petite amie ?

— Oui et ce sont les siennes qui étaient dans l'auto. Tout ce qu'elle m'a dit concorde.

— Il y a quelque chose qui nous échappe et il faut le trouver avant demain après-midi sinon on va devoir le relâcher et il risque de nous filer entre les mains. Il veut partir pour les États.

— On n'a qu'à lui saisir son passeport !

— Sauf que des soupçons ne sont pas des

preuves. Dans la maison, vous n'avez rien trouvé non plus ?

— C'est vraiment Spic & Span dans cette maison-là. Il n'y a pas un grain de poussière. Tout est impeccable. Si je nettoyais ma maison comme lui le fait, Élise me demanderait en mariage. Je n'ai jamais vu une maison aussi propre.

— Dans ses papiers, il n'y a rien non plus qui le trahit ?

— Dans quel sens ? demande Julie.

— C'est parce que je pense à Liliane Demers... il ne l'a pas consultée il y a quelques années ?

— J'ai une liste des dossiers qu'elle avait chez elle et dans son bureau à la polyvalente. Je vais regarder, ça pourrait être une piste si on arrive à faire le lien entre les deux.

— Pendant que tu fais la recherche, on retourne chez Grant. Il faut que je voie moi-même.

MAG, Deschamps et Marconi sont retournés chez Grant et ont passé le garage et la maison au peigne fin. Rien ! Ils n'ont absolument rien trouvé et Marconi est déçue. Habituellement, son instinct la sert bien et elle peut s'y fier, mais là, elle est dépassée. Ils reviennent au bureau et personne ne parle. Julie vient à leur rencontre. Elle a enfilé son manteau et s'apprêtait à partir.

— J'ai fouillé la plupart des dossiers et je n'ai rien trouvé jusqu'à présent. Mais là, je suis trop fatiguée pour continuer. Il faut que je m'arrête sinon je risque de louper des détails qui pourraient être importants.

J'aimerais mieux rentrer et continuer demain.

— Tu as raison, merci, Julie. De notre côté, ça n'a rien donné non plus.

Marconi regarde l'heure et constate qu'il est déjà 22 h 30.

— Il est tard, dit-elle, et c'est vrai qu'à l'heure actuelle, on tourne en rond. Rentrez chez vous, on se verra demain à la première heure.

Elle se retrouve seule à son bureau et s'adosse à son fauteuil. Elle ferme les yeux. Elle n'arrive plus à réfléchir et décide de rentrer à la maison. Sa voiture est dans le stationnement, Catherine s'est fait reconduire par un policier. En arrivant chez elle, Mariella se fait couler un bain très chaud et se verse un verre de vin. Se détendre... Ne rien faire d'autre que se détendre.

UN PETIT PAS DE PLUS GRÂCE
À UNE CHEVILLE TORDUE!

Marconi refait sa routine du matin. Contrairement à ce qu'elle pensait, sa nuit lui a fait du bien, elle a dormi comme un bébé. Elle aurait bien aimé trouver la solution au réveil; il n'en est rien. Peu importe, elle est prête à regagner son bureau. Dehors, le froid se fait toujours aussi insistant. Oui, une petite semaine dans le sud lui ferait vraiment du bien.

Au bureau, elle est la première arrivée et tout est calme. Elle prépare le café et descend prendre ses messages. Elle remonte en courant, s'assoit à son bureau et relit les éléments qui ont été ajoutés la veille. Elle veut absolument coincer Grant avant la fin de l'après-midi sinon il pourra partir. Le reste de son équipe arrive et chacun se verse un café. Personne ne parle encore. Elle se lève et va les retrouver. Elle s'informe s'ils ont bien dormi et encore une fois leur dit à quel point elle est satisfaite de leur travail. (*Des fois, elle devient fatigante avec son côté maternel trop développé, mais c'est du Marconi tout craché!*) Elle leur fait un résumé des évènements de la veille. Puis elle s'adresse à Julie.

— Hier, tu n'as trouvé aucun lien dans les dossiers de Liliane Demers concernant Grant?

— Non, sur aucun dossier que j'aie lu. Comme

je te l'ai dit, il m'en reste encore à vérifier.

— Combien ?

— Je dirais au moins une trentaine.

— D'accord. Il faut accélérer, nous avons très peu de temps. MAG, veux-tu l'aider ? C'est important que l'on sache.

Son téléphone sonne et la secrétaire de Gauvin demande qu'elle vienne voir le grand patron à son bureau. Durant ce temps, Deschamps suggère d'aller voir comment Grant a passé sa nuit.

Lorsqu'elle revient, elle demande à Deschamps de lui ramener Grant, elle veut lui poser quelques questions. Il se présente dans la salle d'interrogatoire et elle lui offre une tasse de café, qu'il refuse poliment. Il n'est pas rasé et ses vêtements sont un peu froissés, ce qui ne lui plait guère. Il aurait aimé prendre une douche et se changer parce qu'il réfléchit toujours mieux lorsqu'il est propre. Il a l'air étiré et fatigué.

— Vous auriez peut-être aimé fumer une cigarette ?

— Je déteste tout ce qui est cigarette. J'aime pas l'odeur, ça pue !

— Nous sommes allés chez vous hier, et j'avoue que j'ai été très impressionnée par la grande propreté qui règne à la fois dans votre maison et dans votre garage.

Il sourit.

— Vous avez toujours été comme ça ?

— Comme quoi ?

— Aussi propre et rangé.

— Oui !

— Votre mère vous a bien élevé.

En disant ces mots, Grant a légèrement bougé sur sa chaise et Marconi l'a vu.

— Parlez-moi de votre mère.

Il la regarde, ne dit rien. Elle sent qu'il se passe quelque chose à l'intérieur de lui. Il continue de la fixer sans ouvrir la bouche.

— Votre mère est décédée alors que vous aviez 13 ans. Vous avez trouvé cela difficile de vous retrouver dans un foyer d'accueil ?

— Non !

— Vraiment ? La plupart des jeunes n'aiment pas se retrouver dans une famille d'accueil, à la mort d'un parent. Quitter le cocon familial pour se retrouver chez des inconnus, ça a dû être pénible pour vous.

— Qu'est-ce que vous voulez que je vous dise, inspecteure ? Que la mort de ma mère m'a littéralement anéanti et que les foyers d'accueil ont été néfastes pour moi ? Que le fait d'en changer souvent a fait de moi un meurtrier ? Non ! Rien de tout ça, inspecteure. Je gagne ma vie honorablement et je suis pas un meurtrier.

— Et ça veut dire quoi, ça ?

— Ce que ça veut dire c'est que la mort de ma mère m'a pas dévasté. Ma mère était une femme malsaine qui s'occupait pas de moi. Elle était alcoolique et fumait comme un pompier. Non, contrairement à ce que vous pourriez croire, ma mère m'a jamais manqué. Et disons que sa mort a été plutôt une... une délivrance!

— Une délivrance?

— Oui!

— Et les foyers d'accueil?

— Il y en a eu des bons et des moins bons; ça fait partie de la vie. Écoutez, inspecteure, on pourrait parler longtemps, vous et moi, mais j'aimerais bien retourner à la maison, prendre une douche et me changer. Vous avez rien contre moi. Je connaissais pas la femme assassinée. Vous dites qu'on allait au même club, franchement! Nous sommes des centaines à y aller, alors c'est impossible que je connaisse tout le monde. Je vous l'ai dit, je vais dans cet endroit pour danser, un point c'est tout.

— Vous nous avez dit que vous y alliez seul.

— C'est exact!

— Vous y alliez avec Patricia Curry.

En entendant le nom, il cligne des yeux. Il n'est pas question d'impliquer Patricia. C'est une femme qu'il commence à aimer. Il a eu le temps de penser à elle durant la nuit et s'est même dit que cette femme, c'était ce qui lui était arrivé de mieux dans sa vie. Qu'on laisse Patricia tranquille. Elle ne sait rien de ce qu'il a fait et elle n'en saura jamais rien.

— Vous voulez nous parler de Patricia? C'est avec elle que vous projetiez de faire ce voyage à Nashville?

— Je... Vous avez parlé avec Patricia?

— Oui ! Nous sommes allés la voir, hier. C'est elle qui nous a dit que vous deviez partir aujourd'hui ou demain.

Grant ne dit rien, il assimile l'information. Il y a pensé cette nuit. Il aurait aimé lui parler, mais on lui a confisqué son téléphone. Qu'est-ce qu'elle va penser de lui, maintenant ? Elle ne voudra plus partir avec lui si on le soupçonne de meurtre. Il doit absolument sortir et lui parler. De toute façon, il sait qu'il n'a rien laissé derrière lui.

— Vous voulez nous parler de Patricia ?

— On se voit le samedi soir seulement. Habituellement, quand j'arrive, elle est déjà là. Elle est comme moi, elle aime danser et c'est ce qu'on fait tous les deux. On danse.

— Vous nous avez dit que vous ne parliez à personne.

— Patricia et moi on parle pas, on danse.

— Vous la voyez ailleurs que dans ce club ?

— Non, jamais !

Il a parlé trop vite. S'ils ont parlé avec Patricia, peut-être qu'elle leur a dit qu'ils se sont vus, dimanche. Il peut leur dire la vérité sur ce point, comme ça, ils n'iront pas creuser plus loin.

— Je veux dire qu'on s'était jamais vus en dehors du club, mais dimanche, on s'est rencontrés tout à fait par hasard et elle m'a invité à venir manger chez elle. On a plusieurs points en commun et on a décidé de faire un voyage à Nashville. Tous les deux, on adore la musique country et Patricia voulait y aller depuis qu'elle est toute petite. Je lui ai dit que je l'amènerais.

— C'était la première fois que vous alliez chez elle ?

— Oui.

— Quels sont les autres points que vous avez en commun ?

Il la regarde un peu décontenancé et ne comprend pas où elle veut en venir. Il ne répond pas.

— J'aimerais savoir quels autres points vous avez en commun ?

— La propreté !

Il la fixe et esquisse un léger sourire.

— La propreté, oui, bien sûr. À quelle fréquence passez-vous votre voiture et votre plancher du garage à l'eau de javel ?

— Quand je veux détruire les microbes. Je vous l'ai dit, inspecteure, je déteste la saleté. J'aime quand tout est propre. C'est une habitude que j'ai prise il y a bien longtemps.

— Votre mère était une femme soignée ?

Grant montre un léger mouvement d'impatience, mais ne relève pas. Marconi comprend vite que dès qu'elle mentionne sa mère, il est dérangé. Elle pourrait continuer à le questionner à son sujet, car elle sait qu'il pourrait réagir, mais elle décide de ne pas le faire tout de suite. Elle doit y penser un peu plus avant de jouer la carte de la mère.

— Vous reconnaissez ce couteau ?

— J'en ai un semblable à la maison.

— C'est le vôtre et il a été très bien nettoyé. Et même le manche ! Je trouve ça très curieux ! Pourquoi l'avoir si bien nettoyé ?

— Parce qu'il était sale.

— Vous avez d'autres couteaux et c'est le seul qui a été nettoyé avec autant de minutie. Vous pouvez m'expliquer ?

— Il était plus sale que les autres.

— Vous connaissiez Liliane Demers ?

— Non !

— Vous n'avez jamais rencontré Liliane Demers ?

— Je vous ai dit non ! Je connais pas cette femme, je sais même pas de qui vous parlez.

— Liliane Demers travaillait comme psychologue à la polyvalente. Elle a été assassinée dans la nuit de jeudi à vendredi.

— Son nom me dit rien et non, je la connaissais pas.

— Vous savez ce que je pense ? Vous avez tué Liliane Demers et Cindy Desrochers dans votre garage puis vous vous êtes débarrassé des corps. Par la suite, vous avez nettoyé la voiture et le garage avec du désinfectant pour ne pas laisser de traces.

— Je vous dis que je les connaissais pas ! Comment j'aurais pu les tuer, je les connais même pas. Je sais pas dans quelle langue je devrais vous le dire mais vous m'écoutez pas.

— Comment avez-vous fait pour trouver ces deux femmes ?

— Je les ai pas trouvées, je sais même pas qui

elles sont. Vous vous trompez, inspecteure, c'est pas moi. Vous dites n'importe quoi parce que vous voulez un coupable. Conduisez-moi devant le juge et il va me relâcher.

— Nous allons prendre une pause. Vous voulez du café ?

Devant son refus, elle sort de la salle et demande que l'on ramène le prévenu dans sa cellule. Gauvin et Mongeau sont toujours derrière la vitre. Elle passe près d'eux sans s'arrêter. Elle se rend dans le bureau de Julie et s'assoit.

— Tu as trouvé un rapport entre lui et Demers ?

— Non, d'après toutes les vérifications que j'ai faites, elle ne l'a jamais eu comme client.

— Je n'arrive à rien. Il faut que je sorte prendre l'air quelques minutes. J'ai besoin de réfléchir !

Elle retourne dans son bureau, met son manteau et sort. Arrivée sur le trottoir, elle s'élance et commence à courir puis ralentit. Ça ne sert à rien de trop pousser la machine. Elle revient à un pas normal vers le stationnement. Elle se dirige vers sa voiture pour y prendre un sac. Son pied bute sur une roche et sa cheville se tord. Elle perd l'équilibre et s'écrase sur le capot de sa voiture. Merde ! jure-t-elle. Elle se relève aussitôt et regarde autour d'elle s'il n'y a pas de témoin (*elle est un peu orgueilleuse*). Personne. La cheville lui fait mal. Comme elle vient pour ouvrir la portière, elle s'arrête. Elle regarde à nouveau sa voiture et son cerveau se met à tourner à 150 km/h. Elle clopine à l'endroit où elle s'est affaissée et regarde. Elle saisit son téléphone, appelle Julie et lui demande de descendre ainsi que le reste de l'équipe et de la rejoindre dans le stationnement. Quelques minutes plus tard, ils arrivent près d'elle.

— Qu'est-ce qui se passe ? demande Deschamps.

— Grant a tout nettoyé, n'est-ce pas ?

— Oui ! Où tu veux en venir ?

— Peut-être qu'il a oublié un petit détail... Attendez. Julie, toi, tu es à peu près de la même grandeur que Cindy. Viens avec moi. Elles contournent la voiture.

— Qu'est-ce qui est arrivé à ton pied ?

— C'est rien, je me suis tordu la cheville. Viens t'assoir ici, à la place du passager. Voilà ce qui se serait passé. Cindy se dispute avec son chum et elle décide de partir avec Grant. Dans l'auto, ils parlent et Grant, au lieu de l'amener chez elle, la conduit plutôt chez lui. Il veut avoir des rapports sexuels avec elle, mais Cindy ne veut pas. Elle se débat, lui résiste et alors il lui donne un coup de poing sur le côté de la tête. Vous suivez ?

— Ils sont où quand il la frappe ? Dans la maison, dans l'auto ou dans le garage ? demande Julie.

— Probablement dans la maison. Il ne veut pas qu'elle aille porter plainte à la police, donc il lui enroule un fil autour du cou et la tue. Il lui coupe le doigt et pour se débarrasser du corps, la remet dans la voiture. Qu'est-ce que vous en pensez ?

— C'est un point de vue qui n'explique rien, répond Julien.

— Sors de la voiture, Julie. MAG, prends-la sous les bras, tiens, à partir d'ici, (*ils reculent un peu plus loin*) et amène-la du côté du passager. La porte est fermée alors tu la déposes comme ça, sur le capot, tu ouvres la porte, tu reprends le corps et tu le hisses sur le siège. Allez, jouez-moi cette scène.

— Tu ne trouves pas que c'est un peu tiré par les cheveux ? demande Julien.

— Peut-être ! Mais as-tu un autre scénario ?

— Non !

— Alors allons-y !

MAG et Julie jouent la scène telle que proposée par Marconi. Quand il pousse Julie sur la voiture, ses bras s'étendent à plat sur le capot. Il ouvre la porte, reprend Julie qui lui crie qu'il lui fait mal. Et la démonstration s'arrête.

— C'est bon, lui dit Deschamps, c'est une possibilité. Mais tu ne sais pas si c'est comme ça que ça s'est passé et tu n'as aucune preuve de ce que tu avances.

— C'est vrai. Ce n'est pas faute d'avoir essayé. Je retourne au garage. Il faut que je m'assure qu'ils n'ont rien oublié.

Elle fait quelques pas et s'arrête. Sa cheville lui fait trop mal. Julien passe son bras sous le sien et lui dit qu'il va l'aider. Elle le regarde et lui sourit. MAG ne veut pas être en reste alors il lui prend l'autre bras et lui dit que deux gardes du corps c'est beaucoup mieux. Elle s'appuie sur eux et ils marchent lentement vers le garage de la police. Lorsqu'ils arrivent là où est la fourgonnette, les techniciens travaillent sur un autre véhicule.

— Faites attention de ne rien toucher encore, leur dit Marconi. Regardez le capot. S'il l'a déposée ici... elle trace un périmètre imaginaire, ses bras ont pu aller jusqu'ici. Jean, un des techniciens, s'approche.

— Vous avez besoin de quelque chose ?

— Notre suspect a vraiment lavé sa fourgonnette au complet ? demande Marconi.

— Non ! L'intérieur, oui, enfin la cabine, mais pas l'arrière, c'est vide. Derrière, il n'y avait absolument rien, uniquement quelques empreintes lui appartenant. Cette fourgonnette est neuve. Mais en avant, il a passé le tout avec de l'hypochlorite de sodium. Il a lavé les portes de l'extérieur avec une eau savonneuse seulement. Il n'y avait plus d'empreintes.

— Le dessus du capot ?

— Il l'a lavé aussi !

— Tu peux repasser cette partie-là à nouveau?

— C'est bien parce que c'est toi qui me le demandes. Attends une minute. Il va chercher une lampe qu'il passe à nouveau sur tout le capot. Il n'y a plus aucune empreinte digitale.

Marconi regarde et on peut voir le découragement dans son regard. Elle secoue la tête puis passe la main sur la bande à la base du pare-brise. La bande n'est pas scellée et bouge un peu. Elle l'examine attentivement.

— Jean, passe la lampe ici. Le technicien passe la lampe dans l'espace occupé par les essuie-glaces.

— Non, désolé, il n'y a rien.

— Là, dit-elle, juste là. Ce n'est pas collé. Ça bouge un peu. Peux-tu lever la bande ici ? Jean lève doucement une bande de caoutchouc appliquée sur le bas de la vitre. Il sort une petite pince de sa poche et délicatement, tire sur un cheveu à peine visible coincé sous la bande. Il le tient sous la lampe.

— Comment j'ai pu rater ça ?

— Souhaitons seulement que ce cheveu appartienne à une des victimes. Julie, tu l'envoies au labo tout de suite et dis à Éric que tu restes là pour qu'il te donne les résultats. Merci Jean.

— Pas de problème, Mama, n'importe quand, je suis à ton service. Qu'est-ce qui est arrivé à ton pied ?

— Rien, une foulure. Allez, les garçons, on retourne voir notre ami !

À UN CHEVEU PRÈS
ET IL NOUS ÉCHAPPAIT!

Quelques instants plus tard, Julie revient avec un sourire victorieux.

— Le match est bon, dit-elle. Ce cheveu appartient à Cindy Desrochers. On peut l'accuser.

Les inspecteurs poussent un soupir de soulagement. L'énergie se remet à circuler à la grandeur de l'étage. Marconi saisit la feuille rapportée par Julie. Tout concorde.

— Prenez un café, installez-vous dans la salle, je reviens. On va développer le prochain interrogatoire.

Elle quitte la salle avec la feuille et se rend jusqu'au bureau de Gauvin qui vient de sortir; il ne devrait pas rentrer avant le milieu de l'après-midi. Elle se rend dans le bureau de Catherine. Lorsque Catherine la voit arriver, elle lève les sourcils.

— Qu'est-ce qui est arrivé à ton pied, tu t'es fait mal?

— Une entorse. Pas grave. On vient de trouver une preuve impliquant Grant pour le meurtre de Cindy Desrochers.

— C'est vrai? Assieds-toi. Il faudrait que tu mettes de la glace pour arrêter l'enflure.

— Plus tard. On a trouvé un cheveu de Cindy coincé dans la bande de caoutchouc à la base du pare-brise. Quand Grant a lavé le capot, le cheveu s'est pris dans la bande et j'avoue qu'il n'était pas visible au départ. C'est vraiment une question de chance. Je tenais à vous avertir toi et Gauvin, mais sa secrétaire dit qu'il est sorti.

— Il passait des tests à l'hôpital. Je m'occupe de lui annoncer la nouvelle. Vous l'interrogez quand ?

— On le fait revenir dans la salle dans quelques minutes.

— Préviens-moi, je veux y assister.

— D'accord !

— Mariella !

Marconi se retourne.

— Je savais que tu y arriverais !

Marconi lui répond en lui faisant un clin d'œil. Dans la salle, l'atmosphère est détendue. Marconi s'assoit et sort ses notes.

— On a la preuve qu'il a rencontré Cindy Desrochers. Maintenant à savoir comment il se fait que ce cheveu soit resté coincé sur le pare-brise de la fourgonnette, c'est encore un mystère.

— J'ai repensé à ton scénario et plus j'y pense, plus je trouve que ça a du sens, dit Deschamps. Selon l'ami de Cindy... comment il s'appelle déjà ?

— Paul Couturier, lui répond Julie.

— Selon Paul Couturier, il l'aurait laissée sur le bord de la route, en plein milieu de la nuit, du moins à la fermeture du club. La femme est seule et doit certainement marcher. Il fait froid, il neige à plein ciel, elle décide donc de faire du pouce. Ça va,

362

jusque-là ? Tous acquiescent. Donc, elle fait du stop et Grant qui, lui aussi a quitté le club à la fermeture, la voit et décide de l'embarquer. La fille est jolie et tout ce qu'il pense c'est de la sauter. Au lieu de la ramener chez elle, il décide de l'amener chez lui. Elle réalise que ce n'est pas le bon chemin, elle lui demande de la conduire chez elle, mais il ne l'écoute pas. Peut-être qu'elle touche le volant pour le faire arrêter ou peut-être qu'elle essaie de le frapper alors il se fâche et lui donne un coup de poing (*il fait le geste de frapper*), ce qui fait que la marque de la bague s'imprime sur le côté du visage. Il devait être assis à côté d'elle, dans l'auto. Il l'étrangle et la jette dans le parc.

— À quel moment il lui rentre le doigt dans le vagin ? demande MAG.

— Aucune idée. Peut-être avant de la jeter en bas du camion.

— Hum ! C'est bon... mais il nous manque des éléments. N'oubliez pas qu'il a nettoyé son garage au même titre qu'il a nettoyé sa fourgonnette. Donc, s'il a fait ça, c'est qu'elle s'est retrouvée chez lui, poursuit MAG. C'est là qu'il lui a coupé le doigt.

— Elle s'est forcément retrouvée chez lui, continue Julie. Peut-être qu'elle a accepté de le suivre, puis lorsqu'il a voulu faire l'amour avec elle, elle a refusé et fou de rage, il l'a étranglée.

— Tout ça se tient, dit Marconi. Le doigt ! Depuis le début, le doigt me pose un problème. Pourquoi leur couper le doigt et l'insérer dans leur vagin ? Il y a un symbole que je n'arrive pas à décrypter. Ça veut forcément dire quelque chose.

— C'est peut-être juste une signature, répond Deschamps.

— Ce n'est pas n'importe quel doigt, dit MAG, c'est le doigt du « fuck off ». Il nous fait un doigt d'honneur pour nous narguer. Je ne vois pas autre chose.

— Bon ! On a la preuve que Cindy s'est retrouvée à proximité de la fourgonnette, lance Marconi.

— La face dedans, tu veux dire, continue MAG.

— Il nous a dit qu'il ne lui avait jamais parlé, donc il nous a menti. Ça se peut qu'il ne lui ait jamais parlé auparavant, mais ce soir-là, il l'a rencontrée, continue Marconi.

— Et Liliane Demers, elle ? Comment aurait-il rencontré Liliane Demers ? Elle ne fréquentait pas le club, selon le portier. On a retrouvé son corps loin de sa voiture, dit Deschamps.

— Oui, ça aussi c'est un problème ! Je ne sais pas. Elle a peut-être fait appel à Grant pour un problème électrique. Il l'a surveillée et le soir où elle est sortie, il l'a forcée à s'arrêter sur le bord de la route et l'a tuée.

— Tout est possible, MAG, tout est possible, reprend Marconi. Nous n'avons pas retrouvé de facture pour un travail d'électricien. Téléphone au prof d'éduc et demande-lui si Liliane a fait affaire avec un électricien dernièrement. Si oui, il faudra éplucher les factures de Grant à moins qu'il travaille au noir.

MAG se lève et retourne dans son bureau pour téléphoner. Marconi s'adosse sur la chaise et tente de construire le scénario le plus plausible pour arriver à faire avouer le meurtre de Cindy Desrochers à Grant.

— Je crois qu'on va oublier le meurtre de Liliane Demers pour le moment et nous allons nous concentrer uniquement sur l'autre victime. Parce que si on prouve hors de tout doute qu'il a tué Cindy, il a forcément tué l'autre puisque le mode opératoire est le même.

MAG revient et les informe que Liliane n'a pas fait appel à un électricien avant d'être tuée. Marconi se lève.

— Julie, téléphone à son avocat et dis-lui que nous allons interroger son client et que nous avons une preuve le reliant à ces meurtres. Dès qu'il sera arrivé, fais revenir Grant dans la salle d'interrogatoire.

Elle quitte la réunion pour se rendre aux toilettes. En sortant, elle téléphone à Catherine pour lui donner les derniers détails.

Grant est assis dans la salle, flanqué de son avocat. Marconi et Deschamps sont devant eux. Quant à Julie, Catherine et MAG, ils sont derrière la vitre.

— Monsieur Grant, vous avez prétendu ne pas connaitre Cindy Desrochers et même que vous ne lui avez jamais adressé la parole, c'est exact?

— Oui!

— Pourtant vous l'avez amenée chez vous.

— Non!

— Nous sommes en mesure de vous prouver le contraire.

Un léger sourire se dessine sur le visage de Grant puis il reprend son air stoïque.

— Vous avez cru effacer toutes les marques de son passage. Malheureusement, vous avez été négligent. Nous avons une preuve.

— Arrêtez de tourner autour du pot, inspecteure, et dites-nous ce que vous avez trouvé. Mon client est innocent.

— Attendez, je vais vous dire comment ça s'est passé. (*Là, je crois qu'elle prend des risques en procédant ainsi.*)

Elle raconte le scénario selon lequel Grant a fait monter Cindy dans sa fourgonnette. Grant, attentif, ne perd pas un mot. Intérieurement, il est surpris de la perspicacité de Marconi et de son équipe. Mais elle n'a pas de preuve. (*Attends, mon homme, tu n'as encore rien vu ! Elle ne t'a pas encore parlé du cheveu.*)

— Vous me racontez une très belle histoire, inspecteure, mais je vous le répète, j'ai jamais parlé à Cindy Desrochers, je la connais pas. Vous perdez votre temps. Je la connaissais pas et j'avais aucune raison de la tuer. Votre histoire de vouloir la violer est tout à fait ridicule. Quand je sors du club après avoir dansé toute la soirée, j'ai plus qu'une envie, me retrouver chez moi, prendre une bonne douche et me coucher. Si je veux faire l'amour avec une femme, j'ai une amie, j'en ai pas besoin d'une autre.

— Ça, c'est intéressant ce que vous dites ! Cette

amie dont vous nous parlez, comment se fait-il que vous ayez fait l'amour avec elle seulement hier? Et selon certaines gens, il y a longtemps que vous dansez ensemble tous les deux. Pourquoi ne pas avoir fait l'amour avant si c'est votre petite amie? À moins que votre religion ne vous l'interdise.

— Ça vous regarde pas!

— Avez-vous un problème avec les femmes, Monsieur Grant?

Il ne répond pas, mais son attitude impassible du début commence à changer. Marconi le sent bouger dans sa tête.

— Vous devez avoir un problème avec les femmes pour leur couper le majeur et l'introduire dans leur vagin.

— Qu'est-ce que c'est que cette histoire-là? Vous dites n'importe quoi! s'insurge l'avocat.

— Non, Maitre, ce n'est pas n'importe quoi!

Marconi sent que Grant vacille intérieurement et elle décide de jouer la carte à fond.

— Vous avez vraiment un problème avec les femmes et je crois que ça a un rapport avec votre mère.

À ces mots, Grant devient blême et crispe les poings.

— Votre mère n'était pas une femme aimante, c'est vous qui nous l'avez dit. Vous nous avez même dit que c'était une femme malsaine qui ne s'occupait pas de vous. Vous deviez la détester! Est-ce que Cindy vous rappelait votre mère?

Les jointures de Grant sont blanches à force de

serrer les poings. Il aimerait faire taire l'inspecteure parce que les images de sa mère le percutent en plein cœur et son estomac se compresse. Il voudrait vomir. Il faut qu'il se ressaisisse et qu'il reprenne le contrôle. Il ferme les yeux et repousse son cauchemar. Non, elle ne va pas l'avoir. Les images de sa mère s'éloignent et il respire mieux.

— Inspecteure, j'en arrive à croire que vous aimez beaucoup raconter des histoires, mais là, vous commencez à être pas mal chiante. Vous avez rien contre moi. Je veux m'en aller.

— Votre mère buvait beaucoup. Dites-moi, votre mère se prostituait ? C'est vrai que votre mère recevait des hommes à la maison et qu'elle vous forçait à la regarder faire l'amour avec eux ? (*Non mais là, elle a décidé de le pousser très loin dans ses retranchements et si ce qu'elle pense est vrai, on ne donnera plus cher de sa peau bientôt !*) Est-ce qu'elle a déjà abusé de vous ?

Grant se lève comme une balle. Cette fois, c'en est trop.

— Vous avez pas le droit de me parler de cette putain. Vous la connaissiez pas !

Il demande à son avocat de se retirer. Il ne veut plus parler avec cette femme.

— Restez assis ! Nous n'avons pas fini ! Vous réagissez chaque fois que je parle de votre mère ! Je crois qu'il y a un rapport entre les meurtres et la relation que vous entreteniez avec votre mère. Vous détestez les femmes et lorsque vous les tuez, vous vous amusez à leur trancher un doigt et à les dégrader par la suite. Vous pensez toujours à votre mère quand vous les tuez?

— Ça suffit! Ne me parlez plus de ma mère. Elle est morte et c'est tant mieux. Elle a eu que ce qu'elle méritait.

— Qu'est-ce que vous voulez dire par «ce qu'elle méritait»? Vous l'avez tuée, elle aussi? Est-ce que vous lui avez coupé le majeur? Est-ce que vous avez mis le doigt coupé dans le vagin de votre mère?

Cette fois, Grant écume de rage et s'il ne se retenait pas, il lui ferait avaler ses paroles à cette maudite inspecteure.

— Fermez-la! hurle-t-il. C'était une salope! C'était une salope et une putain!

— Alors, Monsieur Grant, vous avez aussi tué votre mère? Vous avez mis le feu vous-même à la maison pour effacer toutes les preuves?

Cette fois, l'avocat se lève et fulmine à son tour.

— Ça suffit, inspecteure! Je demande que l'on arrête immédiatement. Vous n'avez aucune preuve reliant mon client à ce meurtre.

— Et ça?

Elle lui montre un sachet dans lequel on retrouve un cheveu.

— Nous l'avons fait analyser et ce cheveu appartient à Cindy Desrochers. Nous l'avons retrouvé coincé sous le caoutchouc à la base de votre pare-brise.

Grant regarde le sachet. Il ne dit pas un mot.

— Vous voyez, continue Marconi, nous l'avons

trouvé tout à l'heure et je dois vous avouer que c'est tout à fait par hasard. Mais nous tenons la preuve que Cindy s'est bien retrouvée avec vous.

— C'est peut-être quelqu'un au club qui l'a mis là pour m'incriminer, dit-il d'une voix faible. Peut-être que c'est vous parce que vous voulez un coupable. Je... J'ai tout nettoyé, il y avait plus rien... Il se met la tête dans les mains.

— Monsieur Grant... Si vous nous racontiez ce qui s'est réellement passé.

Il garde la tête baissée et ne répond pas. Elle prend alors une voix très douce, une voix qui porte à la confidence.

— Écoutez, je vais faire un pacte avec vous. Si vous nous dites ce qui s'est réellement passé dans la nuit de samedi, je ne vous parlerai plus jamais de votre mère, d'accord ? Racontez-nous ce qui s'est passé.

Donald Grant est secoué. Il regarde son avocat et ce dernier est encore abasourdi. Il pose ses mains sur la table, se frotte le visage et passe sa main dans ses cheveux. D'une voix calme, il raconte aux inspecteurs ce qui s'est passé dans la nuit de samedi. Il n'omet aucun détail. Quand Marconi lui demande de lui raconter ce qui s'est passé avec Liliane Demers, il secoue la tête et lui dit que ce n'était pas de sa faute. Toutes ces femmes qu'il a tuées, il ne le voulait pas. Il voulait simplement les aider, mais ça n'a jamais bien tourné.

Il va parler durant plus de trois heures d'une voix atone. Il raconte les meurtres comme si c'était

370

quelqu'un d'autre qui les avait commis à sa place.

Lorsque Marconi et Deschamps sortent de la salle, ils sont épuisés. Ils ne jubilent pas, ils sont simplement soulagés. Gauvin, qui avait assisté à la dernière partie de l'interrogatoire, veut la retenir, mais elle lui fait signe que non. Elle se rend à son bureau et se prend la tête dans les mains. Puis son équipe entre dans son bureau. Elle lève la tête, les regarde et leur sourit.

— Je termine mon rapport et je vous offre un verre. Rendez-vous au *Chat Noir*, je vous y retrouve dans moins d'une heure. Vous êtes vraiment les meilleurs. Vous avez bien travaillé et c'est grâce à vous si nous l'avons coincé. Merci. Merci beaucoup !

Dès qu'ils ont quitté, elle rédige ses notes alors que tout est frais dans sa mémoire. Les enregistrements seront retranscrits, mais pour elle, tout est terminé. Catherine frappe à sa porte.

— Tu as fait vraiment un bon travail ! Tu vas fêter ça ?

— Oui, je rejoins l'équipe tout à l'heure, au « Chat noir ». Il se peut que nous mangions tous ensemble. Ils ont bien travaillé et je leur dois ça.

— Je pourrai te voir plus tard ?

— Rien ne me ferait plus plaisir. Je crois qu'on a du temps à reprendre.

— Oui ! On va reprendre notre dimanche.

Catherine lui sourit et comme elle va pour quitter, Marconi lui demande de réserver deux billets pour le Sud !

FIN

Table

Remerciements

Je remercie la juge Yvette Finn et Allain Roy d'avoir insisté pour que je leur écrive des soirées « Meurtre et Mystère » et qui finalement m'ont donné le gout d'écrire ce polar. Merci également à mon grand ami, Claude LeBouthillier, pour nos nombreuses discussions entourant la création. À ma mère, Gisèle, ainsi qu'à mes sœurs et frères pour leur amour inconditionnel. Un merci spécial à mon éditeur, Serge Patrice Thibodeau pour sa patience et son audace à vouloir publier ce livre. Et enfin, à Denyse qui a accepté depuis très longtemps de partager notre maison avec tous ces personnages qui s'installent en permanence pour me prendre en otage.

DE LA MÊME AUTEURE

Absente pour la journée, roman, Moncton, Éditions Perce-Neige, 2015.

Sur les pas de la mer, nouvelles, Moncton, Éditions d'Acadie, 1986 (Prix France-Acadie).

Absente pour la journée, roman, Moncton, Éditions d'Acadie, 1989.

Mon cœur a mal aux dents, théâtre jeunesse, Moncton, Éditions d'Acadie, 1991.

Hubert ou comment l'homme devient rose, théâtre, Moncton, Éditions d'Acadie, 1994.

Achevé d'imprimer
pour le compte des Éditions Perce-Neige
en septembre 2016.

Direction littéraire
Serge Patrice Thibodeau

Imprimé au Canada
sur les presses de l'Imprimerie Gauvin, Gatineau, Québec.

L'intérieur de ce livre a été imprimé sur papier contenant
100 % de fibres postconsommation et certifié FSC.